思無邪集

范曾自書聯語　上

中華書局

思無邪集

目録

序言　邵盈午　一

詩以言志

戎機萬里　帙册千橱（七言）〇〇二
塔影依稀　鬃風躑躅（七言）〇〇三
孤踪未畏　浩帙來張（七言）〇〇四
夢覆床前　名傳海内（七言）〇〇五
丑歲唯知　寅年便覺（七言）〇〇六
玉碎荒疆　金甌一統（七言）〇〇七
望裏青峰　吟邊碧水（七言）〇〇八
小橋流水　天岸走霞（四言）〇〇九
豪情擊節　畫境開張（七言）〇一〇
誰曾着意　我欲無心（七言）〇一一
未是村童　可憐漁父（七言）〇一二
平沙鎩羽　流水啣花（四言）〇一三
木上高塬　荷生野水（七言）〇一四
鶴老深山　龍游蒼昊（七言）〇一五
八秩萍浮　三生石上（七言）〇一六
椽筆應須　長吟自許（七言）〇一八
蒼天作帳　滴水成文（四言）〇一九
追陪明月　偶載詩人（四言）〇二〇
身抽六合　詩在千杯（七言）〇二一
遠寺影迷　重簾風細（十一言）〇二二
宜將淡水　忍看秋花（七言）〇二四
月來滿地　雁去一行（五言）〇二五
望中青鳥　衣上白雲（五言）〇二六
同心不隔　寄意何憂（七言）〇二七
詩蒼　句奥（五言）〇二八
此地只應　清泉合付（七言）〇二九
一世躬耕　三趨陋舍（四言）〇三〇

我點堅石　君棲碧梧（四言）〇三一
陶文甲文　賦體駢體（十四言）〇三二
學林　書界（十二言）〇三四
暮鐘淡淡　忙燕匆匆（十二言）〇三六
繞岸雙溪　懸天皓月（七言）〇三八
世降奇才　天留巨石（七言）〇三九
清風閑送　古道不逢（五言）〇四〇
奇書尋士　異卉恐霜（五言）〇四一
寄意渾如　浮生偏愛（七言）〇四二
草樹斜陽　癡雲野鶴（七言）〇四三
天高授鐸　氣静崇蘭（四言）〇四四
眼空無物　心惻有情（四言）〇四五
落雁常因　沉魚豈是（七言）〇四六
素練霜風　紅顔朔氣（四言）〇四七
明月自來　奇文能闔（七言）〇四八
雲飛　筆走（五言）〇四九
所圖者慢　封貴斯煌（四言）〇五〇
嘆爲觀止　從乎景行（四言）〇五二
詩浮碧水　意守丹田（四言）〇五三
君來始覺　吟罷渾忘（七言）〇五四
酩酊於今　江山從古（七言）〇五五
十里浮香　一池走影（七言）〇五六
談何容易　忍使蹉跎（四言）〇五七
聖世從來　淫聲未足（七言）〇五八
烏金夜課　青鎖朝班（四言）〇五九
執旌乎左　恩葉者春（四言）〇六〇
又是蕭蕭　行看泛泛（七言）〇六一
自有豪情　曾欣簡筆（七言）〇六二
遥聞遠唳　恰襯蕭疏（七言）〇六三
高僧潑寫　浪子提遊（四言）〇六四
雁影思歸　鶯啼憶故（五言）〇六五
三十年　萬千劫（卌二言）〇六六
戊戌　甲申（七言）〇六八
我共閑雲　誰陪野鶴（七言）〇七〇
華章似水　巨筆如椽（七言）〇七二
欲訪仙人　但逢狂客（七言）〇七四
千山葉落　幾片雲浮（七言）〇七五
殘月薄凉　一燈滋味（七言）〇七六
總覺臙脂　須教水墨（七言）〇七七
跌宕詩心　蕭疏畫筆（七言）〇七八
夢遊天姥　羲迫崦嵫（四言）〇七九
竹劈雙耳　嘯驚萬山（四言）〇八〇
千崖滴透　一綫穿空（七言）〇八一
能容毀譽　坐看煙雲（七言）〇八二
山下曾逢　夢中自有（七言）〇八三

煉石當年　臨風此日（七言）〇八四
麾凋北海　春盡西湖（七言）〇八五
水波遠處　香篆消時（七言）〇八六
白鬚相對　紅袖怕沉（七言）〇八七
峽谷冰川　堦庭蘭玉（七言）〇八八
細雨作寒　春風料峭（七言）〇八九
一簾秋雨　萬里蒼梧（七言）〇九〇
閑吟繞屋　朗月籠詩（七言）〇九一
一曲清歌　數間茅屋（七言）〇九二
朝暉仿佛　山色豈非（七言）〇九三
丹心偉績　翠竹江村（七言）〇九四
撥弦幽壑　揮麈空山（七言）〇九五
浮雲　泊水（五言）〇九六
我與世疏　誰偕天意（七言）〇九七
天岸誰鞭　人間我醉（七言）〇九八

孤桴有士　四海無人（七言）一〇〇
留雲借月　倚石迷花（四言）一〇一
天經百劫　水遇千迴（七言）一〇二
孤鶩逐霞　小軒臨水（七言）一〇三
酒消殘月　魂斷蒲團（四言）一〇四
驗身平國　授首於人（四言）一〇五
鳴禽在柳　静影澄人（四言）一〇六
要使前人　須知薄命（七言）一〇七
東野松雲　北山猿鶴（七言）一〇八
千峰峙立　萬古推移（七言）一〇九
彩筆何曾　歌吟自信（七言）一一〇
天岸龍媒　衡陽雁影（七言）一一一
獨立千載　偶逢一人（七言）一一二
策鹿登山　開門看雨（七言）一一三
白借月魂　緑扶詩夢（七言）一一四

褰衣步月　梳柳當風（七言）一一五
風動湖光　卦徵物象（七言）一一六
意中有寄　湖上無波（七言）一一七
憑欄欲歌　展簡懷古（十五言）一一八
迎紫　送青（廿言）一二〇
小月西沉　瞿塘北望（十六言）一二二
秋風拂遍　野雪追陪（七言）一二四
叢林法鼓　碧落鑾鈴（七言）一二五
水静人留　山空月满（五言）一二六
雲來腕底　月到吟邊（七言）一二七
西山歲晚　北海春來（七言）一二八
漠北煙魂　天中月相（五言）一二九
共賞大秦　能忘三楚（七言）一三〇
家園早恨　草屋今藏（七言）一三二
太液芙蓉　未央楊柳（七言）一三三

詠懷先賢

何人　我輩（十九言）一三六
故人寄意　先祖存文（四　言）一三八
跌蕩聊抒　披紛隱見（七　言）一三九
佯爲衰柔　壯懷激烈（十六言）一四〇
朗吟萬古　弦奏九州（七　言）一四二
陬邑仲尼　稷宫荀况（七　言）一四三
梅植孤山　船移摯友（七　言）一四四
彌翁志業　八大雲情（七　言）一四五
弘一舍身　敬安燭指（七　言）一四六
湖畔垂楊　文壇素履（七　言）一四七
早藏千寺　能滙九流（四　言）一四八
遠滋華夏　平視湯斯（四　言）一四九
傳云蔡宦　祖湖蒙恬（四　言）一五〇
越名歸樸　正學宏門（四　言）一五一
秋潮娓娓　夜雨蕭蕭（七　言）一五二
廣陵遺散　西閣苦吟（四　言）一五三
鄭燮言歸　劉伶酒散（七　言）一五四
湘水　國門（十八言）一五六
英雄鐵鑄　纛麾風掣（八　言）一五八
坐間談論　天上往來（九　言）一五九
禰衡有譽　道子何曾（七　言）一六〇
千秋楚韻　百載風流（十八言）一六二
龍場徹悟　玉門傷懷（十一言）一六四
一吟荻花　三篙桃浪（廿五言）一六六
前世鹿王　此翁畫聖（七　言）一六八
九逝騷魂　一雙醉眼（七　言）一七〇
神州早試　六合今聞（七　言）一七一
長思鄭燮　妙近維摩（七　言）一七二
曾留浩唱　卻憶幽吟（七　言）一七三
高山固俯　聖者當然（四　言）一七四
寒光照影　激浪移文（七　言）一七五
海南逐客　西蜀謫人（四　言）一七六
花皇魄散　懿吏煙銷（四　言）一七七
蒙恬有慧　杜甫除蕪（四　言）一七八
爲詞當　真品在（七　言）一七九
朱顔感泣　白羽懷天（四　言）一八〇
携美成史　伴蘆即秋（四　言）一八一
孤寒摘藻　激蕩移文（七　言）一八二
懷中一斗　釜下無萁（四　言）一八四
詩成每比　筆落曾同（七　言）一八五
已登仙域　還禱永年（四　言）一八六
取諸懷抱　收拾山河（四　言）一八七
聃曾函谷　我亦江州（十七言）一八八
天庭審判　地獄鞭笞（七　言）一九〇

久要不忘　還須踵擬（十八言）一九二
東籬把酒　北海摶風（七　言）一九四
舉世同悲　千秋共仰（七　言）一九六
老去自欣　秋來恰襯（七　言）一九七
劍舞有神　沉吟入化（七　言）一九八
哲思天放　情寄陸游（四　言）二〇〇
臨池有譜　破石荒唐（四　言）二〇一
乘鶴已成　好龍猶是（廿三言）二〇二
馱佛是本　枕書言歸（四　言）二〇四
拈花微笑　側首沉思（四　言）二〇五
觀魚云樂　曳屐而歌（四　言）二〇六
步兵聲朗　陸羽經傳（四　言）二〇七
意涵秋水　亭臥醉翁（四　言）二〇八
拾其香草　思及美人（四　言）二〇九
莽莽青山　粼粼春水（七　言）二一〇
有子才如　先賢果是（七　言）二一一
滕王何在　帝子恍如（廿二言）二一三
貝加爾湖　莽昆侖岳（八　言）二一四
塔下汲泉　梅邊吹笛（十　言）二一五
曠士浮生　老臣孤憤（七　言）二一六
飛觴醉忘　棄鋏吟懷（七　言）二一七

往来賸迹

紫閣　大江（十九言）二二三
蜀中豪興　漢口夕陽（廿三言）二二四
誰接千載　我瞻四方（四　言）二二六
楓紅繞嶺　江水回頭（七　言）二二七
西北山　古今月（十八言）二二八
於今　舉世（十八言）二三〇
隔江春色　遥昊白雲（十五言）二三二
寺古煙火　林深風露（十六言）二三四
葉落　我來（十六言）二三六
一瓢草堂　蝸舍書屋（廿五言）二三八
夜半文光　行慾竹影（七　言）二四〇
數點梅花　一行雁影（七　言）二四一
曾謁　再來（廿一言）二四二
士有典儀　人懷鄉國（廿一言）二四四
玉關柳色　鐵甲貂裘（廿一言）二四六
有緣圖佛　幾度論文（廿九言）二四八
人如　我乃（十七言）二五〇
驟雨青雲　新晴傑閣（七　言）二五二
孤山月色　一葉秋聲（七　言）二五三
看碧雲宇　嘆黃鶴樓（十九言）二五四
三重天　四十里（十九言）二五六
王謝　跡蹤（十六言）二五八

地辟百弓　天開一色（廿一言）二六〇
香水　朔風（十二言）二六二
楚韻　新聲（十五言）二六四
白鹿院　蓮香池（十六言）二六六
胸前　化外（廿　言）二六八
舊雨青雲　初晴傑閣（七　言）二七〇
雲籠野浦　雨過迴廊（七　言）二七一
賓館　玉關（十二言）二七二
絶學　賢關（十九言）二七四
碧山歲漫　瑶草春深（七　言）二七六
芷香沅水　月照夔門（七　言）二七七
戲猶是　心所儲（卅四言）二七八
詩有千秋　業承孤托（十八言）二八〇
翻水成文　以人列坐（十六言）二八二
聖人在上　邇典宜傳（廿五言）二八四
古迹　高談（廿　言）二八六
太液　環園（廿四言）二八八
酒家何處　瓊島有遺（廿一言）二九〇
講藝　依仁（廿五言）二九二
争貶北宗　羈棲南岳（十七言）二九四
我生近　君已在（廿　言）二九六
未聞安石　曾幸達摩（十九言）二九八
詩中無敵　世外有源（十五言）三〇〇
將帥　先生（十七言）三〇二
大哲　雄才（十五言）三〇四

博学於文

大木擎天　高人處世（七　言）三〇八
物與民胞　風和雨霽（七　言）三〇九
無窮世事　一往前程（七　言）三一〇
大漠旌麾　空山松柏（八　言）三一一
霜毫總寫　冷韻長吟（七　言）三一二
越世詩文　重霄品節（七　言）三一三
肺腑從來　丹心自信（七　言）三一四
高吟列祖　潑墨斯人（七　言）三一五
常懷　偶有（七　言）三一六
千尋木鐸　萬丈文瀾（七　言）三一七
言教　力行（十二言）三一八
宗元崇簡　以智守仁（四　言）三二〇
唯忠唯恕　斯敬斯誠（四　言）三二一
廣大精微　中庸峻極（七　言）三二二
傷心一卷　切肺長歌（七　言）三二三
曾誰立雪　待汝排雲（四　言）三二四
遠山　大海（五　言）三二五
當仰春秋　不知漢晉（八　言）三二六

古來才大 今夕月高（七言） 三二八
大道爲儒 旌旗執左（七言） 三二九
硬語盤空 深文隱蔚（七言） 三三〇
傾國亡國 載舟覆舟（四言） 三三二
先憂後樂 若忘兼狂（四言） 三三四
隱矣狡尾 藏之名山（四言） 三三六
觀希者帖 食野之苹（四言） 三三七
孔子妙傳 道人輕打（七言） 三三八
曾經立馬 未懼飛箋（七言） 三三九
縱使高松 能教衆莖（七言） 三四〇
不信先生 曾經若木（七言） 三四一
百戰山河 一天雨雪（十言） 三四二
萬里蒼茫 分陰奄忽（七言） 三四三
莫問新裝 應從大道（七言） 三四四
蒼葭白露 秋水伊人（七言） 三四六
梨花一枝 朔漠千里（七言） 三四七
蘋中萃鳥 木上懸罾（七言） 三四八
獨憐皺縠 未許晶瑩（七言） 三四九
望崦嵫 恐鶗鴂（五言） 三五〇
梧桐巢引 泰嶽句成（四言） 三五一
與華無極 似月漸圓（四言） 三五二
畫圖省識 鱗甲須知（七言） 三五三
妙人兒 悟言者（七言） 三五四
咸陽一炬 荆楚千秋（七言） 三五五
遠山宜秋 通史探幹（十六言） 三五六
遞變時空 遷流物類（七言） 三五八
瀚海千程 風帆一葉（七言） 三六〇
秋風落葉 社酒寒燈（七言） 三六一
群山 古帙（十五言） 三六二
別館 荒臺（十八言） 三六四
此日白雲 仙人舊館（十八言） 三六六
五夜樓船 三秋雁字（十一言） 三六八
已爲陳迹 又見新符（四言） 三七〇
朔氣能欺 法乳澆開（七言） 三七一
無煩 有學（十六言） 三七二
書齋樹蕙 佛國飛花（七言） 三七四
須彌芥子 大漠微沙（七言） 三七五
三年勺水 萬世浮圖（七言） 三七六
我欲從公 誰能啓卷（七言） 三七八
見聞 定慧（十言） 三七九
不論 何曾（廿一言） 三八〇
造化沉浮 天衣散合（七言） 三八二
呈衆生相 喻萬衆心（四言） 三八三
無量光照 三千界藏（四言） 三八四
報緣因果 鄉在雲天（四言） 三八五

似曾聞唳　如是説空（四　言）　三八六
行深般若　畫大菩提（四　言）　三八七
東門有女　妙境爲空（四　言）　三八八
禪宗法雨　社稷威儀（四　言）　三八九
孤抱籠居　千峰拔地（廿一言）　三九〇
養修菩提　遊戲世界（十七言）　三九二
奇緣忽灑　勝果當成（七　言）　三九四
梵音　蓮界（七　言）　三九五
人相我相　風聲雨聲（廿一言）　三九六
六道衆生　九天諸佛（七　言）　三九八
四大皆空　六根清净（七　言）　四〇〇
一燈　三炷（五　言）　四〇二
大德如梵　高峯入雲（十四言）　四〇四
佛本要　吾何輸（十八言）　四〇六
試向空門　幽尋盡處（七　言）　四〇八

詩帶禪心　法原寂相（十一言）　四一〇
少角藝　晨敲鐘（十七言）　四一二
同天風月　巡地塵沙（七　言）　四一四
三千世界　一辮愚頑（七　言）　四一五
佛鏡空無　清詩妙絶（七　言）　四一六
定慧照寂　仁慈披麻（七　言）　四一七
月映蓮燈　風隨駿驥（七　言）　四一八
世網當思　袖中忽見（七　言）　四一九
蓮界重開　佛天無語（七　言）　四二〇
無相　此身（七　言）　四二一
讀佛典　耕堯田（廿一言）　四二二
如是見　苟同風（十三言）　四二四
一羽重霄　千圍大木（七　言）　四二六
偉制絲綢　慈心慧覺（七　言）　四二七
有這樣　期常得（卅一言）　四二八

中國　族羣（十五言）　四三〇
三生復樸　八秩歸嬰（四　言）　四三二
禪悟肯隨　夢思恍在（七　言）　四三四
物我　帆風（十二言）　四三六
我佛所宗　諸禪是境（八　言）　四三八
曾聞海客　來伴山僧（七　言）　四三九
天籟無窮　玄門奥妙（十七言）　四四〇
我本　此間（十二言）　四四二
方生方死　無是無非（四　言）　四四四
命屬青鳥　身縈紫煙（四　言）　四四六
千尺浮高　十分真樂（七　言）　四四七
蒲劍霜鋒　詩雄烈魄（七　言）　四四八
虎尾春冰　馬蹄秋水（七　言）　四四九
跌宕文章　疏狂潑墨（七　言）　四五〇
文欣刀利　鬼畏劍寒（四　言）　四五一

獨鍾相對　兼愛無倫（四　言）　四五二
此詩有味憑君傳
——跋十翼師自書聯語　劉波　四五五

序言

夫聯語者，抒臆言志，暉麗藝文。隨性適分，敷華載實。代有作手，古今莫替。吾師十翼先生，當茲製聯聖手也。存墜緒於一綫，嗣遺響於殊方。藉藉乎駿聲日遠，恢恢乎令譽孔彰。嘗憶曩年盥薇發讀先生《莽神州賦》《炎黃賦》諸名篇，爲文偏嗜駢驪，下筆律吕隨心。風致超超，雅音落落。上足紹承先德，下則頒授群衿，洵可謂駸駸然騰躍雲衢，郁郁乎茂榮文苑哉！

先生噓吸風雲，樹義高古。自强成廣大之規，不息發高明之悟。出幽入明，任靈心之浚發；控古勒今，寓伶倫之矩度。笛飛不落，漫題黄鶴之樓；逸興遄飛，培風鵬舉之賦。其才大，故品衡能洞鑒精微；其識廣，故摛藻而義理昭著。因憶丙戌秋，偶與十翼師論及近賢沈曾植、馬一浮、王國維，先生即命予撰聯詠之。自維小器，難勝大受，勉成拙句曰：「六義四書，萬法一歸，流傳史乘作經綸」（馬一浮）、「時觴努絶學，爲望東南存海日」（沈曾植）、「詞客都無賴，苦求樂土向塵寰」（王國維），而先生轉睫間即分别以「五典三墳，九丘八索，初祖人文呈浩莽」（馬一浮）、「老去猶舒嘯，從知西北有高樓」（沈曾植）、「天神降百凶，還寄微言昭末世」（王國維）足成。理味獨標，議鋒穎發，接軫風騷，洞啓鈐鍵。人工極而天巧斯呈，火候青而星躔直貫。奂侖鬱鞅，猗歟休哉！

且夫懸黎藏器，何冀先鳴；疊韻門叉，但求自樂。先生俊爲丹青巨手，惟詩魂書骨是尚，三淵靈合，偶出帙叢，在先生固爲餘事；珠玉盈前，於諸生則盡享先睹之樂也。每一諷誦，輒如《大智度論》所謂如入寶山，自在取寶，歎賞之下，兹摘録數聯於後：「孤寒摛藻孟東野，激蕩移文孔北山」、「虎尾春冰真境界，馬蹄秋水大文章」、「酩酊於今翻覺醒，江山從古不宜秋」、「戊戌戍紳嘩之代，甲申由寇變而名」（「戊戌戍」「甲申由」筆畫相類，字形相似，頗有妙趣）、「十里浮香真净域，一池走影大文章」、「雲飛山欲舞，筆走氣先呑」，皆驅遣萬靈，獨出機杼，生氣別出，卓爾自運，或隱括權衡，用意深密；或想落天外，不蹈恒蹊；或勁氣盤折，雄奇宕逸；或氣機流轉，運化致極。三復吟味，曷勝敬仰之至！遂將先生近期所作聯語輯纂編次，都三百餘副。合而觀之，但覺昆山片玉，同驚奪錦之才；澼絖千金，端爲不龜之手。思理綿邈，堪稱學人之聯；慧鋒詩心，果是才士妙製。叩玉玲玲，賞音律之協喈；圓珠歷歷，歎運典之練嫺。爲使内涵凸顯，本事彰明，復加簡注、點評。逮及斯集行將刊布之際，先生竟命予具撰弁言，猥蒙厚屬，曷勝惶悚；爰貢蕪辭，用稽顛末。臨穎神馳，益不勝雲天花雨之思云爾。

癸卯歲杪，門人邵盈午匆撰於北京香榭舍

思無邪集

甲辰
范曾自題

詩以言志

戎機萬里驅輜重
帙册千櫥戀夕陽

解析　劉波

萬里戎機，軍旅日常也。千櫥帙册，文士所鍾也。文武相對，聯境乃成。

塔影依稀横絶勢
鬃風躑躅縱邊聲

解析　劉　波

上句目及，塔影勢絶。下句耳聞，邊情關心。

孤踪未畏修羅塞
浩帙來張閶闔闕

解析 劉波

修羅，阿修羅之省稱。意爲「不端正」或「非天」，爲古印度神話中之惡神，居於海底。閶闔，天門也。
上下句引申所向無空闊之詩人意志。

夢覆床前窗透月
名傳海內意如潭

解析　劉波

夜靜月朗，所思在遠。學深名高，其意轉平。

丑歲唯知牛踏月
寅年便覺虎生風

解析　劉波

駕馭如此通俗之題材，難在意味。牛踏月歸去，虎生風而來，迎虎送牛之意在焉。

玉碎荒疆猶待理
金甌一統競相馳

解析　劉波

金甌，意爲金盆盂，喻疆土之完固，亦指國土。兩句寫盡古今兵家苦辛。

望裏青峰雲靄掩
吟邊碧水雨霏陰

解析　劉波

青峰、碧水虛實相襯，情境以生。

小橋流水
天岸走霞

解析 劉波

小大相成，動静相宜，非高懷不辨。

豪情擊節杯爲淺
畫境開張筆肯遲

解析　劉波

肯，不肯。豪吟、潑墨，俱見先生真性。

誰曾着意隨閑鶴
我欲無心覓舊鷗

解析　劉波

先生曾於碧水蓄二鶴，日夕晤對，神閑意逸。舊鷗，喻指舊友。

未是村童能解惑
可憐漁父枉添愁

解析　劉波

上句化用杜牧《清明》，抑或賈島「松下問童子」詩意；下句用屈子《漁父》文意。

平沙鎩羽
流水啣花

解析　劉　波

雁—鱖魚詩鐘。

《平沙落雁》又名《雁落平沙》，古琴名曲，有多種流派傳譜，其意在借大雁之遠志，寫逸士之心胸。

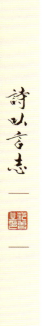

木上高塬成大藪
荷生野水自清香

解析　邵盈午

范曾—劉波詩鐘。
大藪，水草叢生的湖泊。荷生，劉波之字。
着語豪縱淵雅，當由真力彌滿耳！

鶴老深山雲不動
龍游蒼昊夢非遥

解析 劉波

上聯天地悠悠，下聯我心耿耿。動静之間，奇趣生焉。

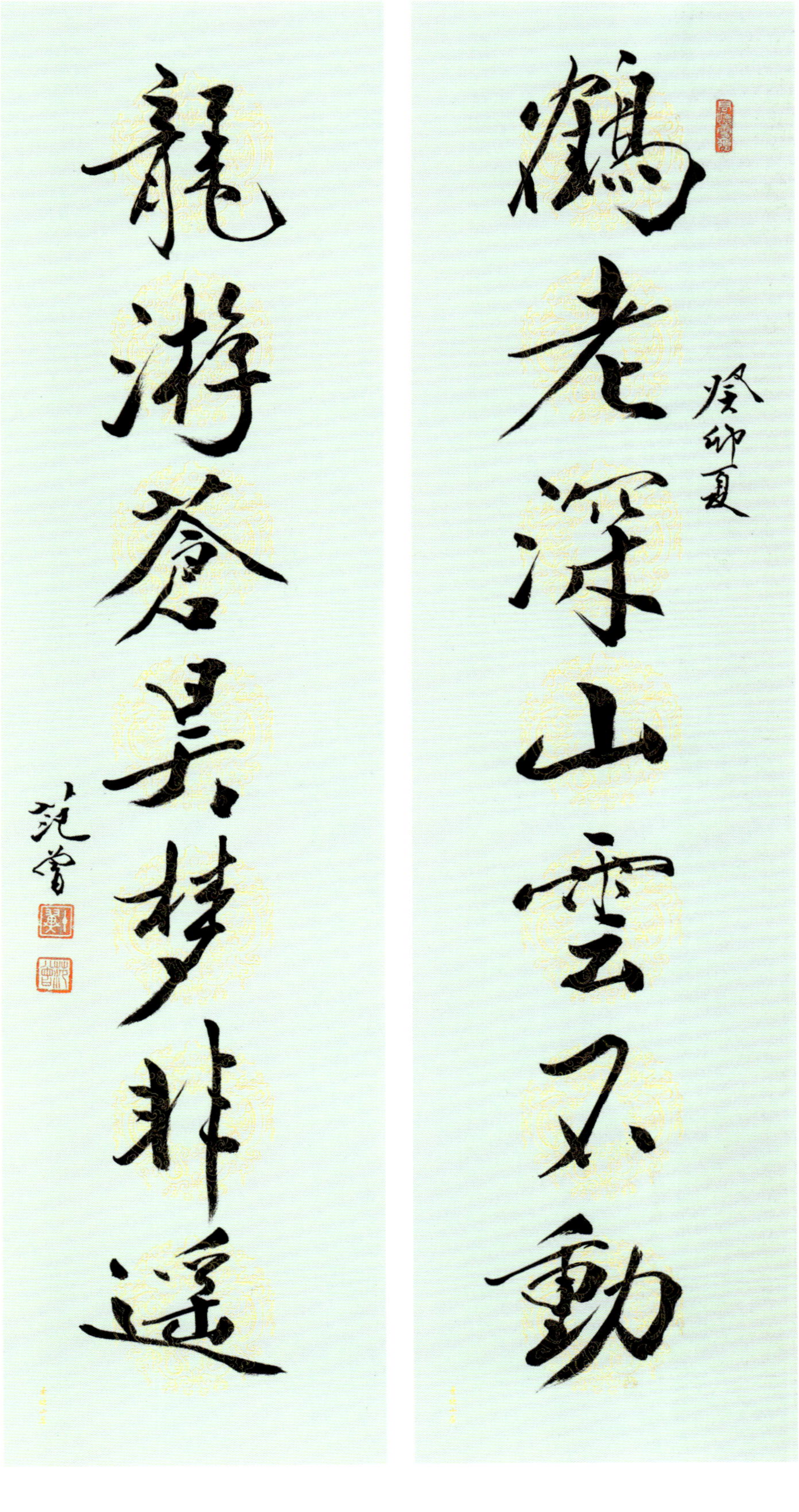

三生石上宿非孤
范曾

八秩萍浮因有寄
三生石上宿非孤

解析　邵盈午

八秩，八十歲。

三生，指過去生、今生和未來生，象徵着生命的不斷迴圈和轉生。

三生石上，相傳唐李源與僧圓觀友善，同遊三峽，見婦人引汲，觀曰：「其中孕婦姓王者，是某托身之所。」更約十二年後中秋月夜，相會於杭州天竺寺外。是夕觀果歿，而孕婦産。及期，源赴約，聞牧童歌《竹枝詞》：「三生石上舊精魂，賞月吟風不要論。慚愧情人遠相訪，此身雖異性長存。」源因知牧童即圓觀之後身。

風度高遠，彌饒古意，庶幾不煩繩削而自合也。

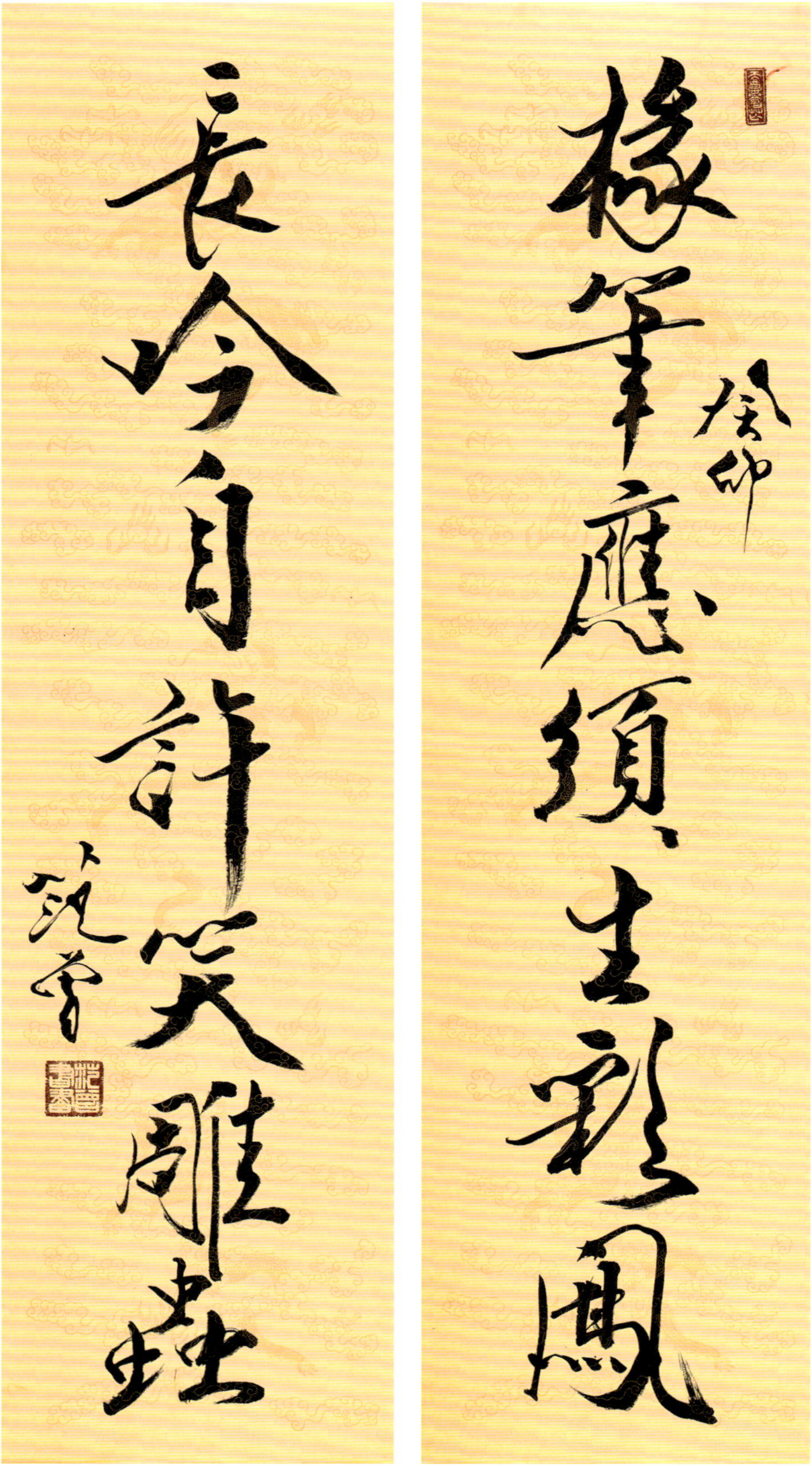

椽筆應須生彩鳳
長吟自許笑雕蟲

解析　郭長虹

椽筆，《晉書·王珣傳》：「珣夢人以大筆如椽與之。」手秉如椽巨筆，應當寫出像五彩鳳凰那樣絢麗的詩句。以詩自我期許，就要蔑視那些雕蟲小技。

蒼天作帳
滴水成文

解析　邵盈午

草原—硯詩鐘。

切題而不犯題字乃詩鐘分詠之初步要求，至如立意高遠，構思新異，乃分詠之高境，非才大力雄者難克臻此也。

此作妙在不拘執於物象之功用，獨從大處、虛處着筆，力辟蹊徑，落想奇異，遂成絕作。

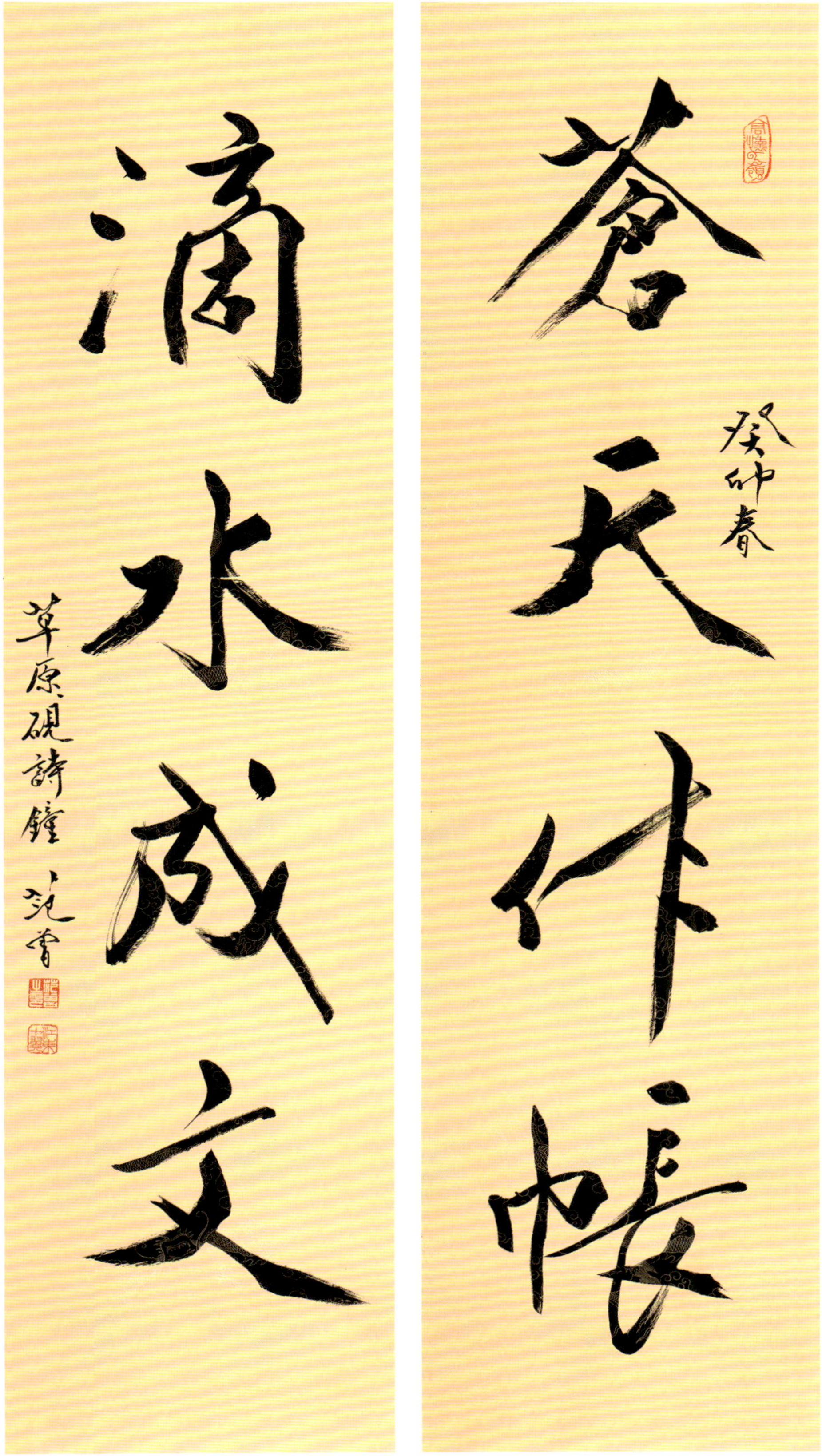

追陪明月
偶載詩人

解析　邵盈午

泉—鹿詩鐘。

「泉」映月而流，故曰「追陪」；「鹿」爲仙人座騎，故曰「偶載詩人」。妙筆生花也！

身抽六合浮雲外
詩在千杯烈酒中

解析 郭長虹

六合，上下四方，即世界、宇宙。超脱於世俗世界之外，用千杯烈酒激發濃烈的詩情。

遠寺影迷，縈塔木魚傳梵唄
重簾風細，隔窗竹韻送書聲

解析 邵盈午

梵唄，始創魚山，又稱「魚山」，是「魚山梵」或「魚山唄」的簡稱。梵，清淨、止斷，如禮如法之道；唄，歌贊、供養，和雅稱歎之德。因三國曹植於魚山創作，有了中國佛教梵唄的流行。

梵唄是佛教中國化的重要標志，是中外文明互鑒的成功案例，也是儒家道家文化浸潤佛教實現交匯融合的優秀典範。

接響蘇黃，餘韻悠然。

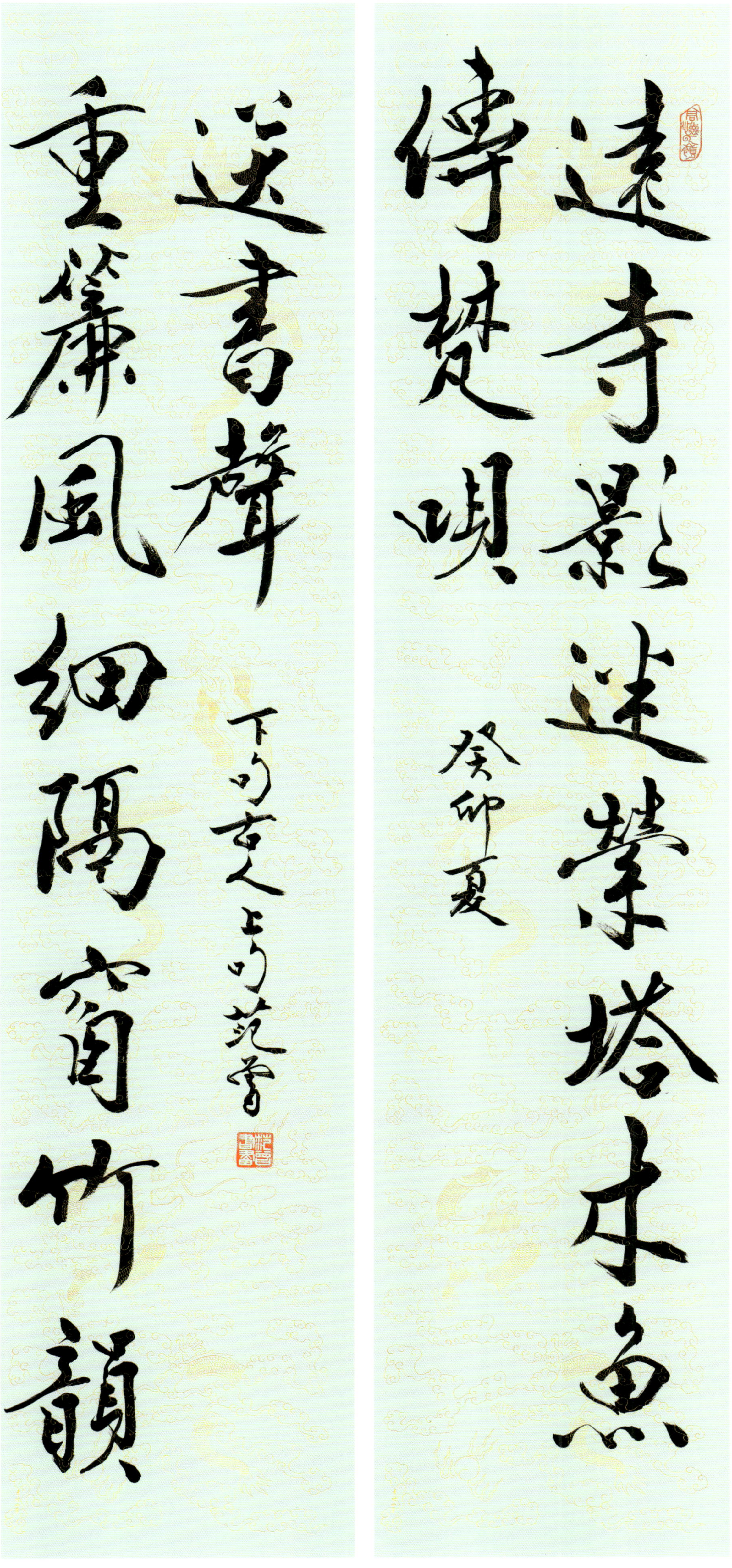
遠寺影迷叢塔木魚傳梵唄
癸卯夏
重簾風細隔窗竹韻送書聲
下句古人上句范曾

宜將淡水固新誼
忍看秋花離故枝

解析　郭長虹

就用一杯淡茶來加深新的友情，不忍看秋天的花朵從老枝飄落。

月來滿地水
雁去一行秋

解析　郭長虹

月亮上來，滿地月光如水；大雁南飛，像一行寫在天空的秋意。

望中青鳥遠
衣上白雲多

解析　郭長虹

在山中，遥望飛翔的青鳥在遠方，而身上飄過白雲。

同心不隔一片月
寄意何憂萬重山

解析　郭長虹

我們心意相通不相隔，就像共同仰望同一片月亮；我的幽懷寄意不畏萬山之阻隔。

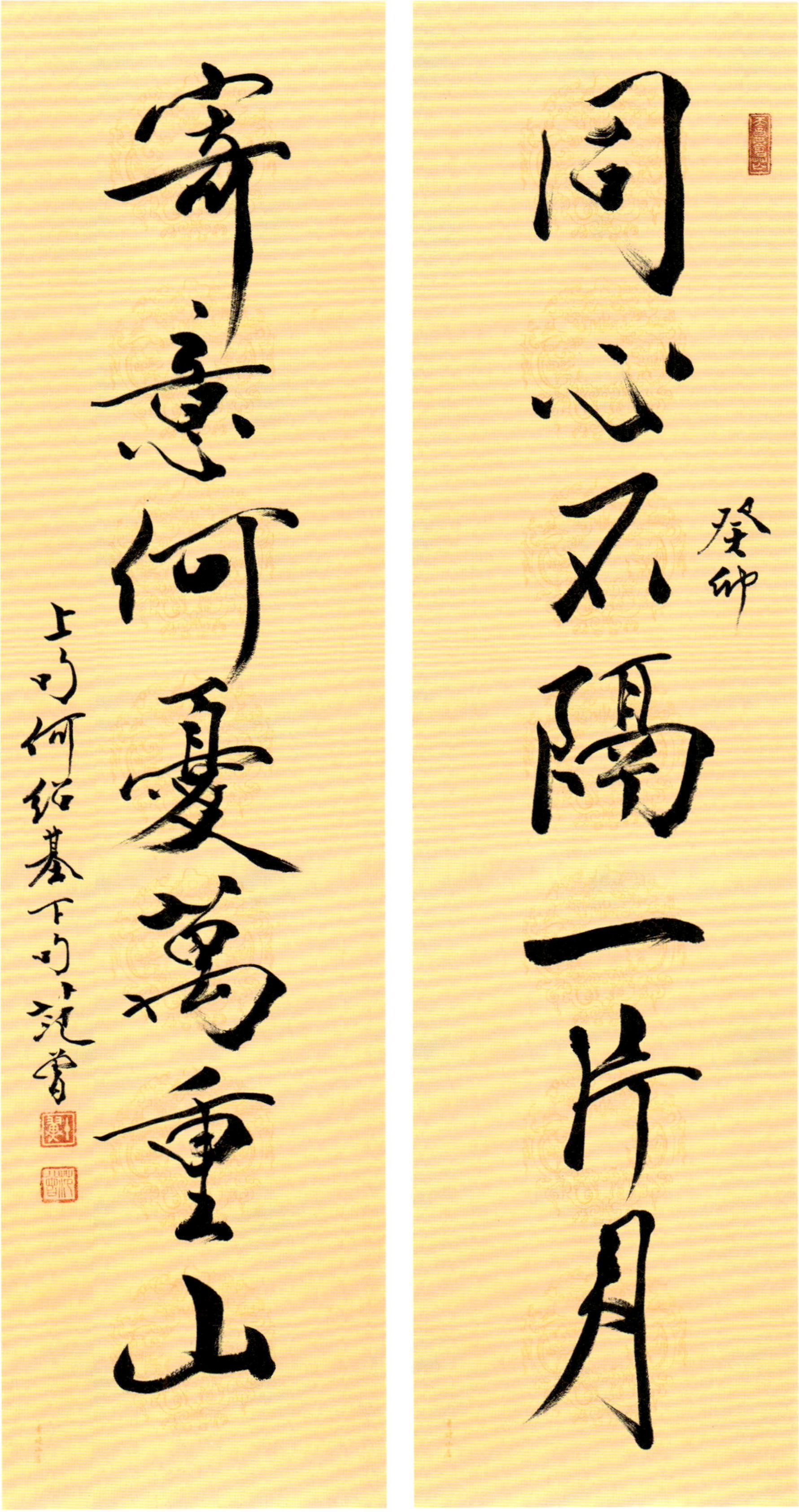

詩蒼人不老
句奧意翻新

解析　郭長虹

詩意老辣，但人却不老；
字句古奧，但詩意新穎。

此地只應明月到
清泉合付雅人吟

解析　郭長虹

這樣清雅的地方就應該只有明月獨照，清泉只能讓雅人來吟詩。

一世躬耕
三趨陋舍

解析　郭長虹

牛—劉備詩鐘。

此聯分詠牛、劉備。牛一生都在耕田，劉備曾三次光顧諸葛亮的草廬。

我點堅石
君棲碧梧

解析　郭長虹

黃金—鳳凰詩鐘。

我把頑石點化爲黃金，鳳凰棲息在碧梧樹上。

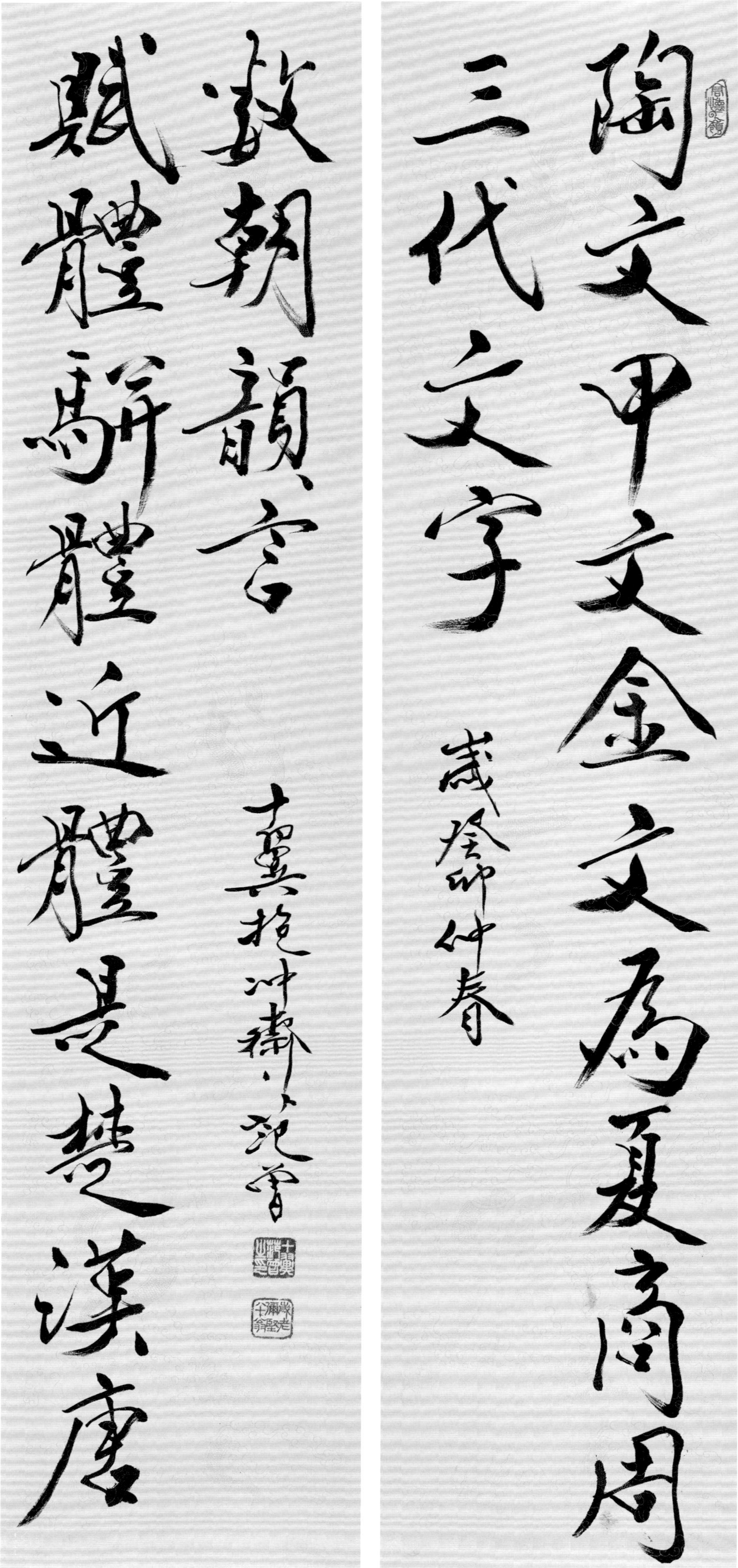
陶文甲文金文爲夏商周
三代之文字
歲癸卯仲春
賦體駢體近體是楚漢唐
數朝韻言
十翼抱沖齋主范曾

陶文甲文金文，爲夏商周三代文字
賦體駢體近體，是楚漢唐數朝韻言

解析　郭長虹

陶文，陶器上的刻劃文字；甲文，甲骨文；金文，青銅器上的文字。賦體，古代文體，以屈原爲發端；駢體，魏晉時發展出的一種對偶式文體；近體，近體詩，又稱格律詩，與古體詩相對而言，是唐代形成的律詩和絶句的通稱，對句數、字數、平仄、押韻都有嚴密的格式和規律的限制。

學林添瑞靄，商量社稷開新境
書界立昆崙，務使生民沐惠風

解析　郭長虹

瑞靄，吉祥的雲氣，比喻壽辰。商量，切磋學術的意思。學術界迎來了新的喜慶日子，國家的學術又上一個新境界；商務印書館在出版界有昆侖山一樣的地位，讓廣大民衆沐浴到文化的惠風。

學林添瑞靄商量社稷開新境
歲癸卯 賀商務印書館
書界立昆崙務使生民沐惠風
抱冲齋主范曾

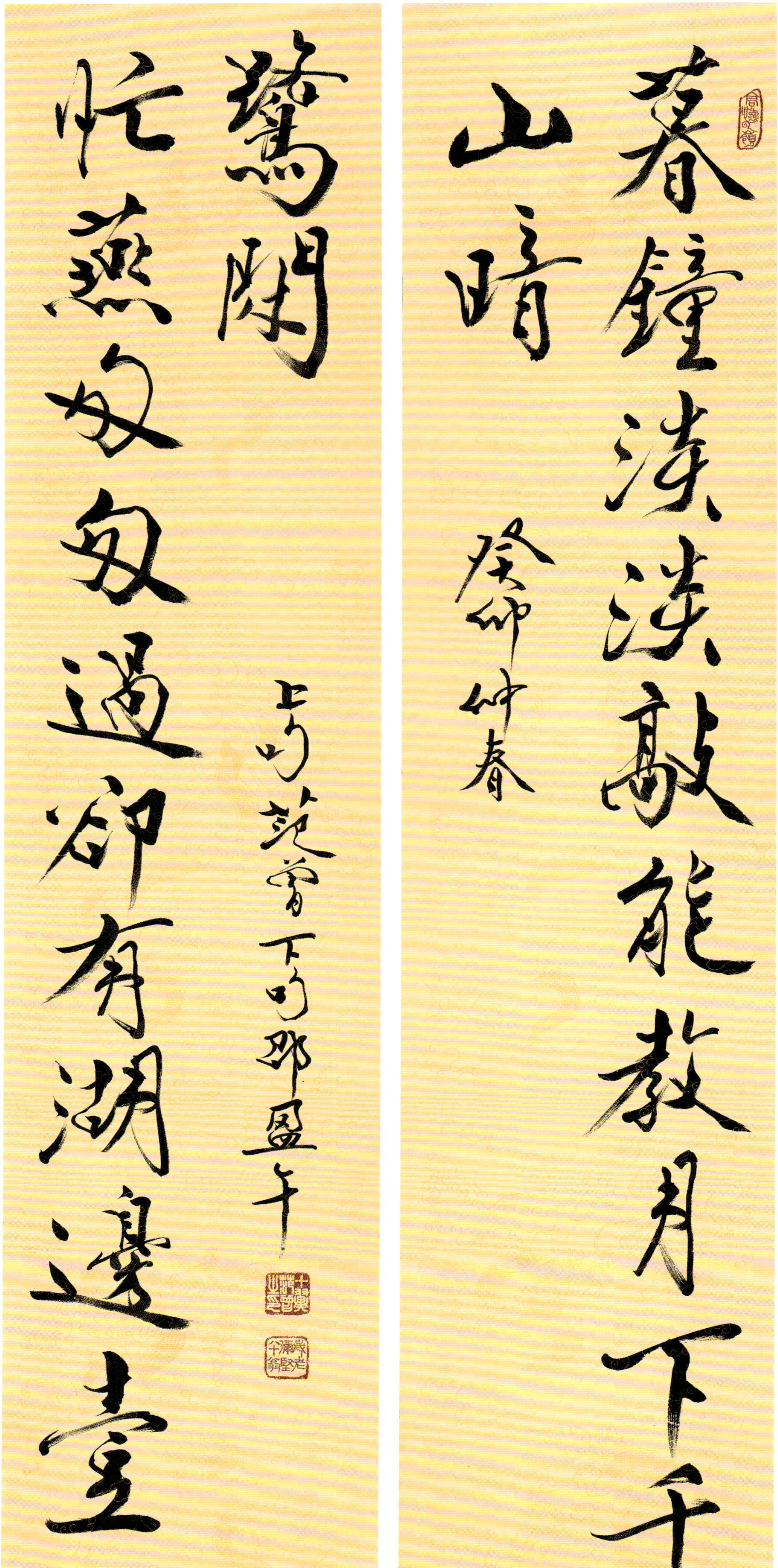
暮鐘淡淡敲能教月下千山晴
癸卯仲春
忙燕匆匆過卻有湖邊臺鷺閑
上句范曾下句邵盈午

暮鐘淡淡敲，能教月下千山暗
忙燕匆匆過，卻有湖邊壹鷺閑

解析　郭長虹

薄暮時刻，鐘聲淡淡地敲，仿佛讓月下重山都沉寂了。匆忙的燕子飛過，湖邊却有一隻鷺鳥悠閑地站着。

繞岸雙溪澄靜影
懸天皓月憶孤舟

解析　邵盈午

此乃先生自得之言，信手拈來俱成妙諦。至如情景圓融，比興深遠，更非邃於詩道者所能及。

世降奇才開境域
天留巨石待文章

解析　邵盈午

出句以一「開」字領起，對句以一「待」字收官，兀傲健舉。有此雄心偉抱，安得不有奇文出焉！

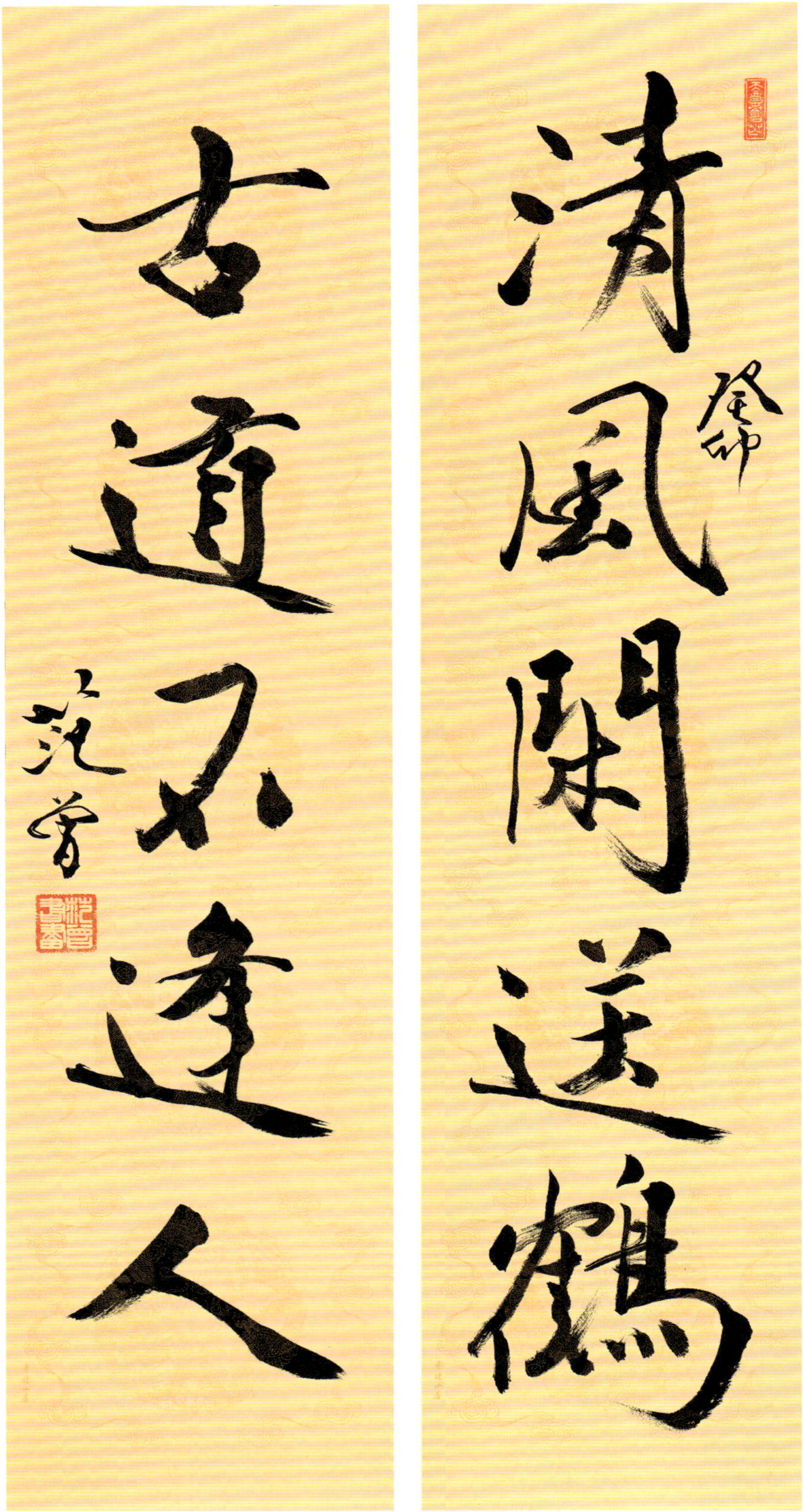

清風閑送鶴
古道不逢人

解析　邵盈午

神理淵永，不讓古人。

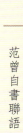

奇書尋士讀
異卉恐霜寒

解析　邵盈午

此聯具徵才士本色。奇書，指偉岸奇譎之書，甚少人能問津，只能由書尋知音矣，有奇趣。

寄意渾如蝴蝶夢
浮生偏愛蕙蘭香

解析　邵盈午

蕙蘭，皆指香草，屈原《離騷》：「既滋蘭之九畹兮，又樹蕙之百畝。」胎息莊騷，淵雅絕倫。

草樹斜陽歸淡泊
癡雲野鶴自清幽

解析

邵盈午

上聯「草樹斜陽」四字，一片空茫澹蕩之象。下聯「癡雲野鶴」更有靈氣行乎其間，既饒清境，尤有遠神。

天高授鐸
氣静崇蘭

解析　邵盈午

授鐸，《論語·八佾》：「天下之無道也久矣，天將以夫子爲木鐸。」下聯意謂人們要不斷增强淡定從容的定力，平淡對待得失，就如於幽静處盛開的崇蘭一般。風骨韻味，俱臻勝境。

眼空無物
心惻有情

解析　邵盈午

太白之乘雲馭風，子美之自許稷契，此八字可謂兼之矣。

落雁常因飛箭疾
沉魚豈是美人來

解　析　　邵盈午

春秋末期，越國有一個浣紗女子，叫西施，粉面桃花，相貌姣美。相傳她在河邊浣紗時，清澈的河水映照她俊俏的身影，水中的魚兒看見後，竟都忘記了游水，漸漸地沉到河底。從此，西施「沉魚」的故事，便漸漸流傳開來。

素練霜風
紅顏朔氣

解析　劉波

老鷹—花木蘭詩鐘。

《木蘭辭》有「朔氣傳金柝，寒光照鐵衣」句。杜甫《畫鷹》有「素練風霜起，蒼鷹畫作殊」句。

素練霜風
紅顏朔氣
老鷹·花木蘭詩鐘
癸卯夏
范曾

明月自來還自去
奇文能闔固能張

解析　邵盈午

「明月」之句，蘊涵已妙。
「奇文」之詠，吐氣益豪。
僅此二語，具見大氣象大手筆也。

雲飛山欲舞
筆走氣先吞

解析 邵盈午

圓轉無礙，不假安排，足見欲拔俗非深於詩不可。

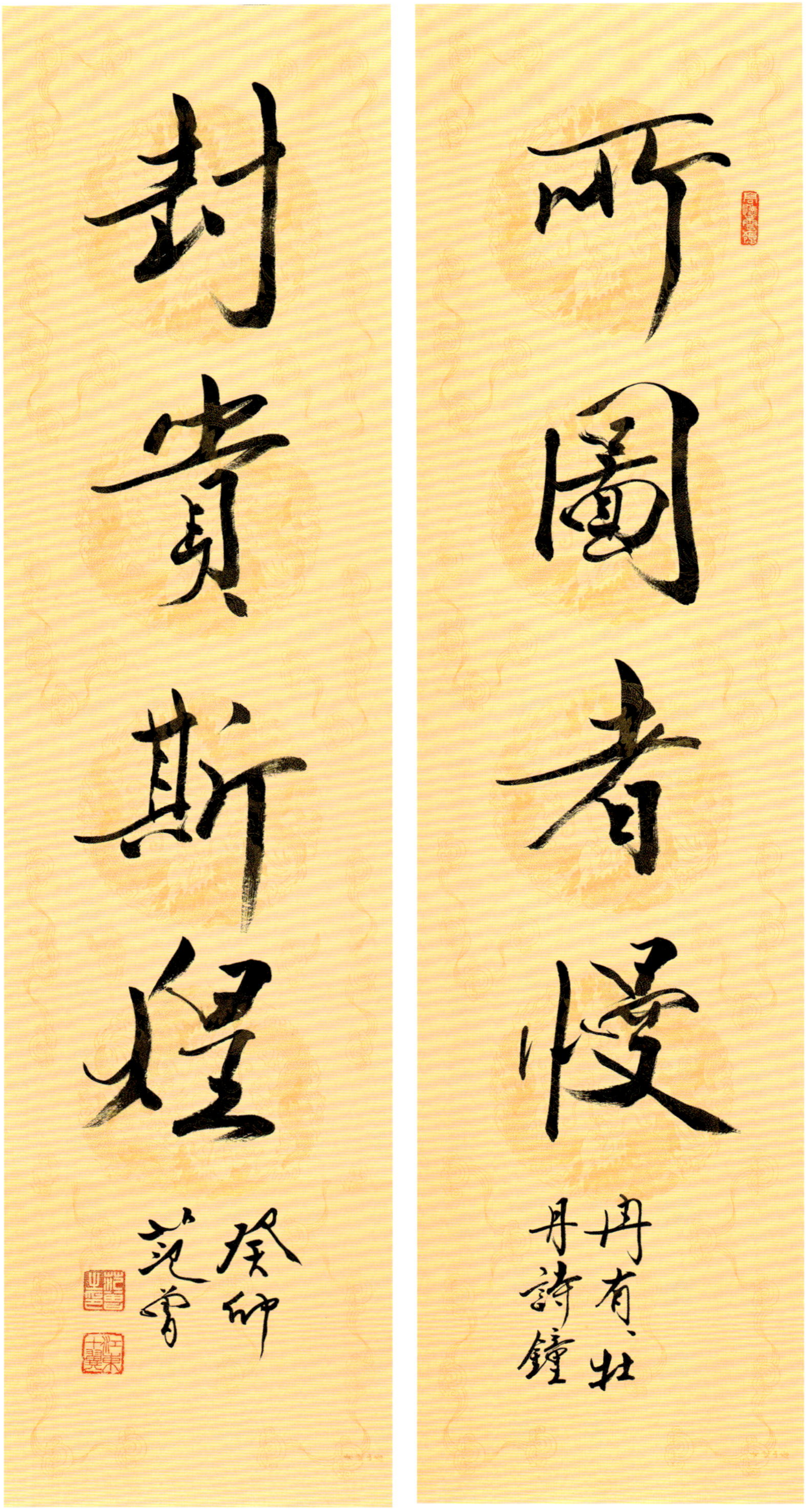

所圖者慢
封貴斯煌

解析　邵盈午

冉有—牡丹詩鐘。

封貴，此指牡丹。牡丹花大而鮮豔，香氣濃郁，是中國古代傳統名花之一，被世人稱爲「花王」。在中國文化中，牡丹還是「富貴榮華」的象徵，代表着美好、繁榮和幸福。從歷史上看，描寫唐玄宗、楊貴妃與牡丹的故事甚多，最著名的莫過於沉香亭前賞牡丹，李白曾醉寫《清平調》詞三首，將牡丹與楊貴妃相比擬，花與人融爲一體，情趣盎然，爲世人贊歎。其中有句云：「雲想衣裳花想容，春風拂檻露華濃。」「名花傾國兩相歡，長得君王帶笑看。」此詩流傳開來後，牡丹遂成爲楊貴妃的象徵，此即所謂「封貴」。

冉，慢也，冉有固孔子高徒，不會汲汲以求，先生趣解之。詩文之樂，常在不拘於事。

嘆爲觀止
從乎景行

解析 邵盈午

觀止，語出《左傳·襄公二十九年》：「（季札）見舞《韶箾》者，曰：『……觀止矣！若有他樂，吾不敢請已。』」意謂稱贊所見事物好到極點。

景行，出自《詩經·小雅·車舝》：「高山仰止，景行行止。」雖不能至，心嚮往之。比喻對某種高尚品德的無比仰慕。

詩浮碧水
意守丹田

解析　邵盈午

丹田，人體部位名。位於臍下三寸關元穴部位。道家以此爲男子精室、女子胞宮的所在處。

君來始覺詩魂醒
吟罷渾忘茶色濃

解析　邵盈午

爽利朗暢，頗有流水之致。

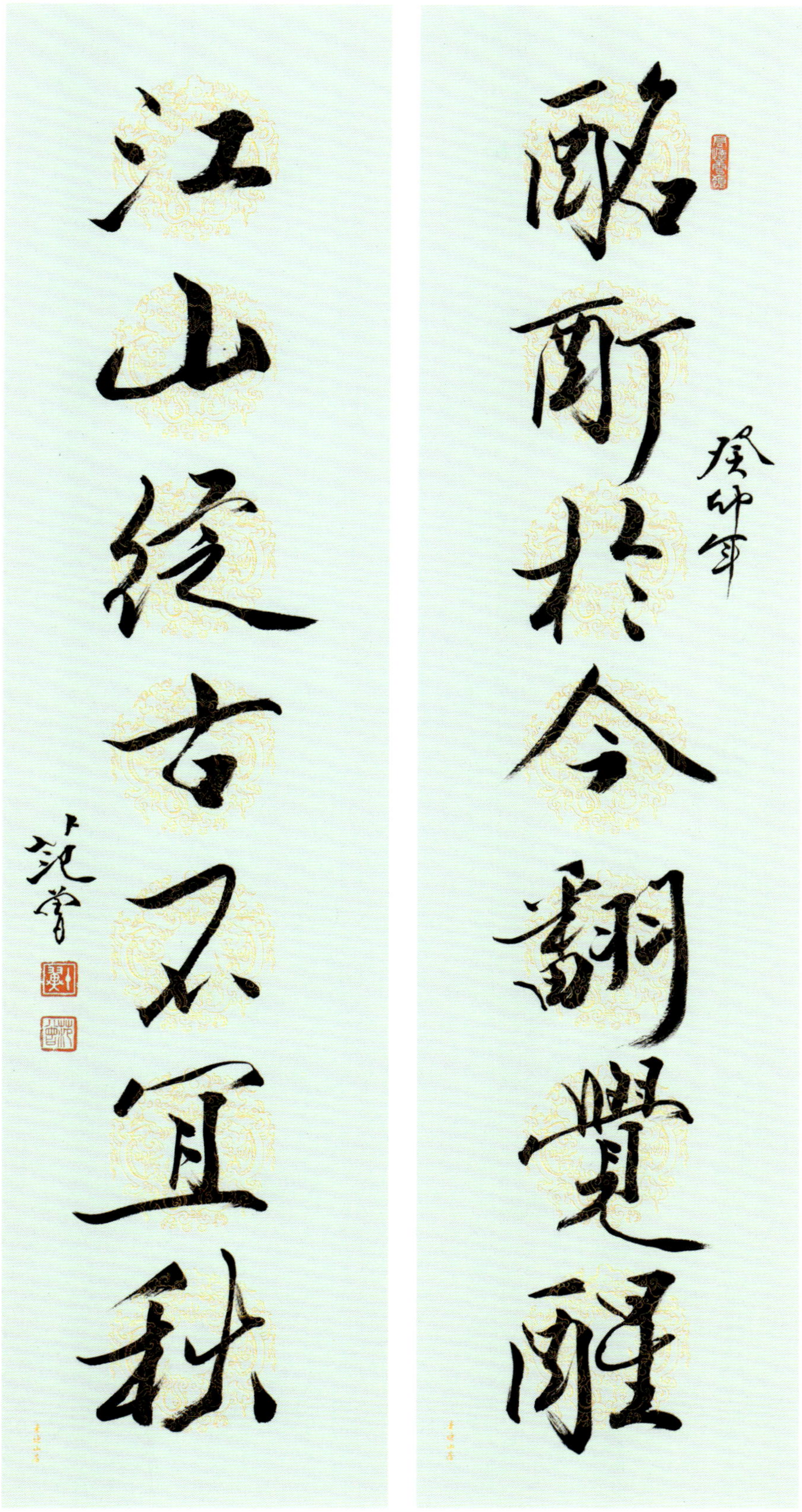

酩酊於今翻覺醒
江山從古不宜秋

解析　邵盈午

酩酊，大醉貌。

出句自寫酒醒方醒之狀，下聯致慨深婉，一唱而三歎，洵爲經意之作。

十里浮香真净域
一池走影大文章

解析　邵盈午

風泉虛籟，自發天機。

談何容易
忍使蹉跎

解析　邵盈午

蹉跎，虛度光陰，任由時光流逝卻毫無作爲。

聖世從來繁蕙茝
淫聲未足擾琵琶

解析　邵盈午

蕙茝，皆香草名。淫聲，淫邪低俗的樂聲。古代以雅樂爲正聲，以俗樂爲淫聲。

烏金夜課
青鎖朝班

解析　劉波

書法—杜甫詩鐘。

夜課烏金拓，清瑣點朝班。烏對青，夜對朝，自然天成。

執旌乎左
恩葉者春

解析　邵盈午

旌，本意爲用羽毛或牦牛尾裝飾的旗子，引申泛指旗幟，又引申爲表彰。

「恩葉」二字極妙，此「詩家語」非鈍智者所能會。

又是蕭蕭千滴淚
行看泛泛一蓑霜

解析　劉波

雨竹—垂釣詩鐘。

相傳舜的兩位妃子，長曰娥皇，少曰女英。舜南巡狩獵，崩於蒼梧之野，二妃泣之，以淚灑竹，竹皆枯死。下句化用宋曹勛《和鮑判院見寄二首》之一「一蓑煙艇洞庭霜」，渾然無迹。

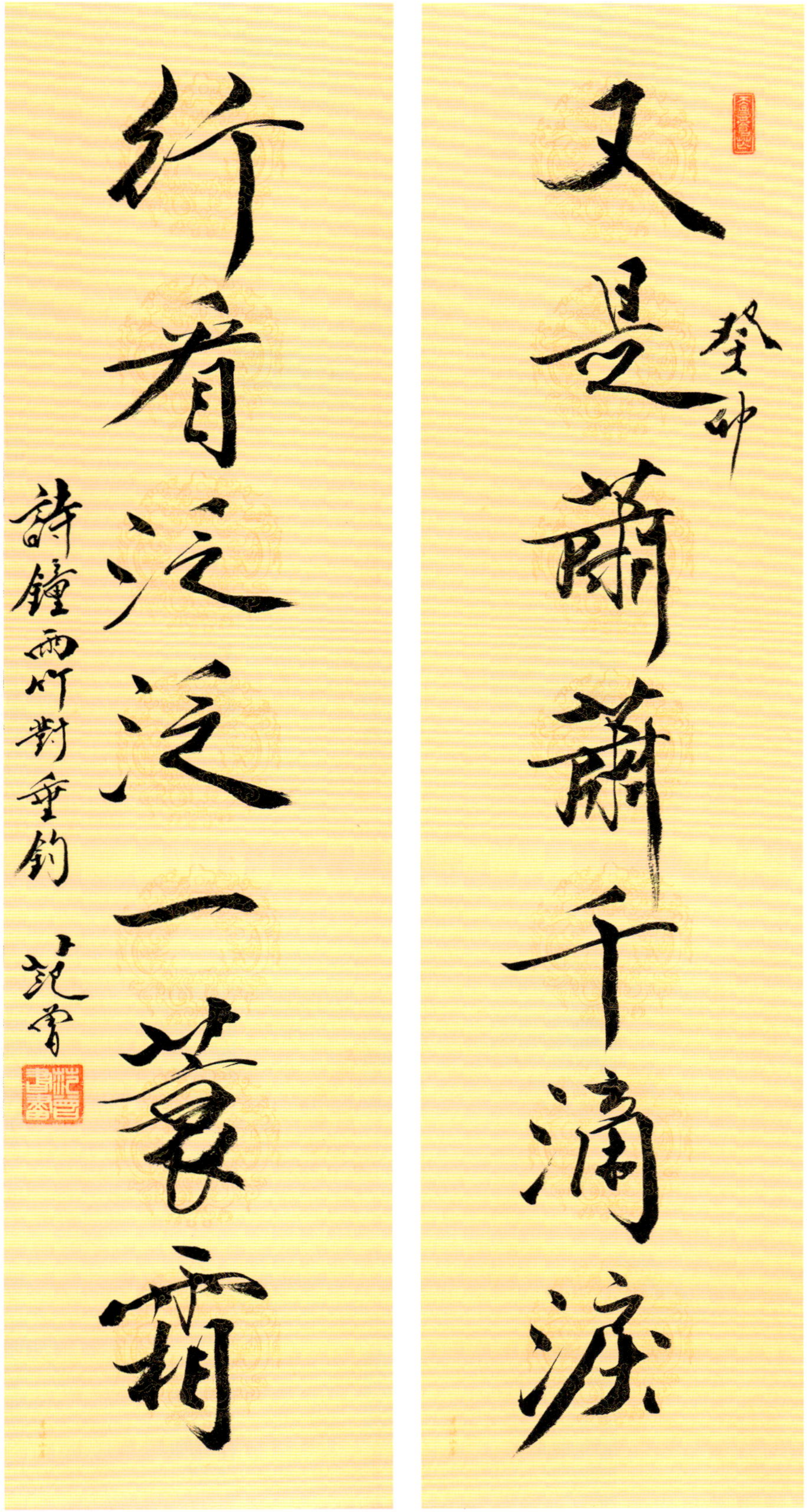

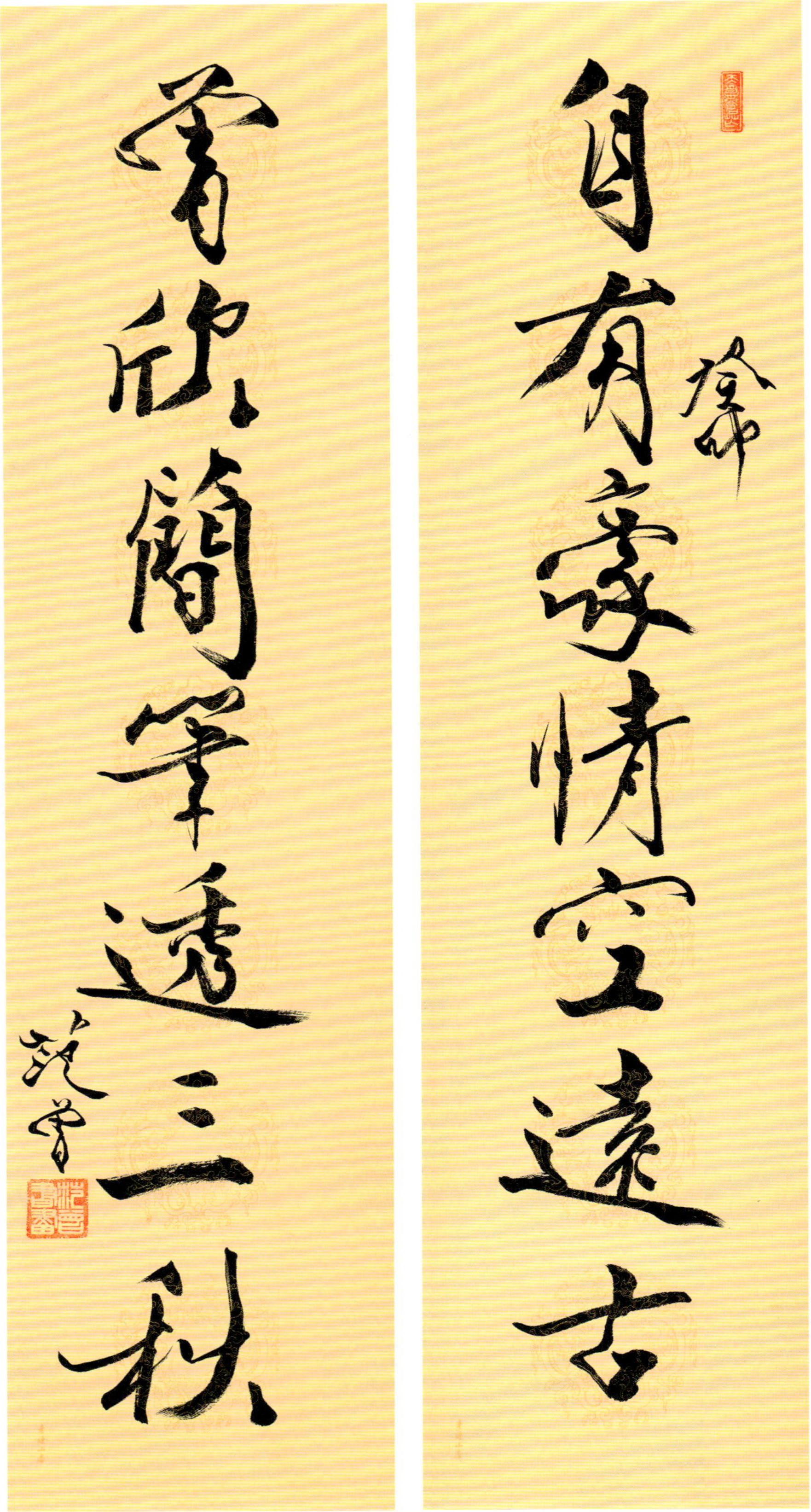

自有豪情空遠古
曾欣簡筆透三秋

解析　劉波

師壯歲多作簡筆潑墨，以五代石恪、南宋梁楷、清初八大筆墨爲參照，自出機杼，獨標新境，因有下句。

遥聞遠唳千山鶴
恰襯蕭疏一片雲

解析　劉波

「雲是鶴家鄉」，鶴唳雲疏，高士心懷，何等清曠。

高僧潑寫
懷素烏籠詩鐘
浪子提遊
懷素以蕉葉練書故稱潑寫
癸卯范曾

高僧潑寫
浪子提遊

解析　郭長虹

懷素—鳥籠詩鐘。

高僧懷素是一位善潑寫的狂草書家，鳥籠是輕浮浪子提在手中優遊的物件。

雁影思歸屐
鶯啼憶故人

解析　邵盈午

歸屐，宋代蘇軾《南溪有會景亭處衆亭之間無所見甚不稱其名予欲遷之少西臨斷岸西向可以遠望而力未暇特爲製名曰招隱仍爲詩以告來者庶幾遷之》：「山好留歸屐，風回落醉巾。」屐，原指木底鞋，此處指鞋。

三十年相愛無猜，曾兩沐東土，共期旭日濤驚西海，不擇高梧逢佳人；七秩遐齡，待欣看故國氣清，家山霞蔚

賀楠莉七十壽

萬千劫同擔有摯，憶慶呈南開，何患蝸居藝震寰球，誰知絕域詩仙侶；三生宏運，遂當取汗青名在，木鐸聲聞

范曾

三十年相愛無猜，曾雨沐東土，共期旭日，濤驚西海，不擇高梧，逢佳人七秩遐齡，待欣看故國氣清，家山霞蔚

萬千劫同擔有摯，憶厦呈南開，何患蝸居，藝震環球，從知絶域，禱仙侶三生宏運，還留取汗青名在，木鐸聲聞

解　析　　郭長虹

此聯係范曾師爲楠莉七十歲生日所作，以此寄懷兩人多年的感情及經歷，並共同祝願祖國繁榮昌盛。

戊戌成紳嘩之代
甲申由寇變而名

解析　邵盈午

戊戌，戊戌變法，是晚清時期以康有爲、梁啓超爲代表的維新派人士通過光緒帝進行的一場資産階級改良運動。維新人士大力宣導學習西方，提倡科學文化，改革政治、教育制度，發展農、工、商業，等等。變法因損害到以慈禧爲首的守舊派利益而遭到强烈抵制。一八九八年九月二十一日慈禧等發動戊戌政變，光緒帝被囚，康有爲、梁啓超逃往海外，譚嗣同等戊戌六君子被殺，歷時一〇三天的變法失敗。

甲申之變，指崇禎十七年甲申李自成攻入北京，明朝作爲全國統一政權滅亡，隨後清軍入關。「甲申」亦是清順治元年，大順永昌元年。

是作以字形極似的重要年號「戊戌」「甲申」爲主骨，復運以錦心，取字形極似的「成」「由」與「戊戌」「甲申」組構爲聯，巧密如此，堪稱巨手。

至於作者分別以「紳嘩之代」「寇變而名」四字賦予「戊戌」「甲申」以深邃的歷史内涵，史識見矣，文采彰矣，與作者靈思之浚發，亦可謂並稱高妙。

戊戌成紛華之代
癸卯
甲申由寇變而名
范曾

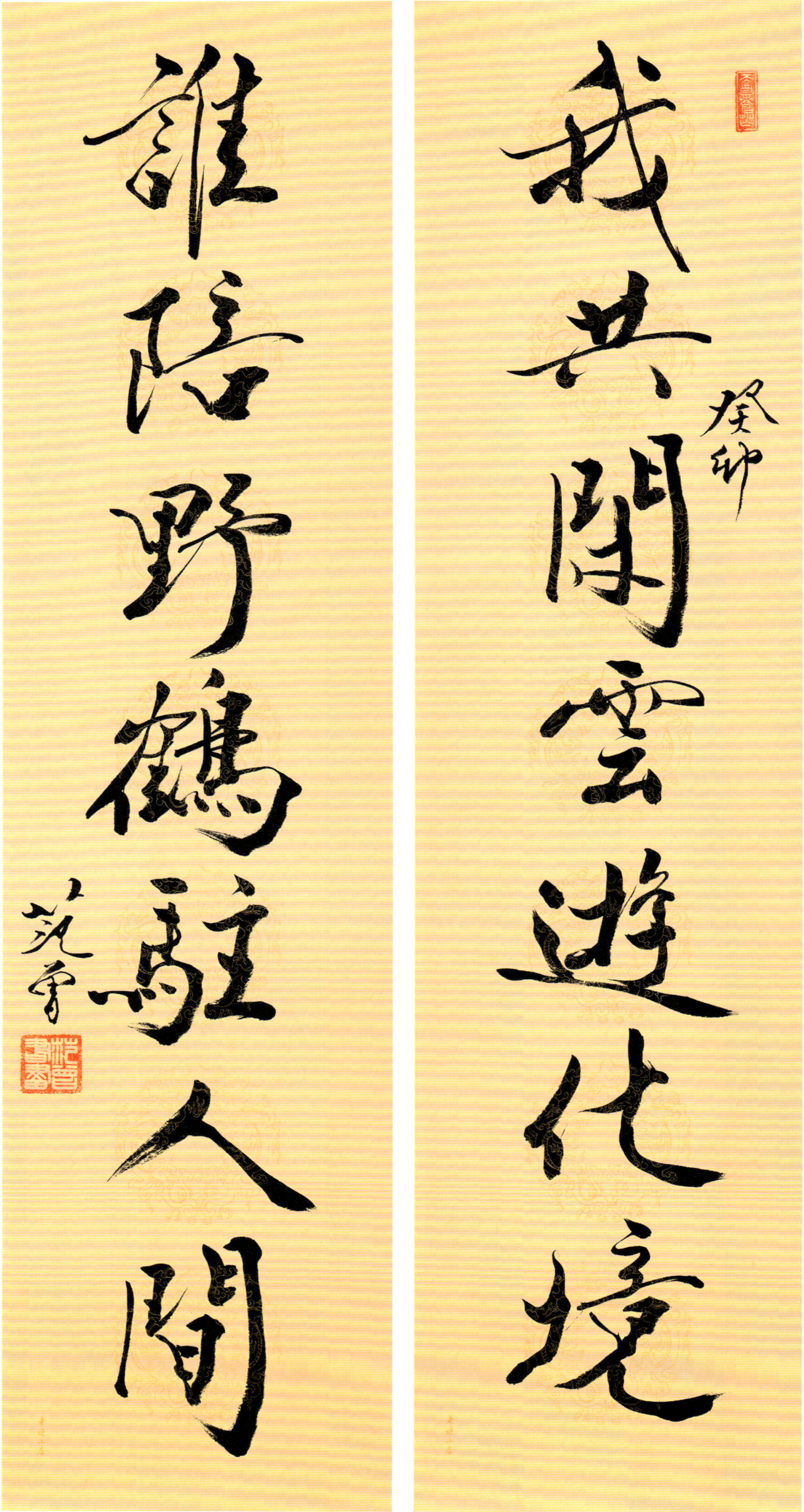
我共閒雲遊化境
癸卯
誰陪野鶴駐人間
范曾

我共閑雲遊化境
誰陪野鶴駐人間

解析　劉波

此師述懷句也。遊共閑雲、駐陪野鶴者謂誰？師也。

華章似水臨沅芷
巨筆如椽贊涅槃

解析　邵盈午

沅芷，語出《楚辭·九歌·湘夫人》，指生於沅水兩岸的芳草，後用以比喻高潔的人或事物。

涅槃，此爲佛教中一個重要的概念，代表着一種超越生死、無上的境界。涅槃是佛陀在菩提樹下證悟後所達到的境界，也是佛教中修行者追求的最高目標之一。雖然涅槃的含義和概念在佛教中有着不同的解釋和理解，但總體來説，涅槃是一個超越痛苦和無常的境界。在佛教中，衆生在生死輪回中不斷地經歷着生老病死、離合悲歡、得失榮辱等各種苦難和煩惱，而涅槃就是一種徹底超越這些苦難和煩惱的境界。

華章似水臨沅芷
癸卯
巨筆如椽贊涅槃
范曾

欲訪仙人煙待紫
但逢狂客眼同青

解析　劉波

下句出黃景仁。仙人每居煙霞深處。青眼狂客，典出《晉書·阮籍傳》，謂阮氏每以青白眼對人，敬者青眼而鄙者白眼。先生用之，亦夫子所謂狂者進取者也。

千山葉落知風勁
幾片雲浮助月移

解析　郭長虹

看山山黃葉紛紛落下，知道寒風的强勁。夜空中些許雲片浮動，好像在幫助月亮移動。

殘月薄涼緣寄客
一燈滋味異他鄉

解析　劉波

下句出黃仲則《重九夜偶成》，寫遊子歸來，凄涼寂寞猶在，而終有哀親陪伴，畢竟滋味不同。上句先生寫遊子對殘月，薄涼心情與下句恰相襯。

總覺臙脂成腐穢
須教水墨化陰晴

解析　郭長虹

此聯爲范曾先生詩《論白描》之頷聯。

胭脂成腐穢，典出《四十二章經》：「天神獻玉女於佛，欲壞佛意。佛言：革囊衆穢，爾來何爲？去！吾不用。」

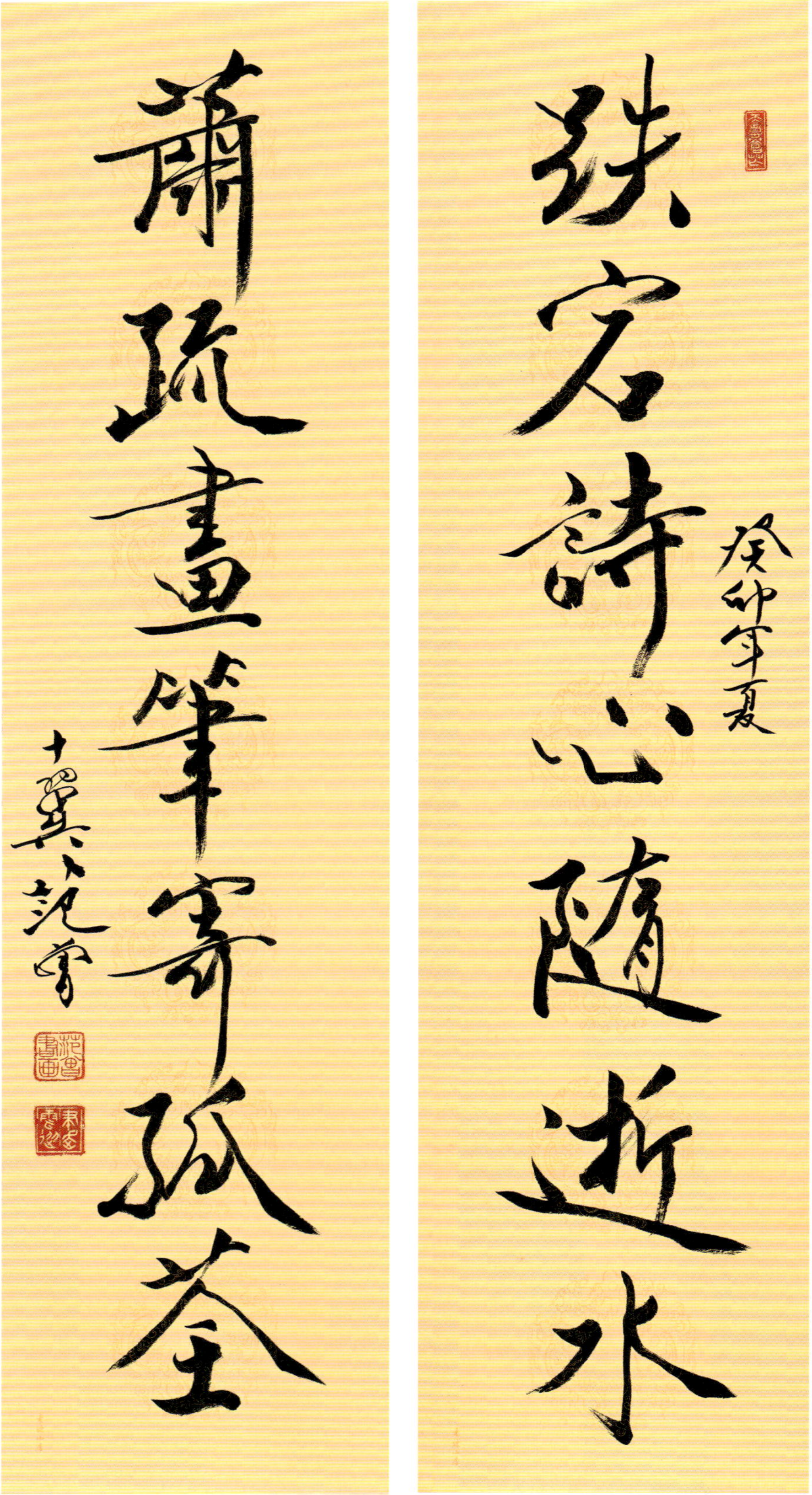

跌宕詩心隨逝水
蕭疏畫筆寄孤荃

解析

邵盈午、郭長虹

荃，香草。古代常用以喻賢良的人。

此聯爲范曾先生詩《讀鄭板橋焦山石竹圖感喟奚似乃口占一律示欽》之頸聯。

詩人鄭板橋那跌宕的詩情已經隨着如水逝去的時間消逝了，但他用蕭疏的畫筆表現的孤竹，還寄托着他的情思。體勢健舉，勁氣盤折。

夢遊天姥
羲迫崦嵫

解析　邵盈午

「夢遊」句，語本李白《夢遊天姥吟留别》。崦嵫，神話中的山名，爲日入之處。參見《離騷》。

竹劈雙耳
嘯驚萬山

解析　邵盈午

馬一虎詩鐘。

竹劈雙耳，語本杜甫《房兵曹胡馬》：「竹批雙耳峻，風入四蹄輕。」

千崖滴透原無色
一綫穿空若有聲

解析　郭長虹

此聯爲范曾先生《論白描》一詩之頸聯。千崖滴透，即水滴石穿之意。一綫穿空，中國畫白描的綫條打破了二維的畫紙，如同在三維的空間中穿過。

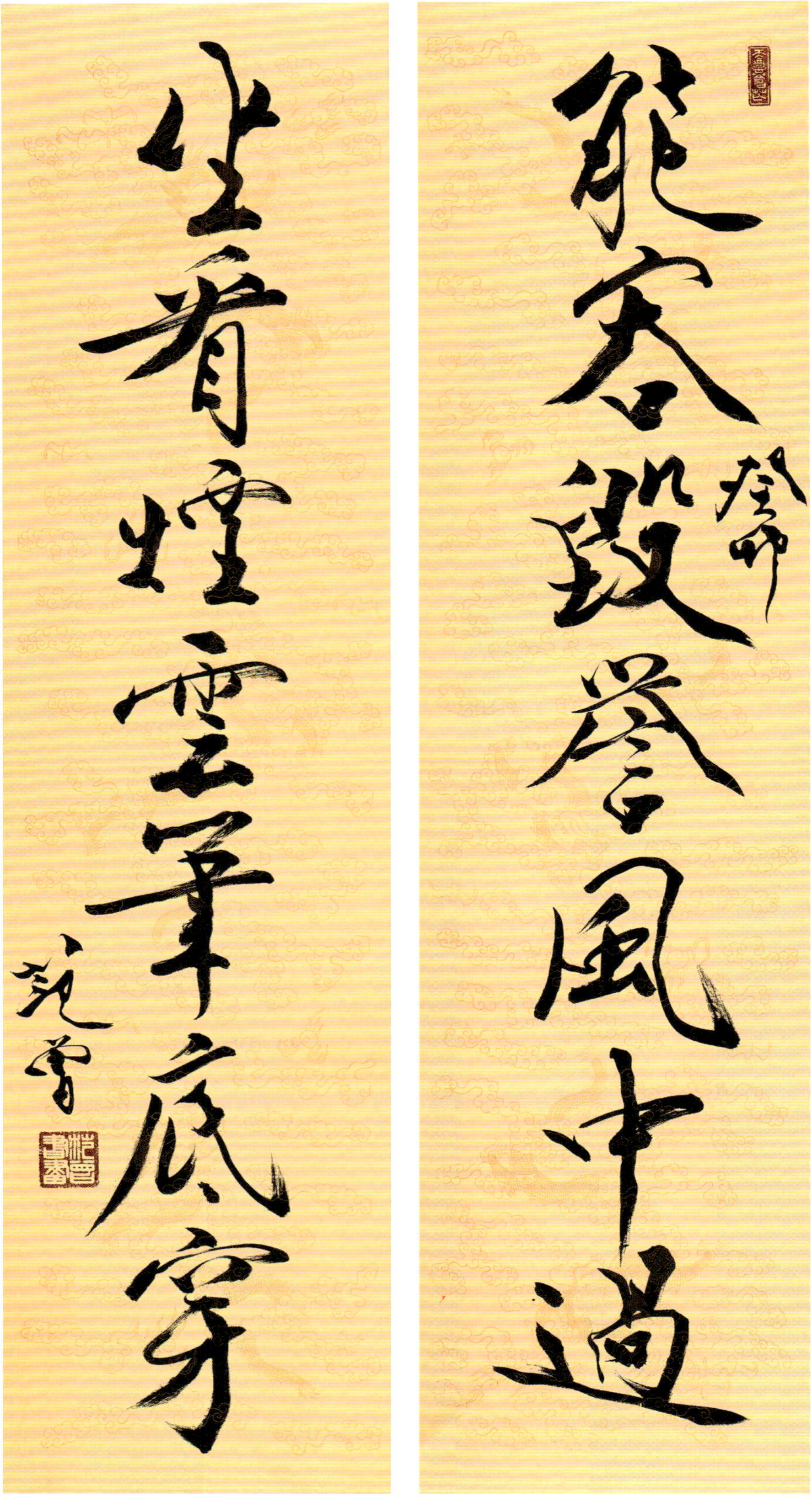

能容毀譽風中過
坐看煙雲筆底穿

解析　郭長虹

此聯爲范曾先生《題黃山松風圖》頷聯。

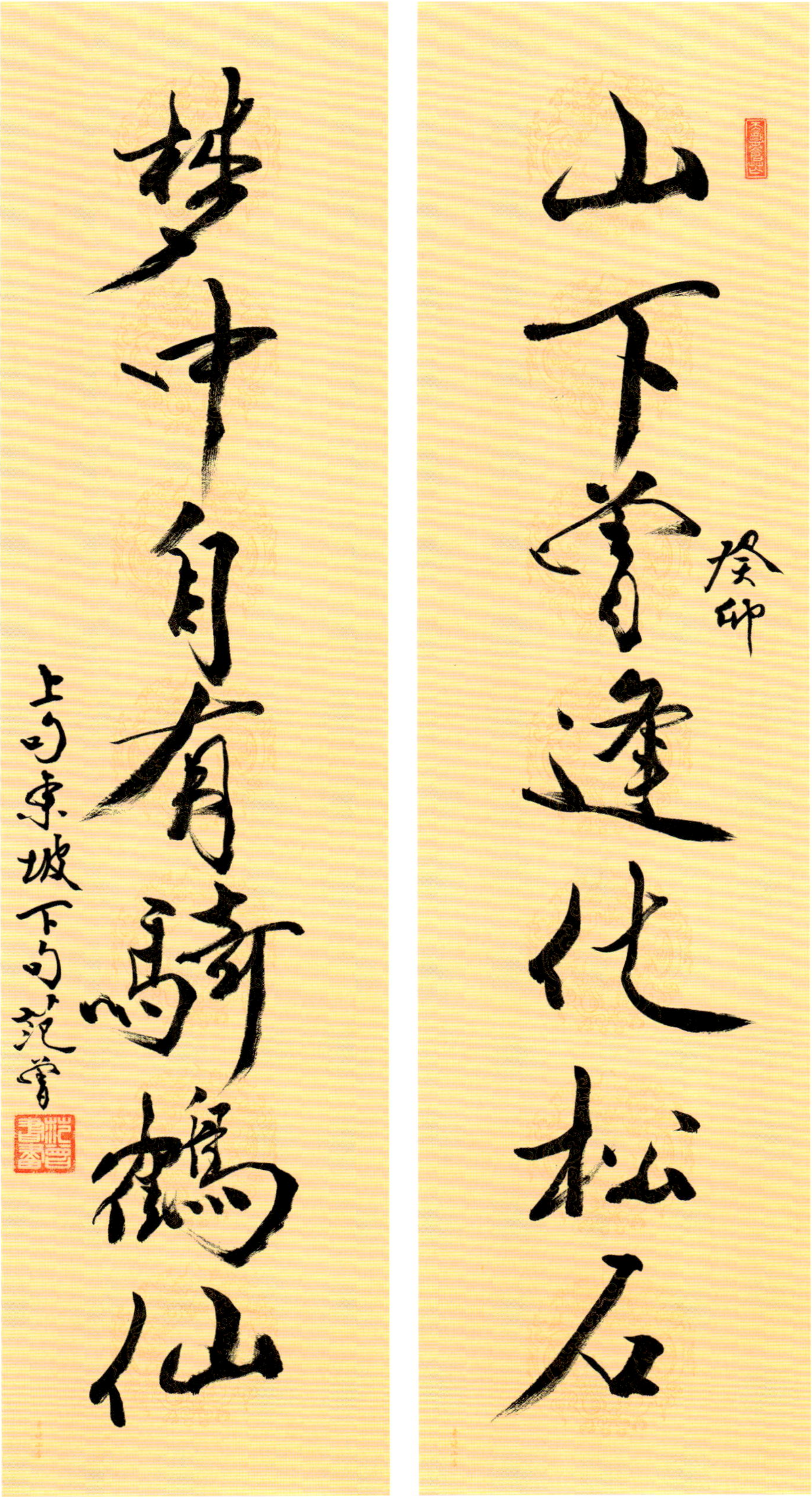

山下曾逢化松石
夢中自有騎鶴仙

解析　郭長虹

上聯出蘇軾《次韻滕大夫三首》之《沉香石》。騎鶴仙，仙人騎鶴飛去，崔顥《黃鶴樓》詩：「昔人已乘黃鶴去，此地空餘黃鶴樓。黃鶴一去不復返，白雲千載空悠悠。」

煉石當年留大塊
臨風此日遏狂瀾

解析　郭長虹

此聯出師《憶江南·崖州好》詞。

麿凋北海心存漢
春盡西湖水映空

解析　郭長虹

上句典出《漢書·蘇武傳》，下句出蘇軾《次韻林子中王彥祖唱酬》。蘇武在北海邊牧羊，麿尾凋落也不忘漢朝；西湖的暮春，水面倒映着天空。

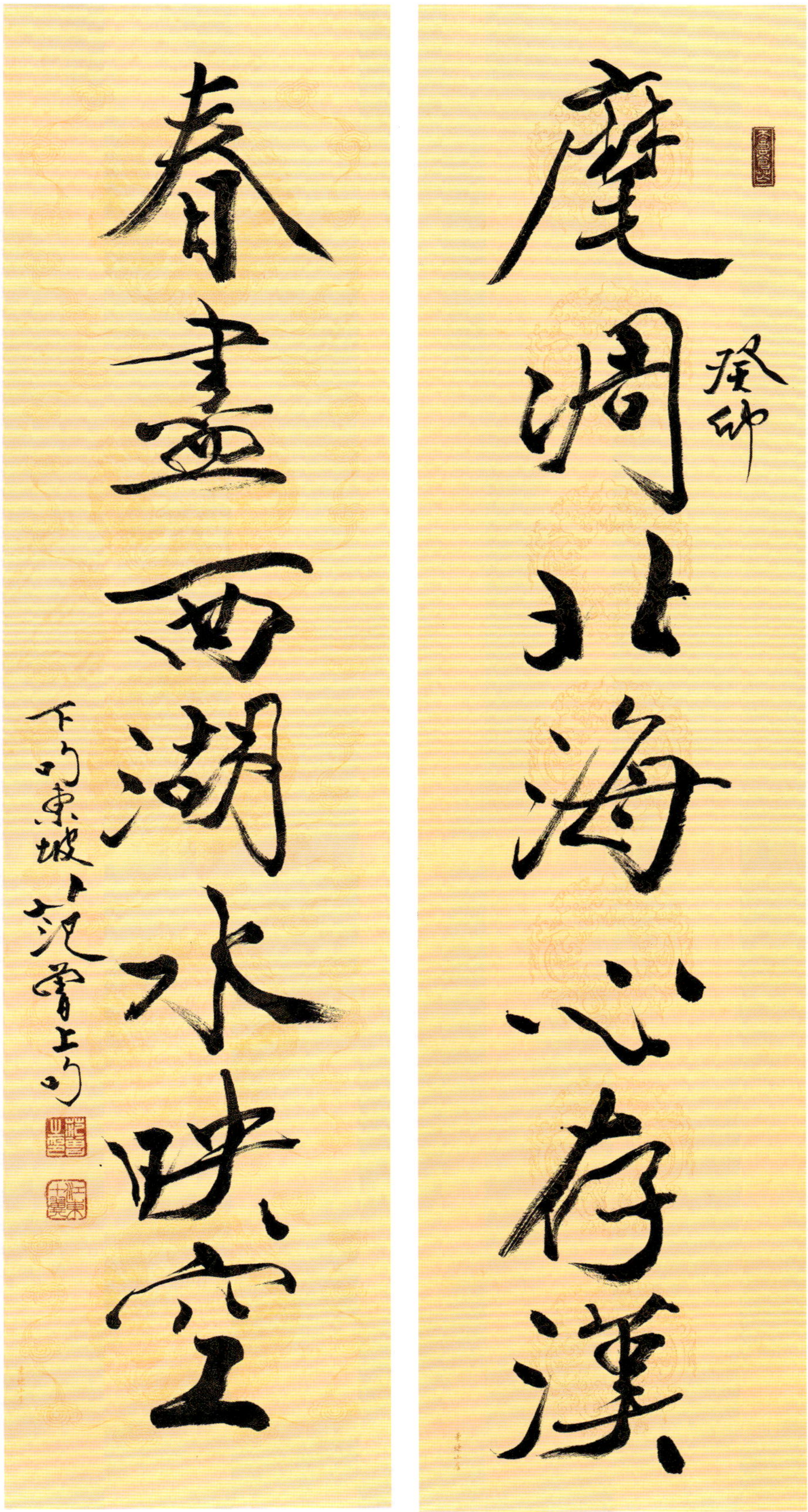

水波遠處鷗傷去
香篆消時汝欲歸

解析　郭長虹

下聯出蘇軾《上元夜過赴儋守召獨坐有感》。在水波遠逝的地方，悲傷鷗鳥飛去；香煙裊裊消散的時候，你就要歸去了。

白鬚相對松間鶴
紅袖怕沉水底魚

解析　邵盈午

上句出東坡。

紅袖，原指古代女子襦裙長袖，後遂爲女子的代名詞。水底魚，指西施「沉魚」之美。

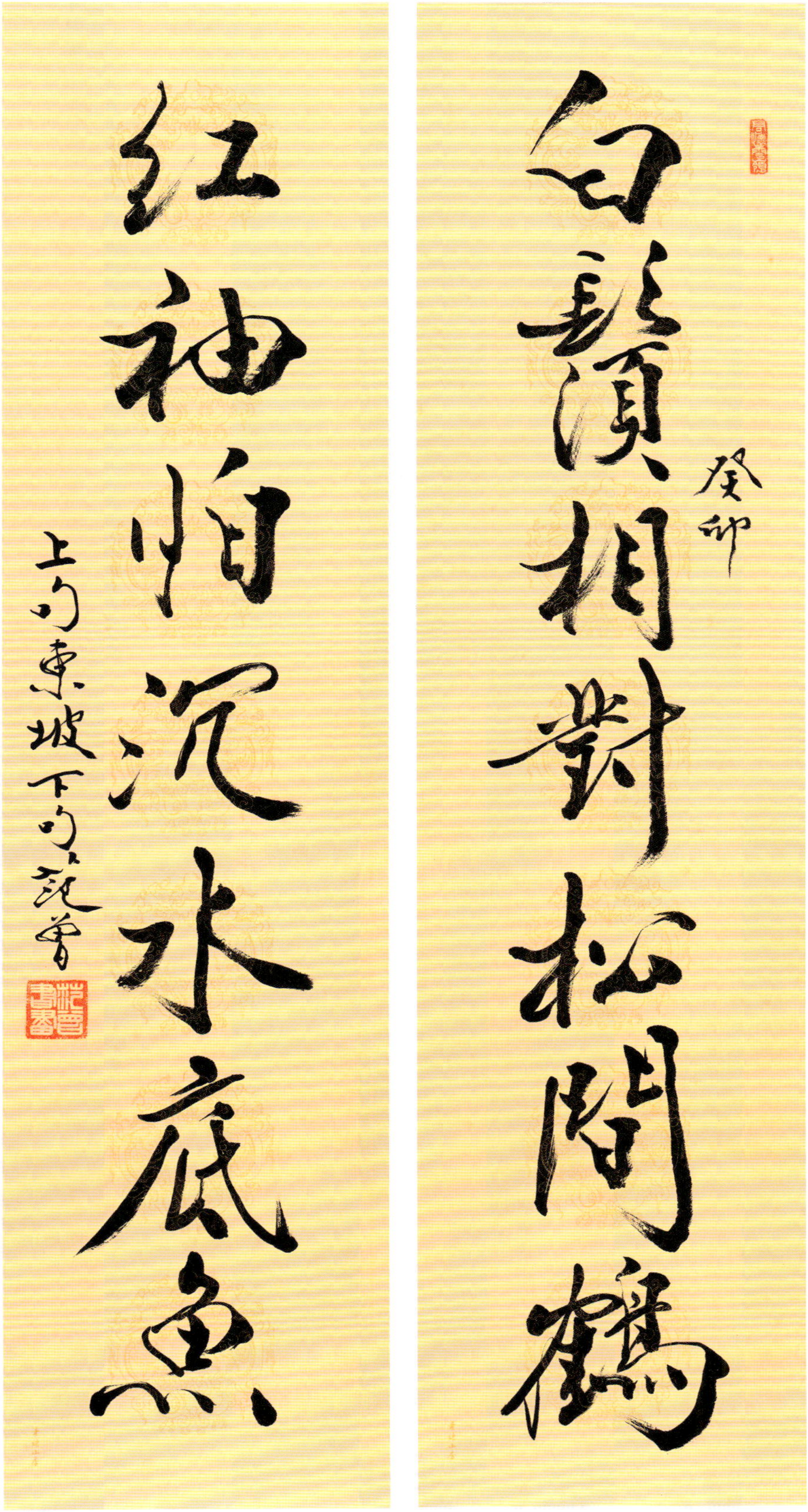

峽谷冰川千載雪
皆庭蘭玉一時春

解析　郭長虹

下聯出蘇軾《醉題信夫方丈》：「鶴作精神松作筋，皆庭蘭玉一時春。」

細雨作寒知有意
春風料峭不飛花

解析　郭長虹

上聯出蘇軾《八月十七日復登望海樓自和前篇是日榜出余與試官兩人復留五首》其五。

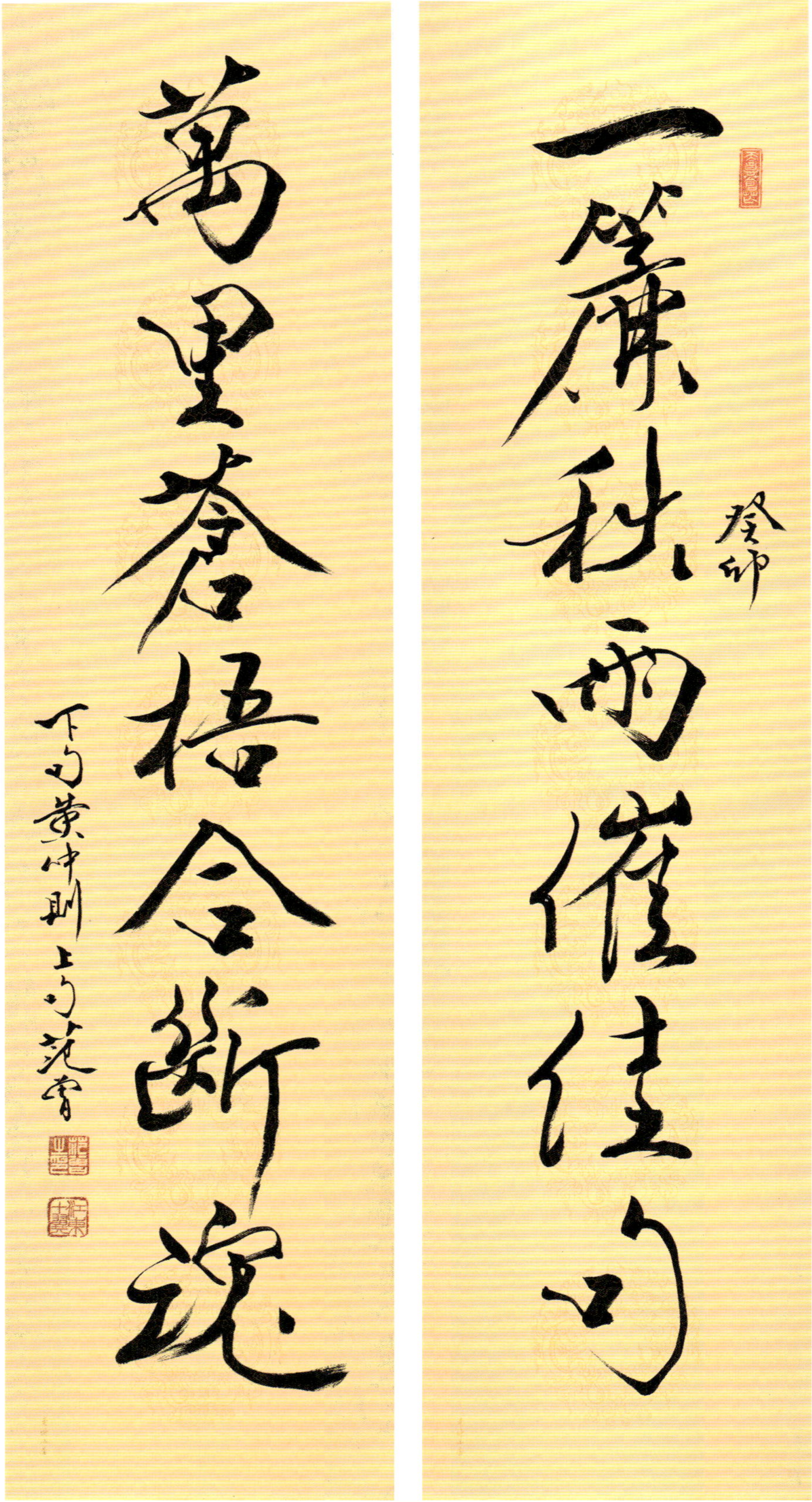

一簾秋雨催佳句
萬里蒼梧合斷魂

解析　郭長虹

下聯出自黃仲則《靈澤夫人祠》。蒼梧，舜南巡，崩於蒼梧之野。此處指孫夫人對劉備故去之地只能悲痛遥望。

閑吟繞屋扶疏句
朗月籠詩跌宕人

解析　郭長虹

上聯出蘇軾《廣陵後園題申公扇子》：「閑吟繞屋扶疏句，須信淵明是可人。」蓋陶淵明有「繞屋樹扶疏」的詩句。

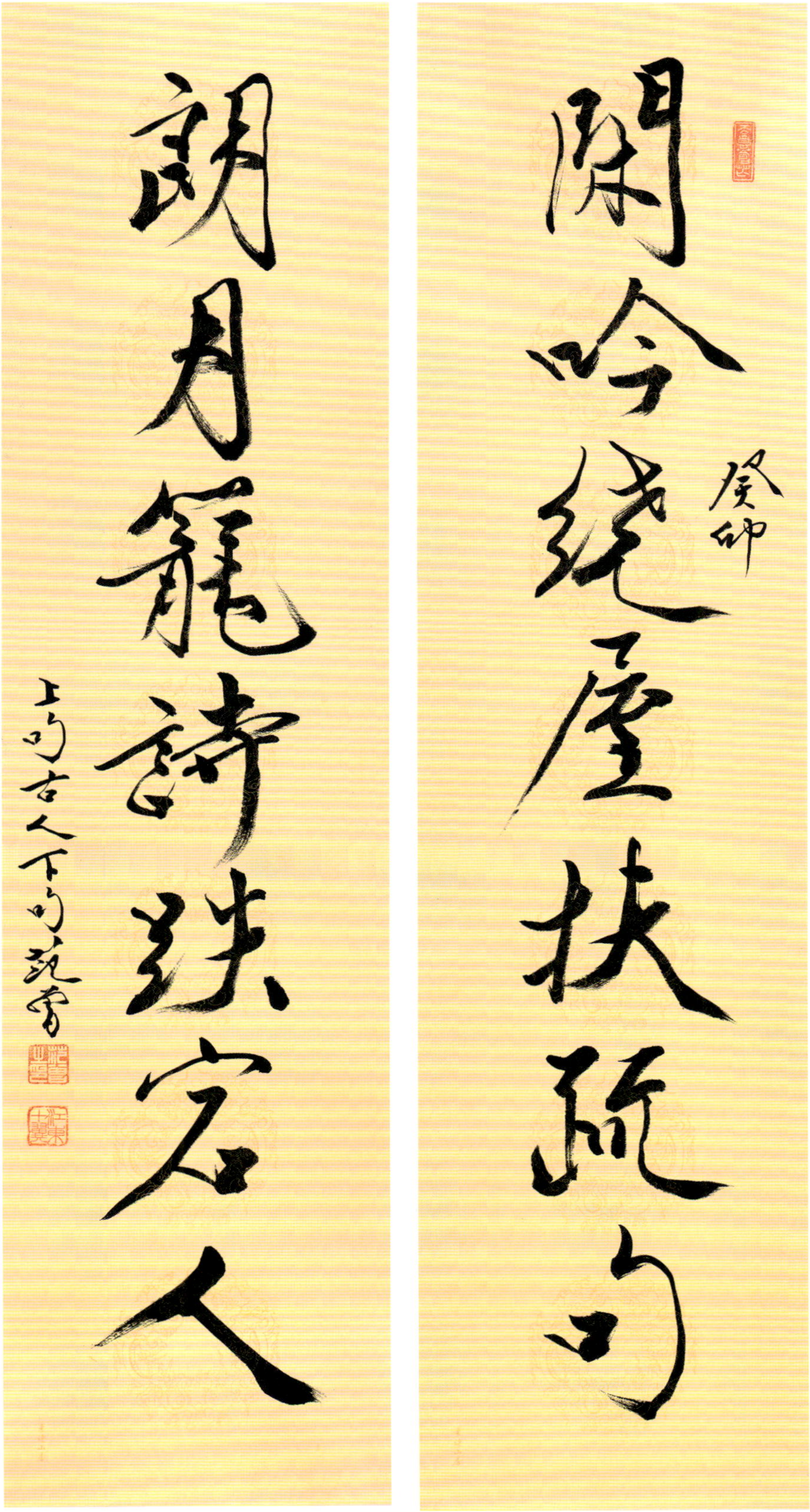

一曲清歌新月外
數間茅屋蒼山根

解析　郭長虹

下聯出蘇軾《次韻子由柳湖感物》。

一曲清澈的歌曲響起在新月之外，當年杜子美有數間茅屋在青翠的山脚。

朝暉仿佛雲霞志
山色豈非清静身

解析　郭長虹

下聯出蘇軾《贈東林總長老》：「溪聲便是廣長舌，山色豈非清净身。」

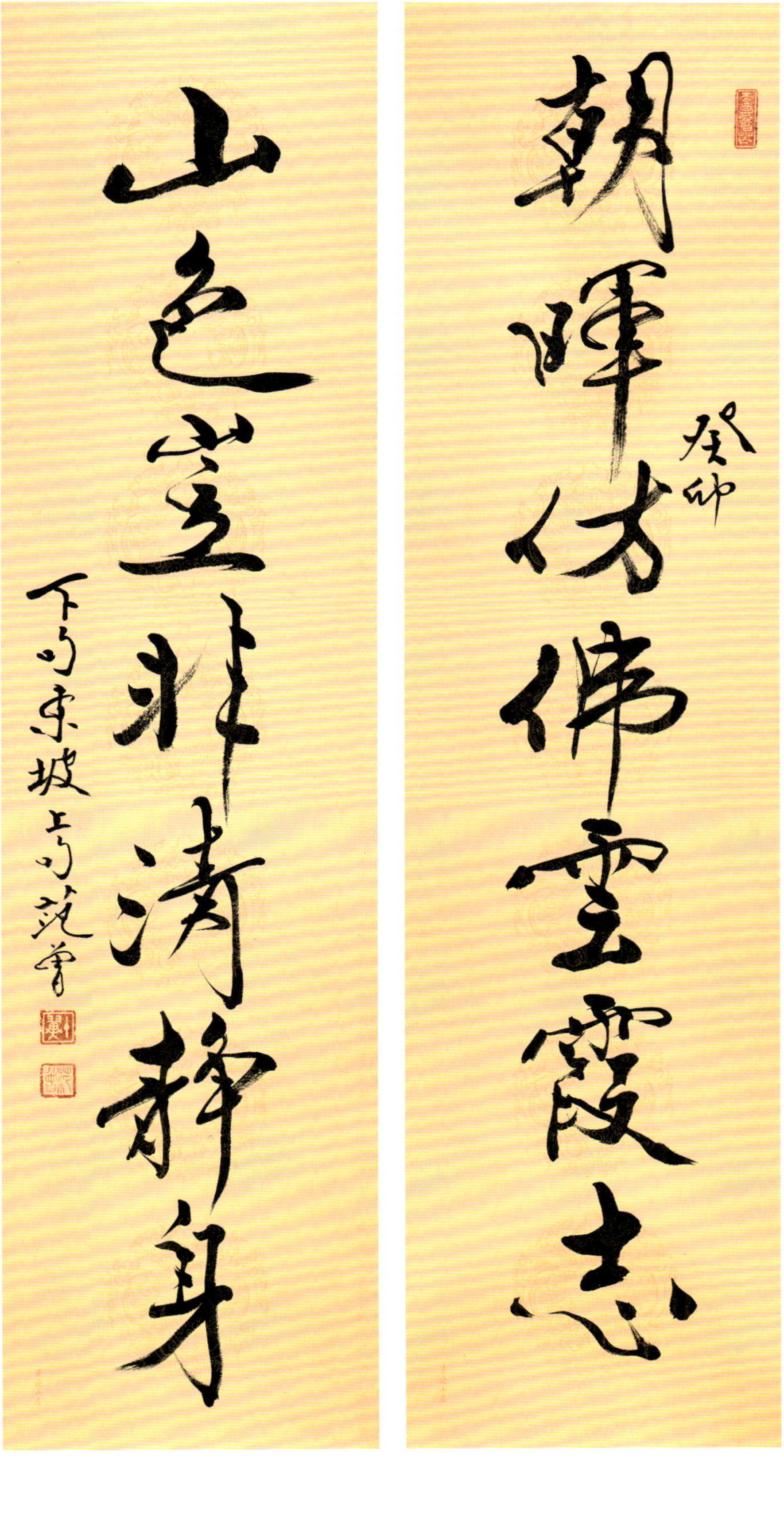

丹心偉績垂青史
翠竹江村繞白沙

解析　郭長虹

下聯出蘇軾《留題顯聖寺》。
赤膽忠心和豐功偉績留在青史，翠竹和村落環繞着白沙洲。

撥弦幽壑清泉和
揮麈空山亂石聽

解　析　郭長虹

下聯出蘇軾《贈治易僧智周》。

在幽壑彈琴，只有清泉水的聲音相和；在空山揮麈談玄，也只能講給亂石聽。

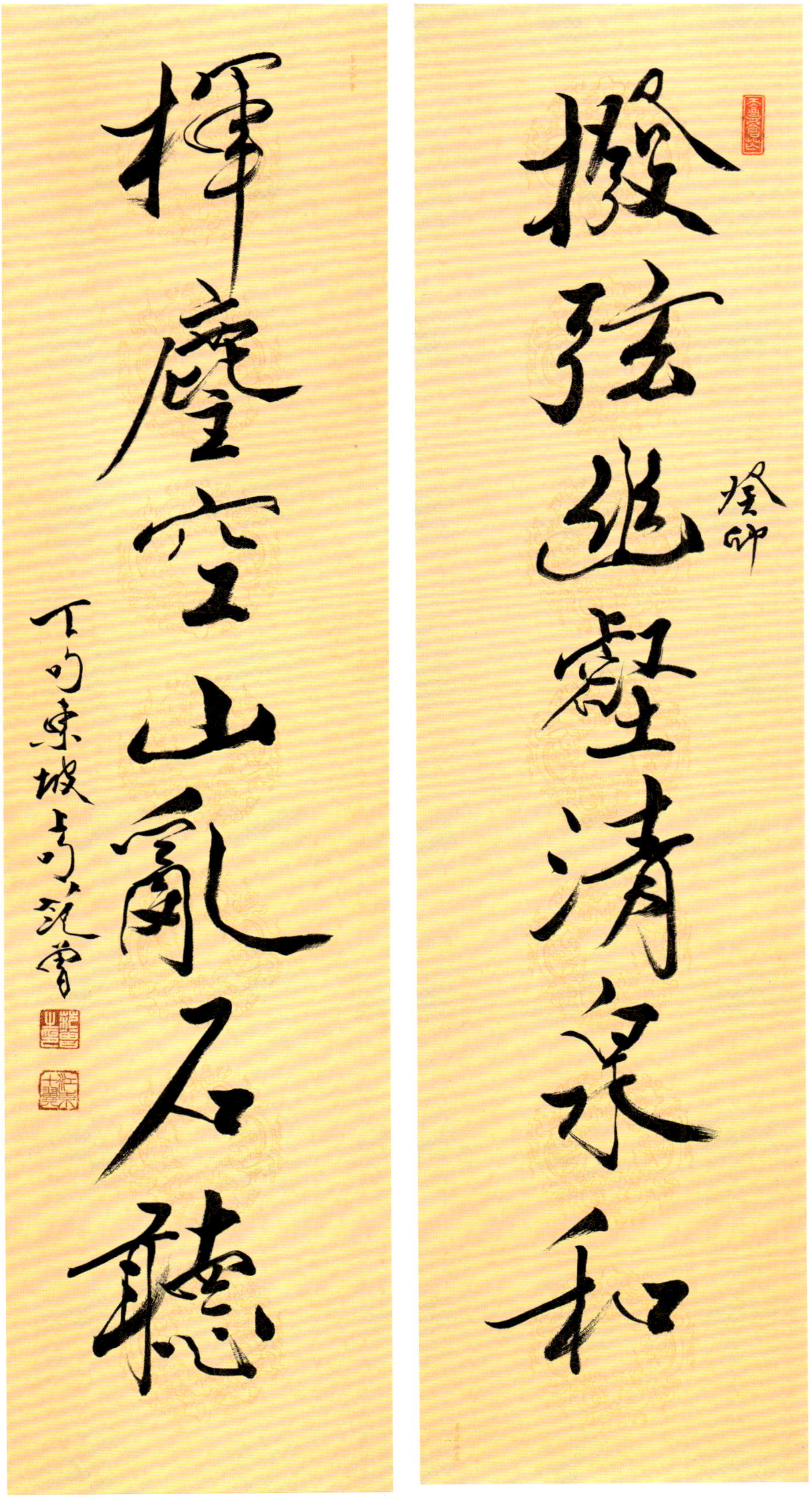

浮雲回落日

泊水映飛鴻

解析　邵盈午

此《梁山詠懷》之頷聯也。

泊，指船靠岸，停船，停留。

我與世疏宜獨往
誰偕天意即長留

解析　郭長虹

上聯出蘇軾《病中獨遊净慈謁本長老周長官以詩見寄仍邀遊靈隱因次韻答之》。

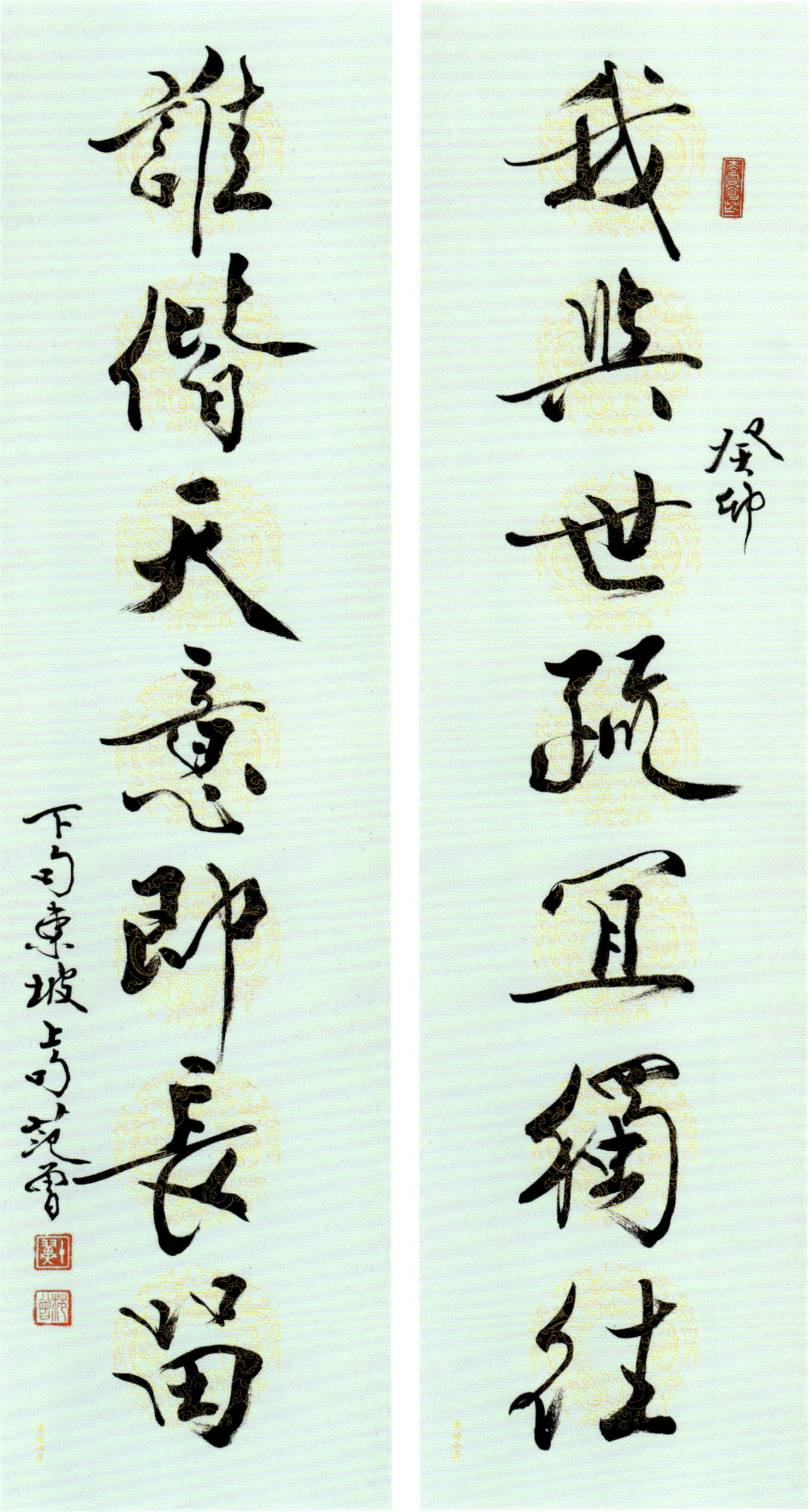

天岸誰鞭照夜白
人間我醉女兒紅

解析　邵盈午

照夜白，駿馬名。産於古代西域，雪白而高大。女兒紅，浙江紹興地方傳統名酒，所謂「汲取門前鑒湖水，釀得紹酒萬里香」。屬於發酵酒中的黄酒，用糯米發酵而成，江南的冬天空氣潮濕寒冷，人們常飲用此酒來禦寒。

所對之句，難於偶矣。而作者却以「照夜白」對之，真乃匪夷所思也！且據范公云，此聯乃在宴會上有「女兒紅」酒廠請題字，范公不假思索，脱口而出，四座驚歎。

至若「照夜白」「女兒紅」前又分别領以「鞭」「醉」二字，則神采全出矣！

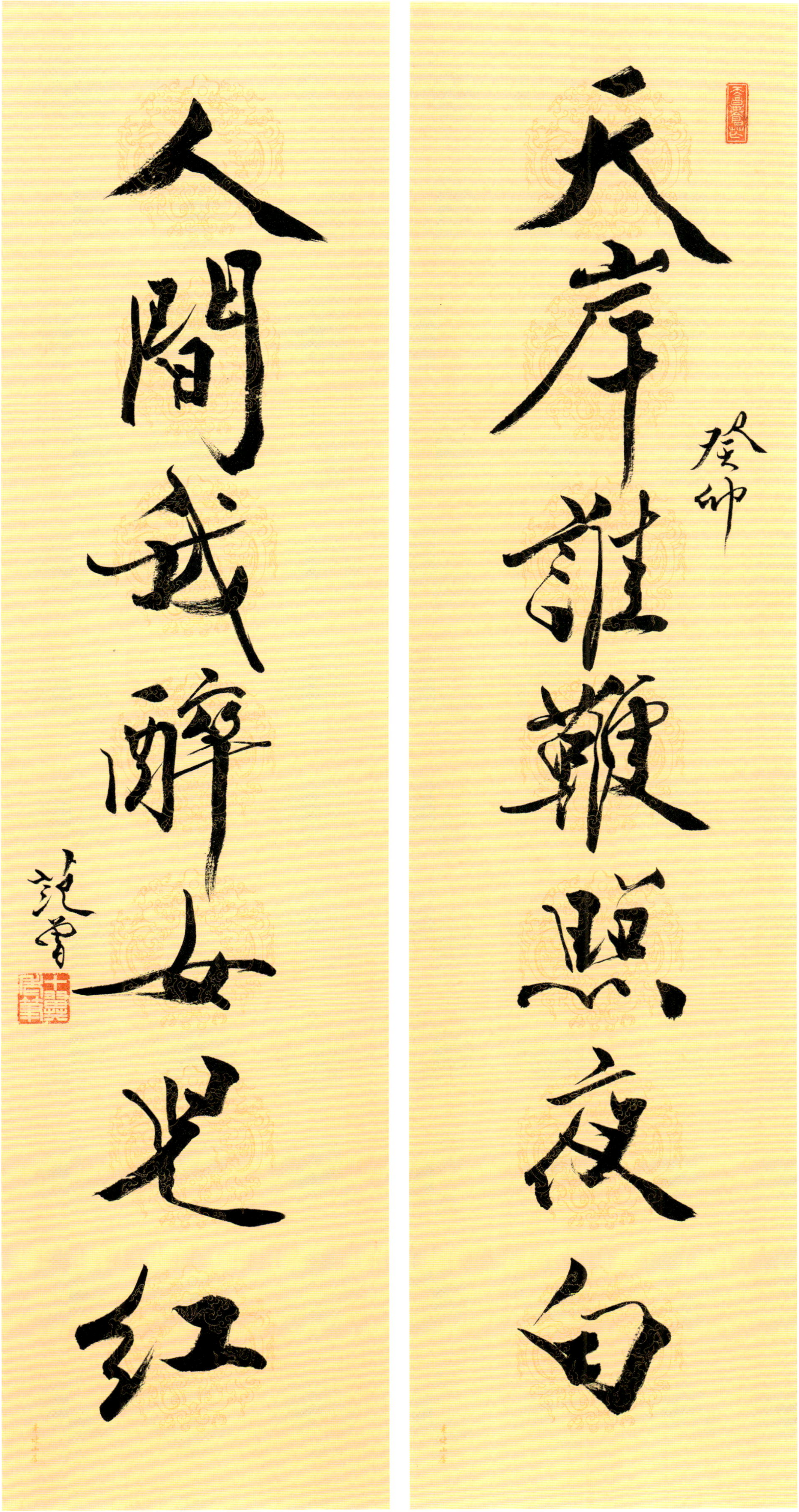
天岸雖難照夜白
癸卯
人間我醉女兒紅
范曾

孤桴有士懷先哲
四海無人對夕陽

解析　邵盈午

出句警拔，且自道行藏，下句則爲陳寅恪名句，兩相細繹，宛接詞家之深致。

留雲借月
倚石迷花

解析　劉波

上句出宋朱敦儒《鷓鴣天·西都作》，下句化用太白《夢遊天姥吟留別》句意。情境相侔，渾然無迹。

天經百劫雲歸淡
水遇千迴波更長

解析　邵盈午

此師壽恩師蔣公兆和先生八十華誕七律之頷聯也，師生之誼可見。

孤鶩逐霞思客遠
小軒臨水爲花開

解析　邵盈午

軒，有窗的長廊或小屋，多用作書齋、飯館、茶館等。

此係與坡翁聯句，却各有托想，開合有致。

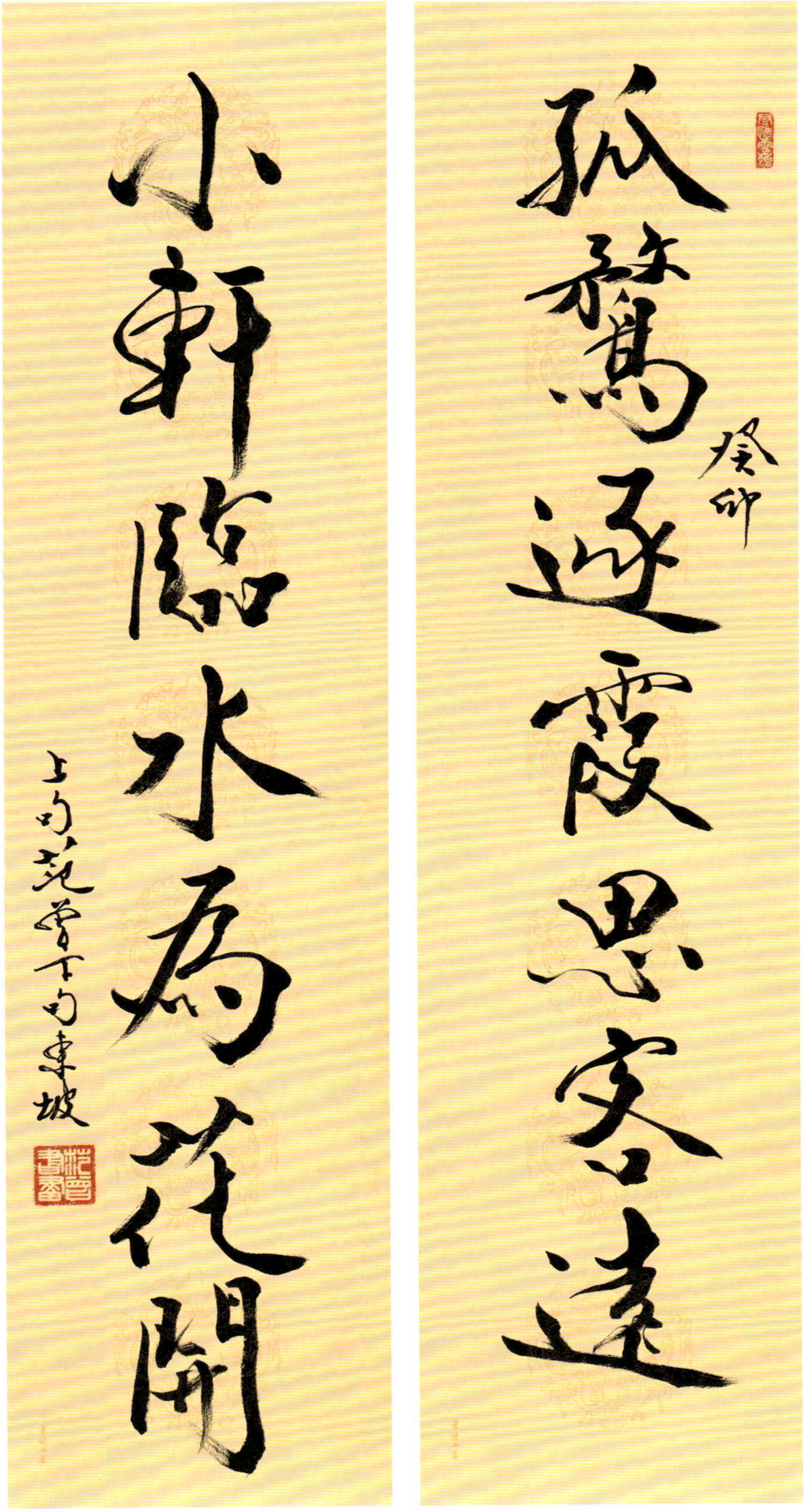

酒消殘月
魂斷蒲團

解析　劉波

柳永—李漁詩鐘。

柳三變有名句「今宵酒醒何處，楊柳岸曉風殘月」。傳李漁有小說《肉蒲團》，旨在勸人戒淫歸正。

驗身乎國
授首於人

解析　劉波

護照—理髮館詩鐘。
上句易曉，下句有典。傳太平天國將領石達開曾爲理髮館題聯：「問天下頭顱幾許？看老夫手段如何。」横批「快來授首」。字句間隱見一股英氣。

鳴禽在柳
靜影澄人

解析　劉波

謝靈運—大雁詩鐘。
謝氏名句「池塘生春草，園柳變鳴禽」。
聲影相互應，平淡中見奇崛。

要使前人作詩瘦
須知薄命造句寒

解析　劉波

上句出蘇東坡《次韻王滁州見寄》。下句警示詩人不可故作苦寒語，於精神回饋不佳。

東野松雲甘棄冕
北山猿鶴漫移文

解析　劉波

下句出東坡。上句用太白詩意：「吾愛孟夫子，風流天下聞。紅顔棄軒冕，白首卧松雲。」師曾作絶妙三言聯：孟冬野，孔北山。孔稚珪有《北山移文》，後人遂名其爲孔北山，托意山靈，嘲諷僞隱，千古傳誦。

千峰峙立青猶在
萬古推移意不蒼

解析　劉波

此師自撰詩中聯也，心胸懷抱不同凡響。燕堂文懷沙先生激賞。

彩筆何曾追驥尾
歌吟自信立鼇頭

解析　劉波

此師自撰聯句，我手我口俱自我心，不甘人後，自領風騷，師吾道一以貫之。

天岸龍媒期競世
衡陽雁影一橫秋

解析　劉波

此師自作詩中聯句。

龍媒，此指才俊。下句化用王勃《滕王閣序》「雁陣驚寒，聲斷衡陽之浦」句。

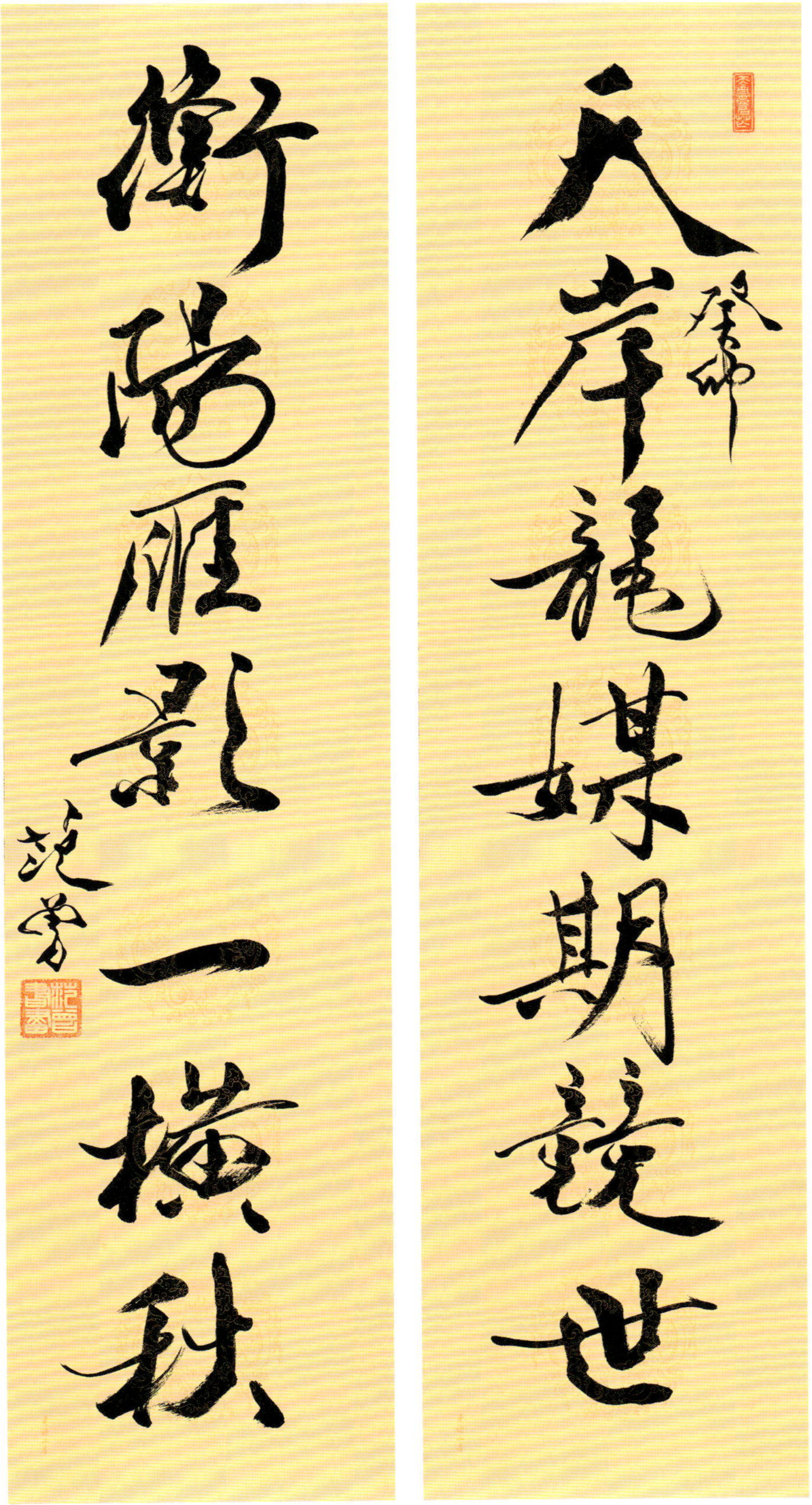

獨立千載誰與友
偶逢一人我爲儔

解析　劉波

上句出東坡《石鼓歌》。兩句皆知音難覓、賢聖寂寞之意。

策鹿登山雲浮袖
開門看雨月滿湖

解析　劉波

下句出蘇軾《舟中夜起》。師化用太白意，豪情與東坡異代相侔。

白借月魂雙鷺羽
緑扶詩夢一船山

解析　劉波

古人下句意境絶塵，遂能激發詩思，兩句正見詩人手眼，敏感而豐富，詞序顛倒更見意致之跌宕。

先生上句以「月白風清」中之「白」應對下句之「緑」，天成奇趣。

褰衣步月踏花影
梳柳當風尋鳥鳴

解析　劉波

上句出東坡《月夜與客飲酒杏花下》，兩句有流水意。褰，撩起、揭起之意。兩句動詞連用，於生活之觀察狀寫可謂盡精刻微矣。

褰衣步月踏花影
癸卯
梳柳當風尋鳥鳴
上句東坡下句范曾

風動湖光浮日月
卦徵物象則乾坤

解析 劉波

則，法則也。
上句眼中之景。下句易之大者。

意中有寄鶴孤唳
湖上無波鷗自閑

解析　劉波

上句出先生，下句出古人。兩句以鳥喻人，可見性情。

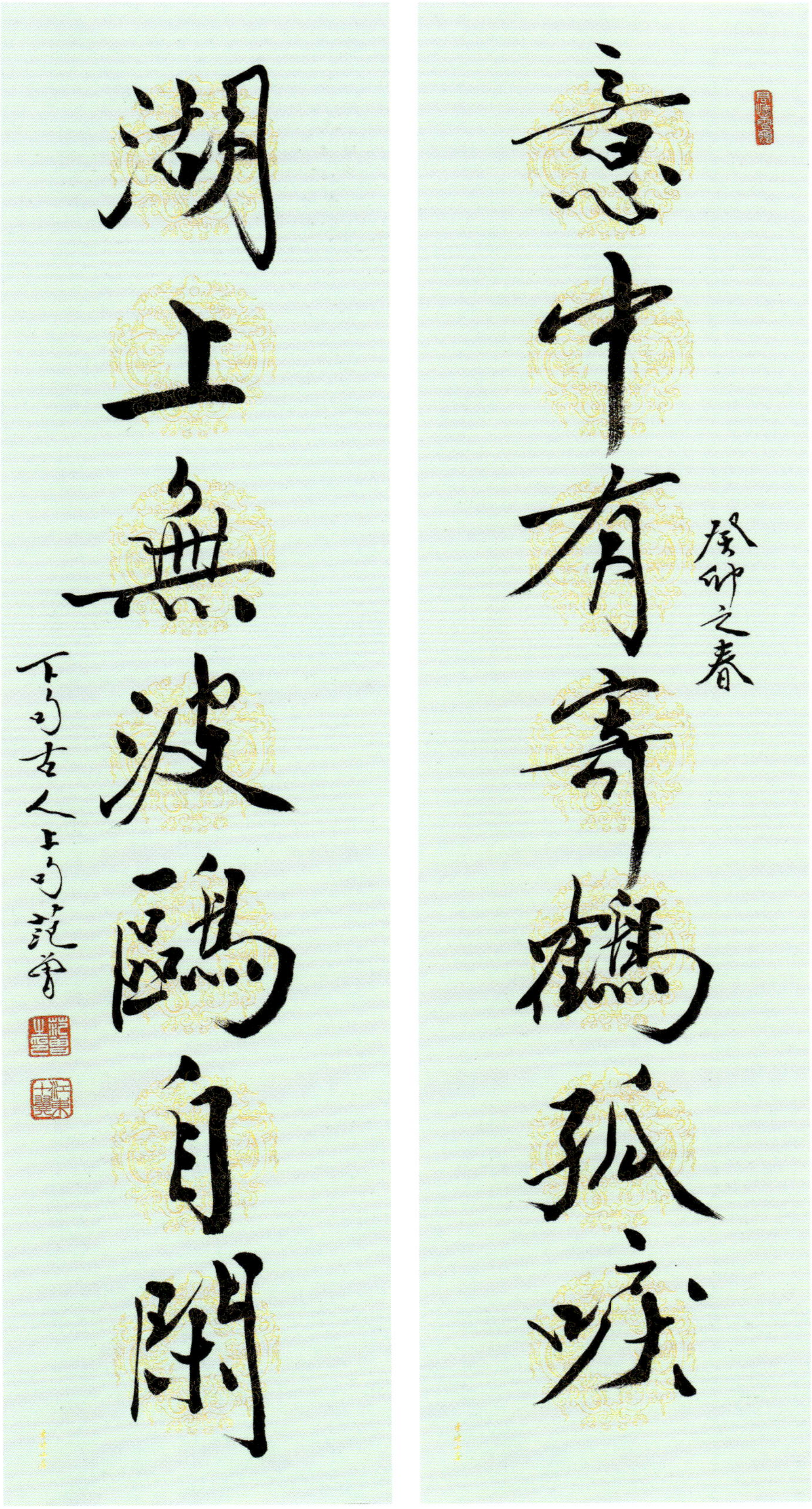
意中有寄鶴孤唳
癸卯之春
湖上無波鷗自閑
下句古人上句范曾

憑欄欲歌，看當首樹擁雲飛，迴殊塵境
展簡懷古，逢此時天掛月朗，疑入太虛

解析　劉波

上句鄭板橋狀眼中雲樹，氣象萬千。
下句述古意映月，渺不可追。

憑欄欲歌看當青樹擁雲飛迥
殊塵境

癸卯夏

入太虛
展閣懷古逢此時天掛月朗疑

書鄭板橋下句 范雪

迎來見朝雲遥崖策鹿近舍憐猿能使孤吟藏錦繡

歲癸卯於碧水莊園抱冲齋寫

送青來遠岫曲院聞鶯閒庭放鶴莫教佳日負春秋

下聯楊度上聯抱冲齋主江東十翼范曾

迎紫見朝雲，遥崖策鹿，近舍憐猿，能使孤吟藏錦繡
送青來遠岫，曲院聞鶯，閑庭放鶴，莫教佳日負春秋

解析　邵盈午

遥崖策鹿，李白《夢遊天姥吟留别》：「别君去兮何時還？且放白鹿青崖間。須行即騎訪名山。安能摧眉折腰事權貴，使我不得開心顔！」有古拙奇横之氣，超度近人遠矣。

小月西沉，看一棹空明，摇破廖天孤鶴影

瞿塘北望，傷千山阻隔，悲懷曲水麗人行

解析　　邵盈午

瞿塘，即瞿塘峽，爲長江三峽之首。西起奉節白帝城，東至巫山大溪。兩岸懸崖壁立，江流湍急，山勢險峻，號稱西蜀門户。峽口有夔門和灩澦堆。

《麗人行》，爲杜甫諷刺楊國忠兄妹驕奢淫逸所作的一首諷刺詩。《杜詩詳注》云：「此詩刺諸楊遊宴曲江之事……本寫秦、虢冶容，乃概言麗人以隱括之，此詩家含蓄得體處。」隱衷幽緒，低回慨切。

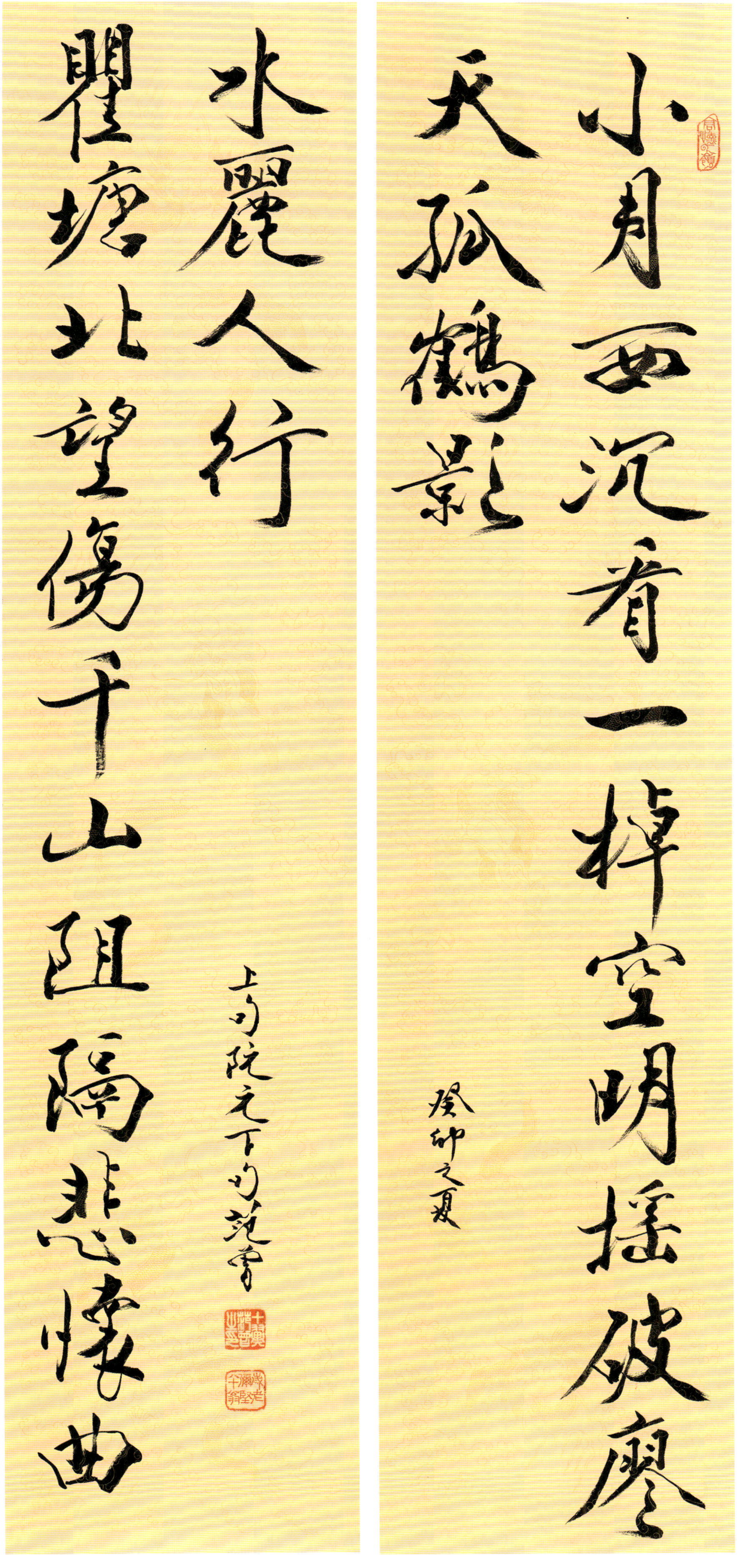
小月西沉看一棹空明摇破廖天孤鶴影
癸卯之夏
水麗人行瞿塘北望傷千山阻隔悲懷曲
上句阮元下句范曾

秋風拂遍黃金甲
野雪追陪碧玉簪

解析　郭長虹

黃金甲，語出黃巢《不第後賦菊》：「滿城盡帶黃金甲。」指菊花。碧玉簪，韓愈《送桂州嚴大夫同用南字》：「江作青羅帶，山如碧玉簪。」

叢林法鼓千山暮
碧落鑾鈴一夜秋

解析　郭長虹

叢林，廟宇。法鼓，佛教法器。碧落，指天空。鑾鈴，車上的響鈴。

水静人留雁
山空月滿樓

解析　郭長虹

水面平静，雁行的影子就像個人字。深山空無一人，只有月光照滿了樓頭。

雲來腕底真疑幻
月到吟邊古亦今

解析　郭長虹

筆下的雲煙不知是真是幻，詩句裏的月亮是古時月也是今時月。

西山歲晚無窮染
北海春來萬迭波

解析　郭長虹

西山在歲暮冬時層林盡染，北海在春天的時候波光萬迭。

漠北煙魂直
天中月相圓

解析　郭長虹

漠北的孤煙，直上天空。月上中天，圓滿如盤。

共賞大秦弦舞地
能忘三楚碧雲天

解析　邵盈午

大秦，是古代中國對羅馬帝國及近東地區的稱呼。絲綢之路貫通，而羅馬正位於絲綢之路的終點，《魏略》把它命名爲「大秦」，《後漢書·西域傳》也對此有所記載。

三楚，古地名，指的是先秦時期楚國的疆域，秦漢時期分爲西楚、東楚、南楚。《史記·貨殖列傳》以淮北、沛、陳、汝南、南郡爲西楚；彭城以東，東海、吳、廣陵爲東楚；衡山、九江、江南、豫章、長沙爲南楚。《漢書·高帝紀》注引孟康《音義》以江陵（即南郡）爲南楚；吳爲東楚；彭城爲西楚。

共賞大秦弦舞地
能忘三楚碧雲天
癸卯年

家園早恨東夷火
草屋今藏故國心

解析　劉波

東夷，此指日本。故國，祖國。

太液芙蓉堪飲泣
未央楊柳若知愁

解析　劉波

兩句皆用《長恨歌》意，羚羊掛角無迹可尋。

咏懷先賢

何人負賈傅才名，望江上祠堂，萬里每縈香草夢

我輩臨希文聖迹，懷樓頭卓記，千秋猶唱碧雲天

解析　劉波

賈傅，賈誼，漢文帝時謫爲長沙王太傅，故稱賈太傅，長沙有賈太傅祠。香草夢，賈誼吊屈原，懷其美人香草之夢。希文，范仲淹。樓頭卓記，指范公宏文《岳陽樓記》。碧雲天，范氏有《蘇幕遮》：「碧雲天，黃葉地，秋色連波，波上寒煙翠。」

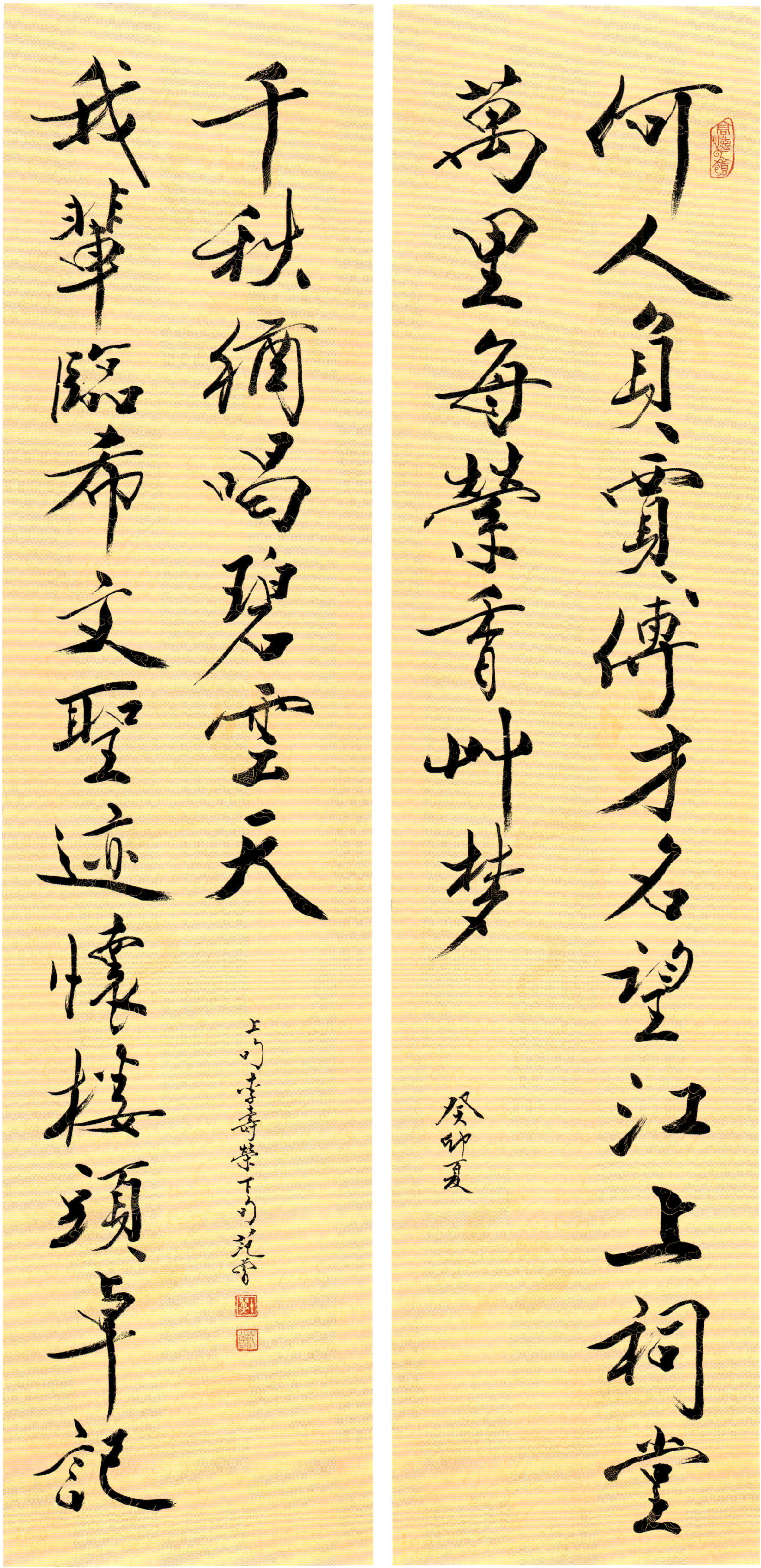
何人負實傳才名望江上祠堂萬里每縈香草夢
癸卯夏
我輩臨希文聖迹懷樓頭卓記千秋猶唱碧雲天
上句李壽蓉下句范曾

故人寄意
先祖存文

解析　劉波

賀年片—岳陽樓詩鐘。

先生先祖范仲淹《岳陽樓記》，文存千秋，令人景仰。

跌蕩聊抒千載恨
披紛隱見九歌心

解析　劉波

九歌，屈原名篇，先生述懷句也。

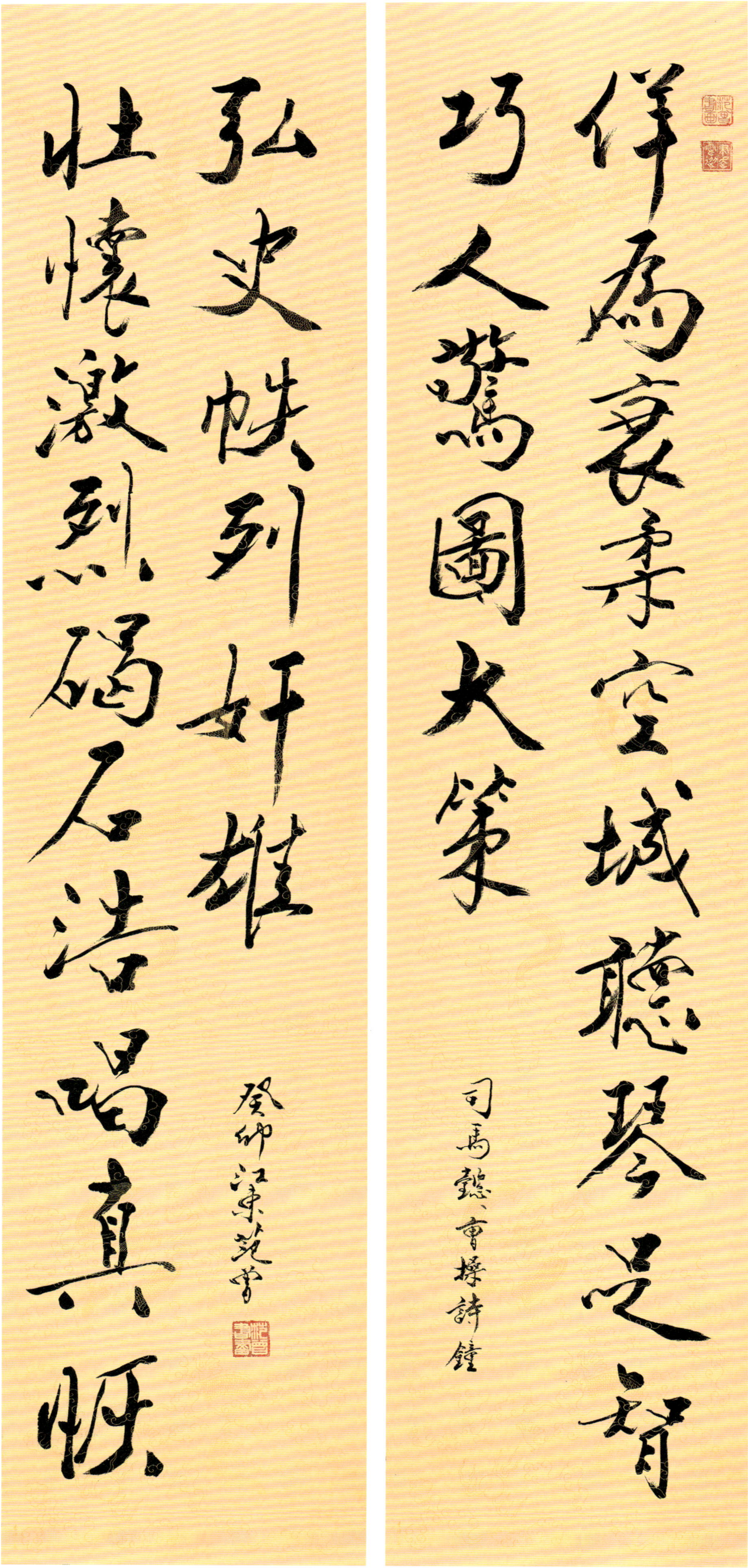
佯為衰柔空城聽琴足智
巧人驚圖大策
司馬懿、曹操詩鐘
壯懷激烈碣石浩唱真慨
弘史帙列奸雄
癸卯江東范曾

佯爲衰柔，空城聽琴足智巧，人驚圖大策

壯懷激烈，碣石浩唱真恢弘，史帙列奸雄

解析　劉波

司馬懿—曹操詩鐘。

上句寫司馬與諸葛鬥智，而司馬懿胸襟氣度終勝一籌。

下句狀孟德一世之雄，而史評不過奸雄。

朗吟萬古風猶浩
弦奏九州聲莫遮

解析　劉波

騷魂不絕，吟聲可繼。禮樂千秋，聲滿華夏。

陬邑仲尼傳聖典
稷宮荀況納諸家

解析　劉波

陬邑，孔子生地也。荀子十五歲遊學稷下，於稷下學宮「三爲祭酒」，對諸家學説多有整理。

梅植孤山林逋志
船移摯友杜公情

解析　劉波

林和靖隱居西湖孤山，梅妻鶴子，孤高絶俗，千秋佳話。杜工部《秋興八首》有句「仙侶同舟晚更移」，可謂寄情深遠。

彌翁志業堅頑石
八大雲情冷逸花

解析　劉波

彌翁，米開朗基羅（彌蓋朗琪羅），意大利文藝復興三傑之一，一生精勤志業，堅頑卓絶，至死方休。八大山人，本明室後裔，身經世變，遁情翰墨，下筆冷逸絶塵。先生視二公爲東西方藝壇聖手。

弘一舍身凡俗世
敬安燭指死生關

解析　劉波

弘一，俗名李叔同，過盡繁華，歸於空門。釋敬安，俗名黃讀山，法名敬安，字寄禪，曾於寧波阿育王寺剜臂肉燃燈供佛，並燒二指使駢，自號八指頭陀。

湖畔垂楊依舊在
文壇素履更誰移

解析　劉波

懷王玉哲師。

王玉哲，當代先秦史學大師，先生於二十世紀五十年代曾聆教，後斥資設「王玉哲獎學金」。

早藏千寺
能涯九流

解析　劉波

五臺山—馬一浮詩鐘。

馬一浮，二十世紀留學美日，歸國後，隱居西湖文瀾閣閱書，三年期間，竟讀完文瀾閣所藏全套《四庫全書》，三教九流百家之學無不窮源深究。

遠滋華夏
平視湯斯

解析　劉波

黄河—雷海宗詩鐘。

雷海宗，學界以爲與湯因比、斯賓格勒齊名之現代史學大師，先生少年時曾從學，屢受獎掖。

傳云蔡宧
祖溯蒙恬

解析 劉波

紙—筆詩鐘。
蔡宧，東漢宧官蔡倫，造紙術的改進者。
蒙恬，秦將，相傳爲筆祖。

越名歸樸
正學宏門

解析 劉波

魏晋文人—中国古代書院詩鐘。
魏晋文士任誕放浪，越名教而任自然。

秋潮娓娓談經日
夜雨蕭蕭辨覡時

解析　劉波

懷王玉哲先生。王玉哲先生乃先秦史大家，談經辨覡（男巫），學問所在也。

廣陵遺散
西閣苦吟

解析　邵盈午

嵇康—杜甫詩鐘。

廣陵遺散，劉籍《琴議》載：嵇康從杜夔之子杜猛學得《廣陵散》。嵇康甚愛此曲，經常彈奏，以致許多人前來求教，但他概不傳授。司馬氏掌權後，嵇康因不苟合於其統治而被殺害，死時方四十歲。臨刑前有三千太學生爲其求情，終不許。死前索琴彈奏此曲，並慨然長歎：「《廣陵散》於今絕矣。」

西閣，指今人將白帝山下觀音洞滿願樓改建爲杜甫西閣，以爲紀念。

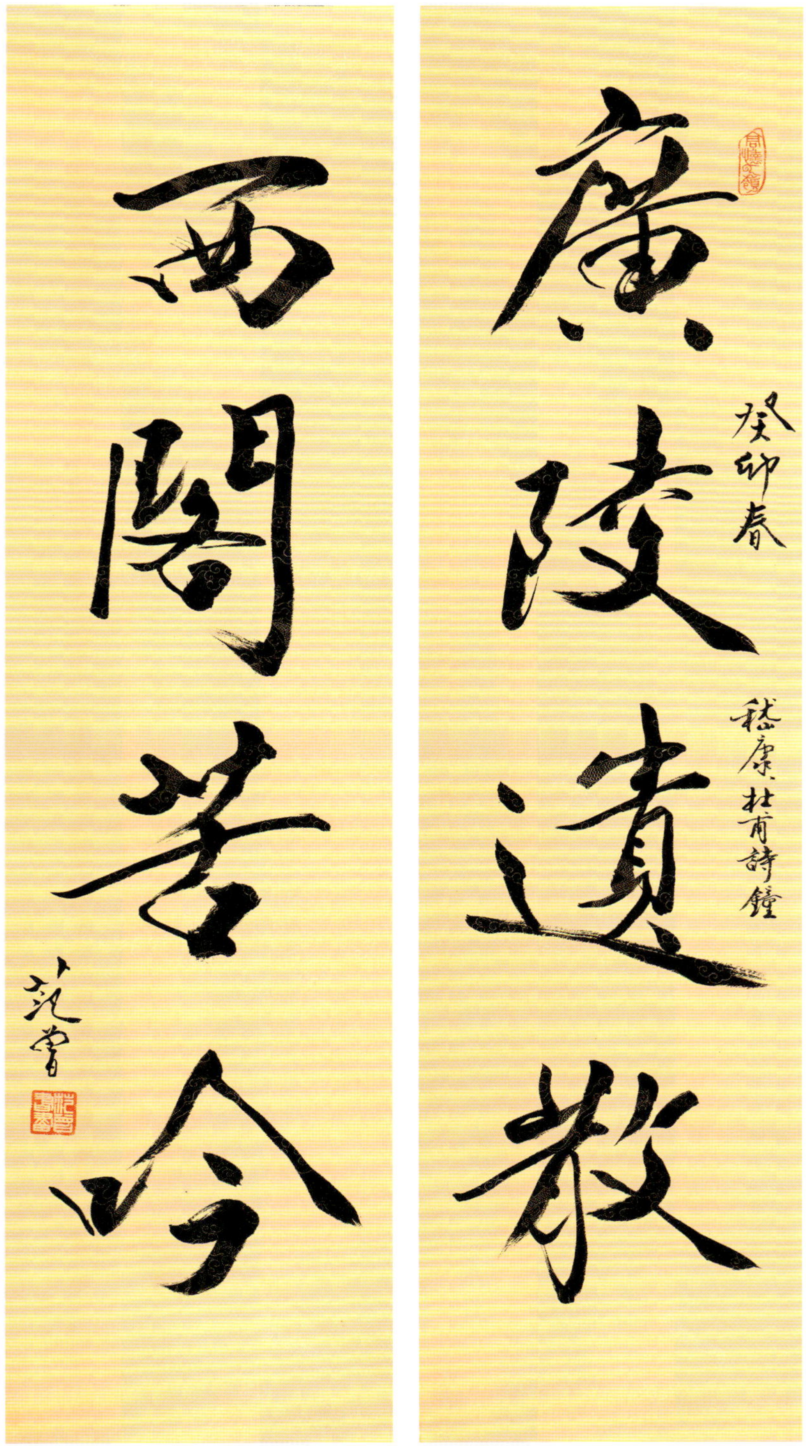

鄭燮言歸躭澹泊
劉伶酒散失文章

解析　邵盈午

鄭燮，即鄭板橋，江蘇興化人。乾隆元年進士。官山東濰縣知縣，有惠政。後客居揚州，以賣畫爲生，尤擅畫蘭、竹，自成家法，體貌疏朗，風格勁峭。工書法，用漢八分雜入楷行草，自稱六分半書。並將書法用筆融於繪畫之中，不泥古法，重視藝術的獨創性和風格的多樣化，爲「揚州八怪」重要代表人物。

劉伶，字伯倫，竹林七賢之一。常乘鹿車，帶一壺酒，讓人扛着鍬跟着，說：「死便埋我。」其忘却形骸如此。其傳世作品僅有《酒德頌》《北芒客舍》兩篇，但對後世影響極大。

鄭燮言歸耽澹泊
癸卯
劉伶酒散失文章
范曾

湘水吊忠魂豈唯絓著離騷辭
藻千秋推鼻祖
癸卯夏日於抱冲齋
闔門迎大德終留典範般若雨
花六道信真傳
上句張榮培下句范曾

湘水吊忠魂，豈惟經著，離騷辭藻千秋推鼻祖
國門迎大德，終留典迻，般若雨花六道信真傳

解析　邵盈午

忠魂，指戰國時期詩人屈原。《離騷》，屈原的代表作，這首抒情長詩，一舉開創了中國浪漫主義詩歌的傳統及「騷體」詩歌的形式，對後世產生了極其深遠的影響。高手作聯，貴在不粘不脫，運用佛典如出自然，足見大方家數也。

英雄鐵鑄猶聞嘶嘯
驫麾風掣正共鷹鳶

解析　邵盈午

上下聯皆爲像贊之作，隱括成吉思汗之平生，含納一切，故覺微妙得體。

坐間談論人，可賢可聖
天上往來月，同古同今

解析　邵盈午

不粘不脱，妙在超曠冲夷而縈拂有情也。

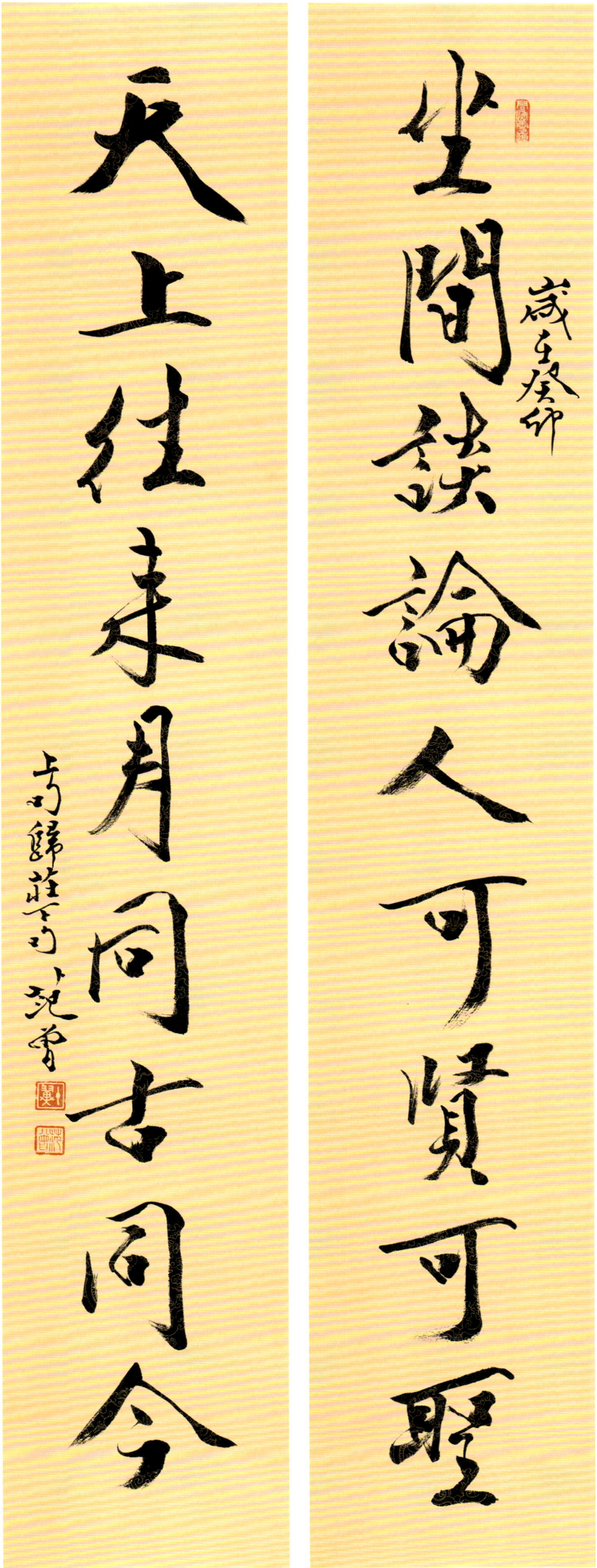

禰衡有譽成章快
道子何曾走筆空

解析　邵盈午

禰衡，字正平，東漢末年名士。恃才傲物，與孔融交好。孔融寫有《薦禰衡表》，向曹操大力推薦，但禰衡稱病不去。後又裸身擊鼓羞辱曹操。曹操把他遣送給劉表，劉表又把他送去給江夏太守黄祖，後因與黄祖言語衝突而被殺，時年二十六歲。吴道子，唐著名畫家，畫史尊稱爲「畫聖」。少孤貧，有畫名。開元間以善畫被召入宫廷。隨張旭、賀知章學習書法，通過觀賞公孫大娘舞劍，體會用筆之道。擅繪佛道、神鬼、人物、山水、鳥獸、草木、樓閣等，尤精於佛道、人物，長於壁畫創作。詠人亦復自况。貴在比擬得當，妙手權奇也。

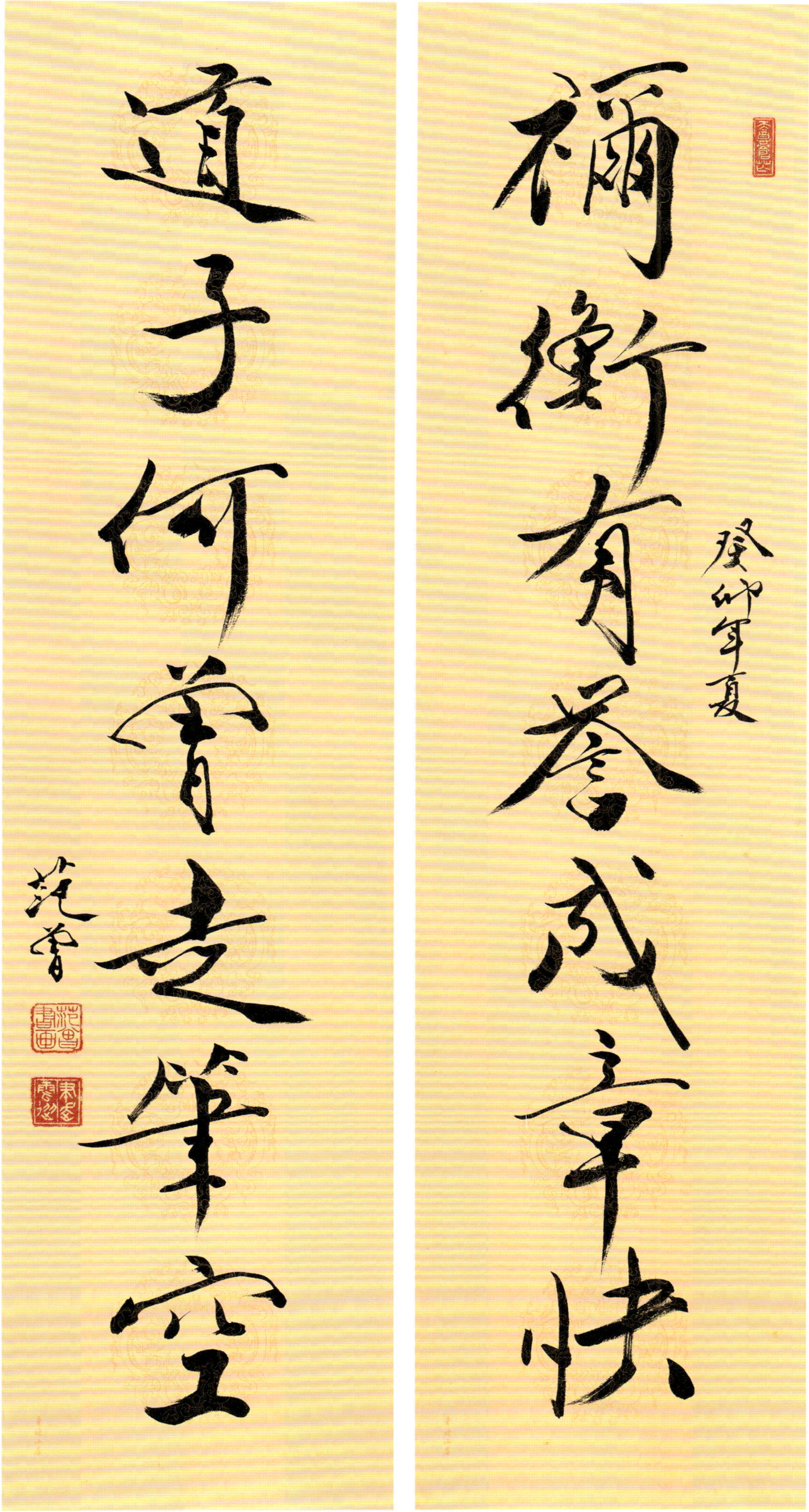
禰衡有譽成章快
癸卯年夏
道子何嘗走筆空
范曾

千秋楚韻猶存，誦正則遺篇，便使同儕開覺路
百載風流未沫，近陶隣故里，應教比户盛弦歌

解　析　　邵盈午

正則，指屈原。《離騷》：「名余曰正則兮，字余曰靈均。」

未沫，猶言不曾休止。

弦歌，此指禮樂教化。

此爲聯句之作，妙在切人切地，移易不得，且餘韻回繞，故爲上乘。

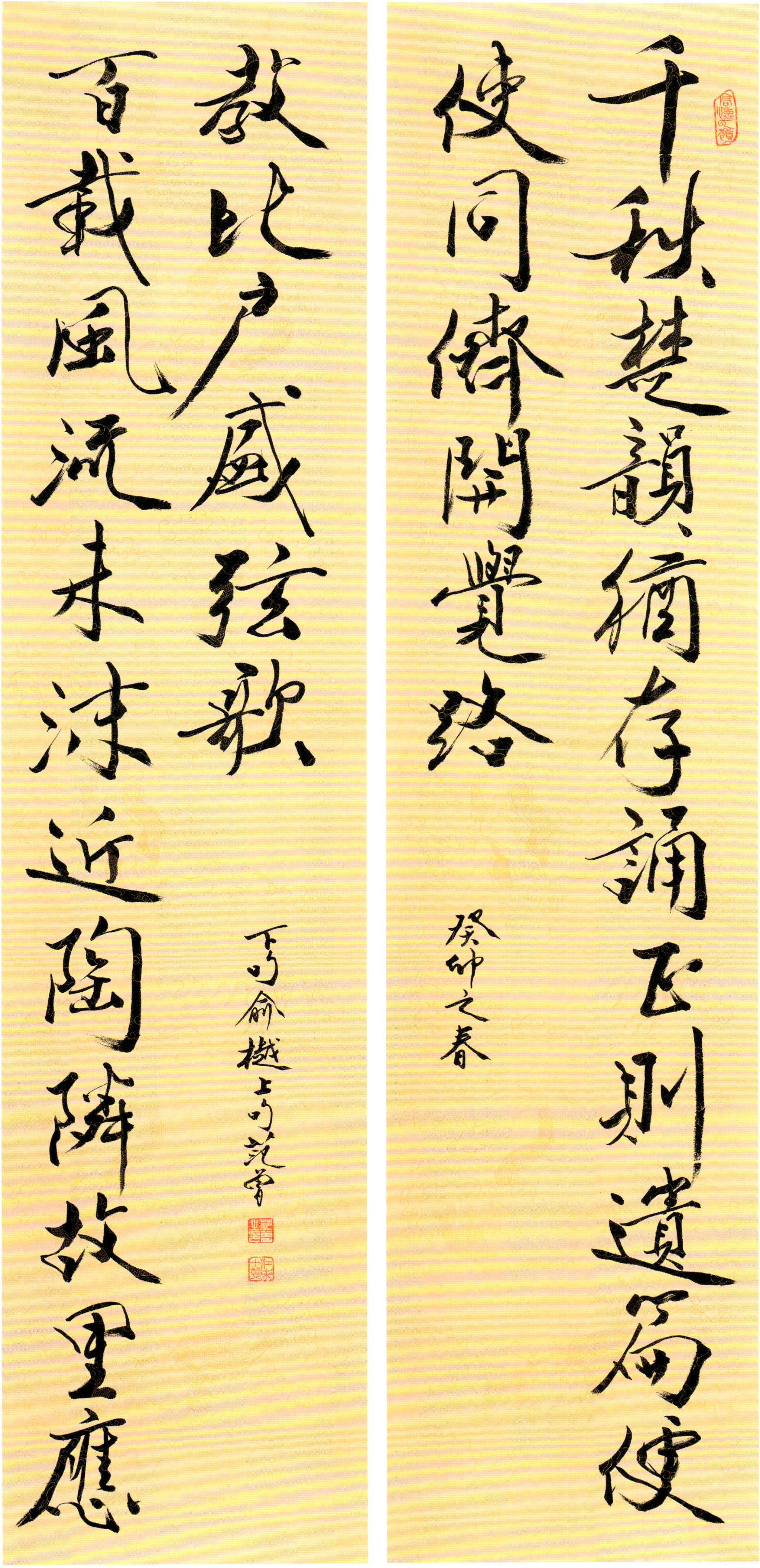
千秋楚韻猶存誦正則遺篇便
使同儕開覺路
癸卯之春
百載風流未沫近陶隣故里應
教比户盛弦歌
下可俞樾上可范曾

龍場徹悟知顯本心行顯志
癸卯
玉門傷懷秦時明月漢時關
范曾

龍場徹悟，知顯本心行顯志
玉門傷懷，秦時明月漢時關

解析　邵盈午

龍場徹悟，王陽明在龍場這一艱困環境裏，結合歷年來的遭遇，日夜反省。一天半夜忽然頓悟，故云：「聖人之道，吾性自足，向之求理於事物者誤也。」這就是歷史上著名的「龍場悟道」。玉門傷懷，取義於王之渙《涼州詞》：「黃河遠上白雲間，一片孤城萬仞山。羌笛何須怨楊柳，春風不度玉門關。」古情奇氣，不讓前賢。

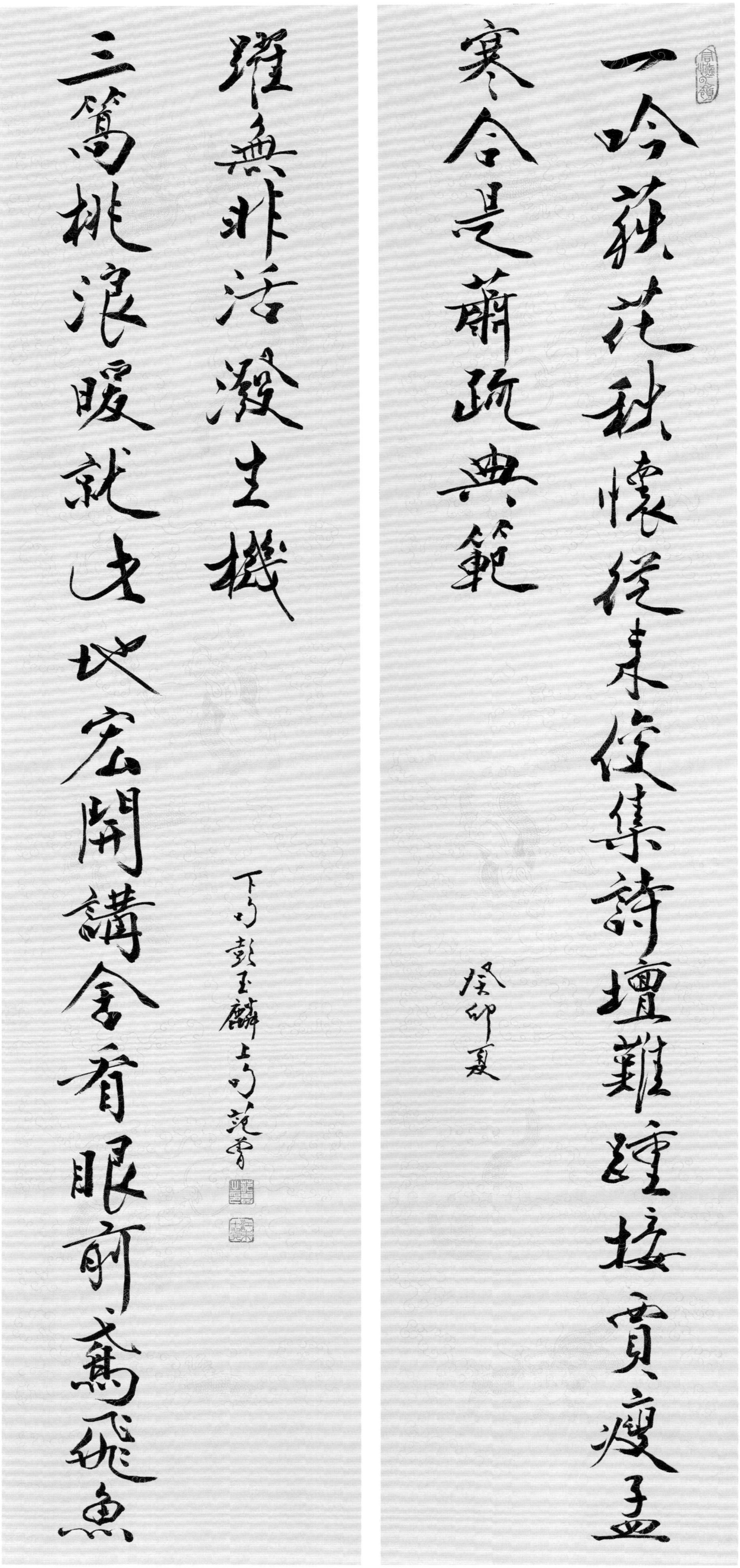
一吟荻花秋懷從來使集詩壇難踵接賈瘦孟寒合是蕭疏典範
癸卯夏
三篙桃浪暖就之地宏開講舍看眼前鳶飛魚躍無非活潑生機
下句彭玉麟上句范曾

一吟荻花秋，懷從來俊集詩壇，難踵接賈瘦孟寒，合是蕭疏典範

三篙桃浪暖，就此地宏開講舍，看眼前鳶飛魚躍，無非活潑生機

解　析　　邵盈午

賈瘦孟寒，孟郊乃唐代詩人，與賈島齊名，有「郊寒賈瘦」之稱。韓愈和孟郊爲好友，孟郊死後，韓愈爲他寫墓志銘，從孟郊的身世來説明「孟寒」詩的風格之形成。孟郊在藝術上確有他自己的追求，用字造句力避平庸淺率，講究藝術構思，追求瘦硬。三篙桃浪，猶桃花汛。傳説河津桃花浪起，江海之魚集聚龍門下，躍過龍門的化爲龍，否則點額暴腮。三篙，指水的深度。

此爲聯句之作，貴在渾然天成，信手拈來，天然湊合。迥非餖飣之作，飣餖滿紙，徒取憎耳！

前世鹿王原佛祖
此翁畫聖返孩提

解析　邵盈午

鹿王，《出曜經》記載：仙人鹿野苑處波羅奈國地界，釋迦牟尼佛的前世爲鹿野苑千鹿之王。有一次，波羅奈國王入山狩獵，恰好將千鹿一網打盡，群鹿驚慌失措，不知所以。這時，鹿王菩薩挺身而出，求告國王：如果千鹿齊受死，肉久置則變質。願日獻一鹿，供王所食！國王念其誠，答應了鹿王的請求。於是釋迦牟尼佛的化身鹿王菩薩與提婆達多的化身另一鹿王分别率五百鹿，抽籤決定了獻食的順序。

前世鹿王原佛祖
癸卯春
後身畫聖返孩提
范曾

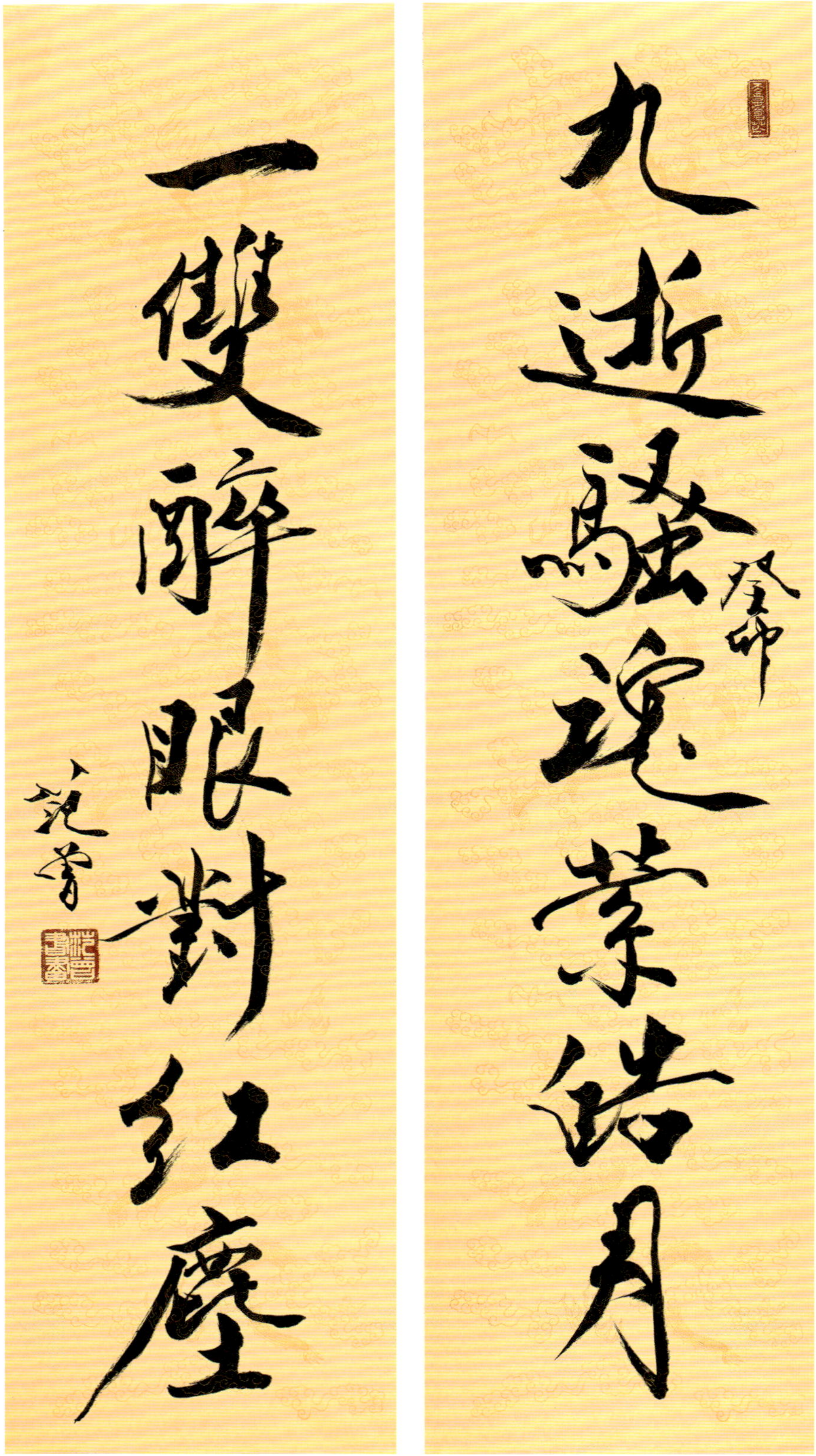

九逝騷魂縈皓月
一雙醉眼對紅塵

解析　郭長虹

九逝，《九章·抽思》：「唯郢路之遼遠兮，魂一夕而九逝。」屈原思念郢都，一夜之間夢魂多次去探望。指極端思念之情。王國維《浣溪沙（山寺微茫背夕曛）》：「試上高峰窺皓月，偶開天眼覷紅塵。可憐身是眼中人。」

神州早試唐堯智
六合今聞大舜韶

解　析　郭長虹

神州、六合，俱指代中國。唐堯，即堯帝。大舜韶，韶爲舜時樂名。

長思鄭燮千枝碧
妙近維摩一縷煙

解析　郭長虹

維摩一縷煙，王維《使至塞上》：「大漠孤煙直，長河落日圓。」鄭板橋所畫的千萬竿翠竹，其妙處猶如王維的詩句。

曾留浩唱洪波曲
卻憶幽吟湘水詞

解析　郭長虹

郭沫若曾經留下《洪波曲》那樣的鴻篇，沈從文也曾經寫下關於湘江的柔美文章。

高山固俯
聖者當然

解析　郭長虹

高山就是要俯視衆生的，聖賢也是這樣。

寒光照影孟東野
激浪移文孔北山

解析　郭長虹

孟郊的詩句，如寒光照影，孔稚珪的《北山移文》如激浪排空。

海南逐客
西蜀諛人

解析　郭長虹

蘇東坡—亭詩鐘。

蘇軾是曾被放逐海南的遷客。亭子跟西蜀的揚雄有關——「西蜀子雲亭」。揚雄著「劇秦美新」之文，爲王莽篡政張揚，故稱其爲「諛人」。

花皇魄散
懿吏煙銷

解析　郭長虹

湯顯祖—林則徐詩鐘。

湯顯祖寫了《牡丹亭》，講述杜麗娘還魂的故事。林則徐則是虎門銷煙的大臣。

花皇魄散
湯顯祖、林則徐詩鐘
懿吏煙銷
癸卯 范曾

蒙恬有慧
杜甫除蕪

解析　郭長虹

毛筆—竹林詩鐘。

傳説毛筆是秦將蒙恬發明的，而杜甫有「新松恨不高千尺，惡竹應須斬萬竿」的詩句。

爲詞當蘇辛之後
真品在管樂其間

解析　郭長虹

寫詞當得起是蘇東坡、辛棄疾之後的高手，真正的品格在管仲、樂毅之間。

朱顏感泣
白羽懷天

解析　郭長虹

李後主—鷺詩鐘。

李後主有「垂淚對宮娥」的詞句，杜甫有「一行白鷺上青天」的詩句。

携美成史
伴蘆即秋

解析　邵盈午

范蠡—楓詩鐘。

美，指西施。勾踐既勝復越，范蠡乃携西施遊於五湖。下聯隱用白居易《琵琶行》「楓葉荻花秋瑟瑟」之句。隱而不露，各極其妙。

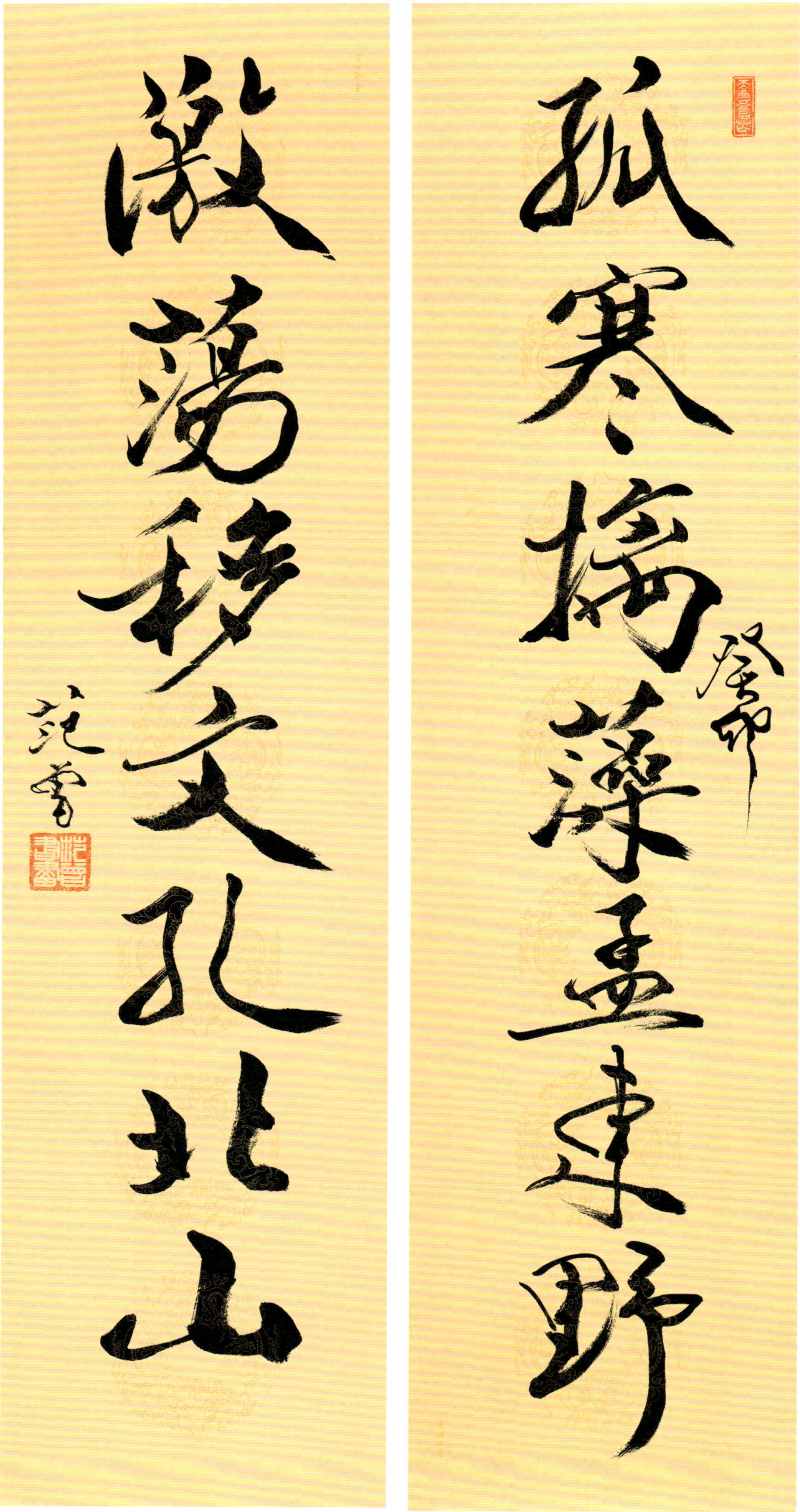
孤寒摘藻孟東野
癸卯
激蕩移文孔北山
范曾

孤寒摛藻孟東野
激蕩移文孔北山

解　析　　邵盈午

摛藻，鋪陳辭藻，施展文才。孟東野，即孟郊，工詩，詩作多寒苦之音，感傷自身遭遇，且用字造句力避平庸淺率，追求瘦硬，故有「詩囚」之稱。與賈島並稱「郊寒島瘦」。移文，此指《北山移文》。孔北山，即孔稚珪，會稽山陰（今浙江紹興）人。孔稚珪文享盛名，曾和江淹同在蕭道成幕中「對掌辭筆」。《北山移文》爲其駢文創作的代表。此文托山靈口吻，嘲諷周顒不能堅守志操，出任海鹽縣令。文風尖刻潑辣，尤其是通過對山川草木擬人化的描寫，極盡嬉笑調侃之能事，歷來爲人傳誦。移文者，多用於鞭辟錯訛不倫之人與事。

懷中一斗
釜下無萁

解析　邵盈午

趙雲—曹植詩鐘。

懷中一斗，用《三國演義》中趙雲懷揣阿斗殺出重圍的故事。

釜下無萁，化用曹植《七步詩》：「煮豆燃豆萁，豆在釜中泣。本是同根生，相煎何太急？」

上聯述趙雲之勇毅，下聯射曹植之兄曹丕何至苛酷如此。范公善厚如此。

詩成每比靈均志
筆落曾同接輿狂

解析　邵盈午

靈均，屈原之字。後用以表達爲人正直、正派，爲政公平、公正。接輿狂，典出《論語·微子》。接輿，楚人，姓陸名通，字接輿。昭王時，政令無常，乃被髮佯狂不仕，時人謂之「楚狂」。後遂以「接輿狂」等詠隱士或狂者。出句以靈均自比，已皭然不俗。對句復比接輿，愈見放達不羈。兩下詞致，益覺快利俊爽。

已登仙域
還禱永年

解析 邵盈午

仙域，指代仙境、仙界。永年，本義指常流不斷，此處引申爲長久。范曾先生題家翁家萱像。雙親恩重如山，雖辭世入仙域，先生猶禱其永生。

取諸懷抱
收拾山河

解析　邵盈午

取諸懷抱，語出王羲之《蘭亭序》：「或取諸懷抱，悟言一室之內。」收拾山河，語出岳飛《滿江紅》：「待從頭、收拾舊山河，朝天闕。」

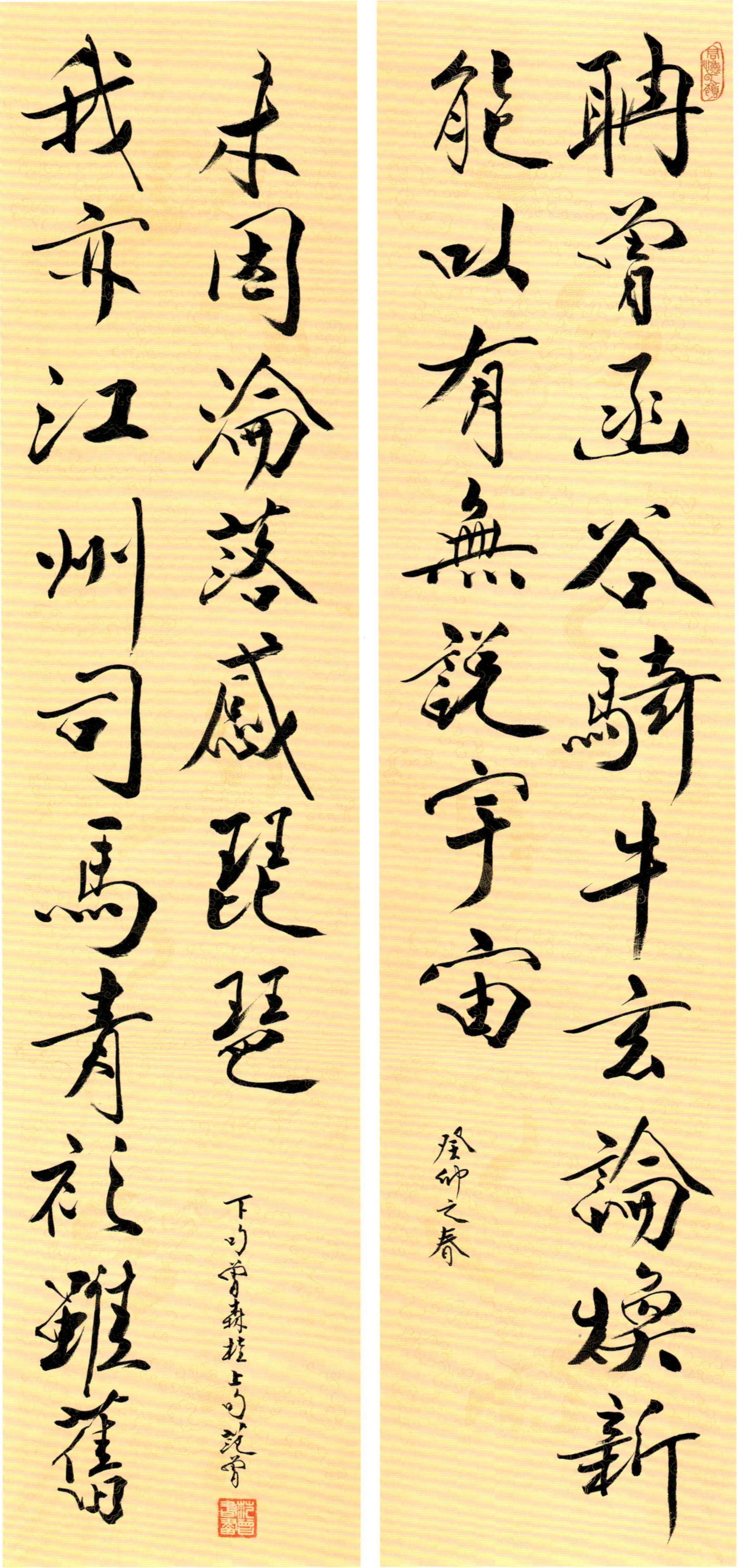
聃曾函谷騎牛玄論煥新
能以有無說宇宙
癸卯之春
我亦江州司馬青衫雖舊
未因淪落感琵琶
下聯曾舊題 上聯范曾

聃曾函谷騎牛，玄論煥新，能以有無説宇宙

我亦江州司馬，青衫雖舊，未因淪落感琵琶

解析　邵盈午

函谷騎牛，指老子騎青牛出函谷關事。

江州司馬，指白居易，白居易《琵琶行》有「江州司馬青衫濕」句。

風骨高騫，情韻俱美，洵爲學人兼才人之高製也。

天庭審判彌翁淚
地獄鞭笞但丁詩

解　析　　邵盈午

上聯指梵蒂岡西斯廷禮拜堂米開朗基羅之《最後的審判》。下聯之但丁，意大利中世紀詩人，現代意大利語的奠基者，歐洲文藝復興時代的開拓者，以史詩《神曲》留名後世。恩格斯評價説：封建的中世紀的終結和現代資本主義紀元的開端，是以一位大人物爲標志的，這位人物就是意大利人但丁，他是中世紀的最後一位詩人，同時又是新時代最初的一位詩人。

天庭審判彌翁淚
癸卯夏
地獄鞭笞但丁詩

久要不忘平生之言，古誼若龜鑑，忠肝若鐵石
還須踵擬往哲之節，前漢唯長沙，南宋唯稼軒

解析　邵盈午

古時認爲，龜能知吉凶，鑒別妍醜，故古人以龜占卜吉凶，以鏡（即龜紋鏡，唐代多爲銅鏡）明察秋毫。

賈誼，西漢政論家、文學家，世稱賈生。少有才名。漢文帝時謫爲長沙王太傅，故後世亦稱賈長沙、賈太傅。後被召回長安，爲梁懷王太傅。梁懷王墜馬而死，賈誼深自歉疚，抑鬱而亡，時僅三十三歲。司馬遷對屈原、賈誼深具同情，故爲二人撰一合傳，後世因將賈誼與屈原並稱爲「屈賈」。

稼軒，即辛棄疾，南宋詞人。二十一歲參加抗金義軍。一生力主抗金。其詞抒寫力圖恢復國家統一的愛國熱情，傾訴壯志難酬的悲憤，對當時執政者的屈辱求和頗多譴責，也有不少吟詠祖國河山的作品。題材廣闊，善化前人典故入詞，風格沉雄豪邁又不乏細膩柔媚之處。

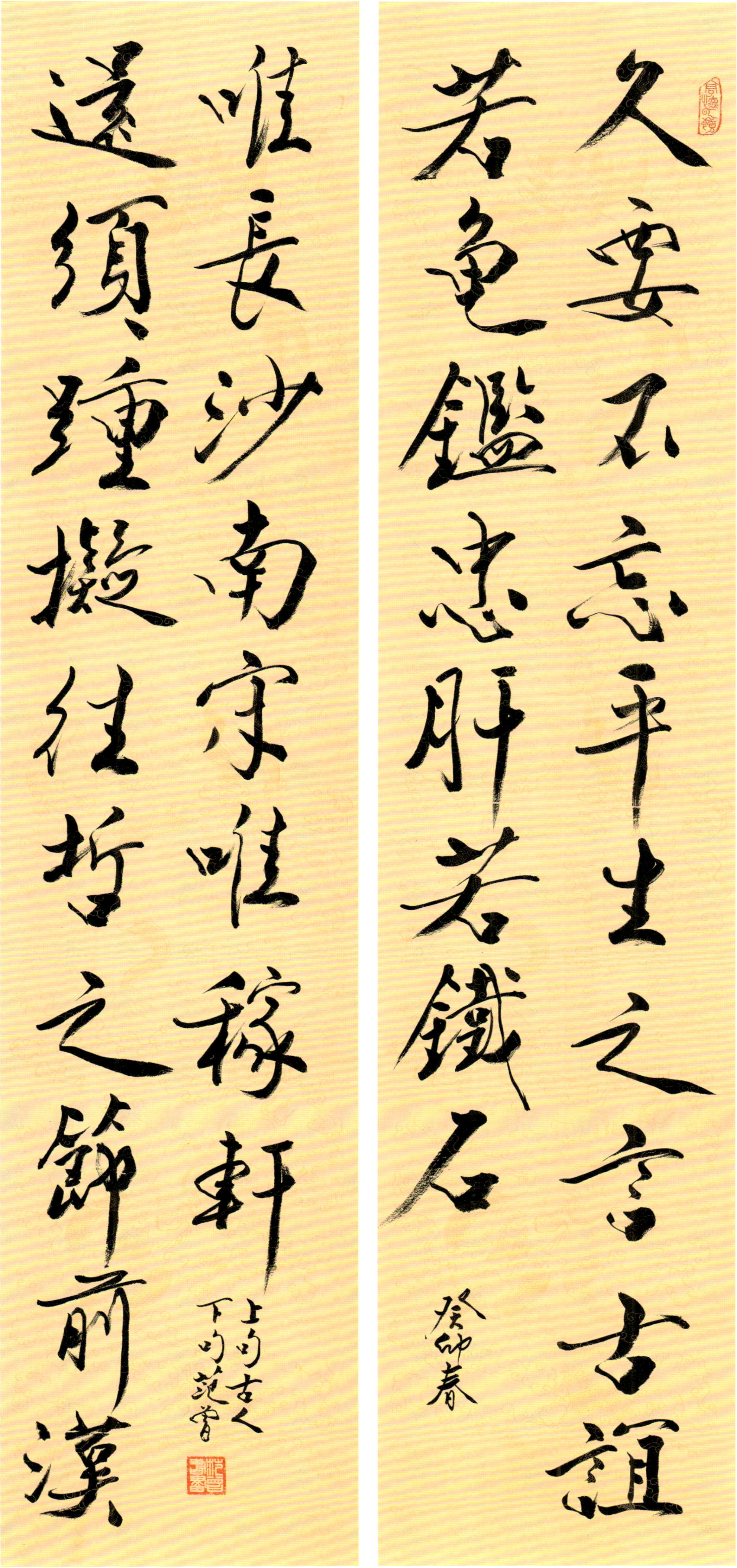
久要不忘平生之言古誼若龜鑑忠肝若鐵石
癸卯春
遠須種擬往哲之節前漢唯長沙南宋唯稼軒
上句古人
下句范曾

東籬把酒誰為伴
癸卯
北海摶風子即鵬
范曾

東籬把酒誰爲伴
北海摶風子即鵬

解析　邵盈午

東籬把酒，語本李清照《醉花陰》：「東籬把酒黄昏後，有暗香盈袖。」

北海，即北冥，是傳説中陽光照射不到的大海，位於世界最北端。明代釋德清的《莊子内篇注》，以曠遠非世人所見之地，喻玄冥大道。北冥中的鯤，喻大道體中養成大聖之胚胎，非北海之大不能養成。《莊子·逍遥遊》開篇即云：「北冥有魚，其名爲鯤。」又，北冥並非與南冥相對的存在物，而是道的象徵。摶風，典出《莊子·逍遥遊》：「摶扶揺而上者九萬里。」扶揺，旋風。後因稱乘風而上爲「摶風」。

「東籬」對以「北海」，「把酒」對以「摶風」，一悠曠，一激蕩；末以豪語作結，殆欲凌「北海」而扶揺其上矣。

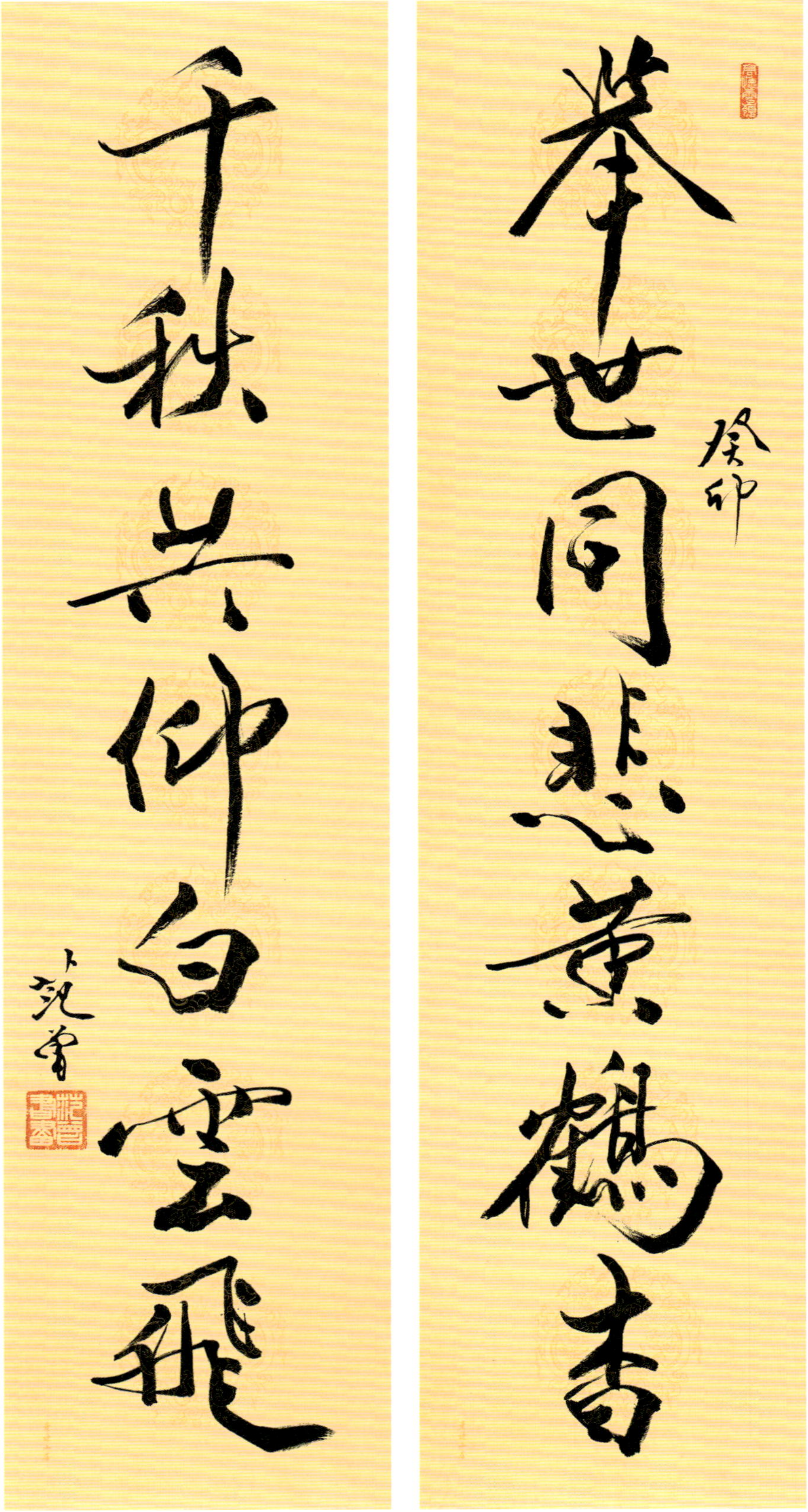

舉世同悲黃鶴杳
千秋共仰白雲飛

解析　邵盈午

白雲堂，黃君璧先生齋號也。時范公正在臺灣，與黃君璧約以三日後見面，無緣黃公竟雲歸道山。范公感歎緣淺，乃口占此聯，於臺灣報上發表，時臺北故宫博物院院長秦儀先生大贊賞，謂此聯出後便無聯。

老去自欣歸蝶夢
秋來恰襯和陶詩

解析　邵盈午

陶詩，即陶淵明詩。
起句以虛靈之筆曲傳老來心境，對句則自道當前之狀。虛實之間，益見詩家曠懷。

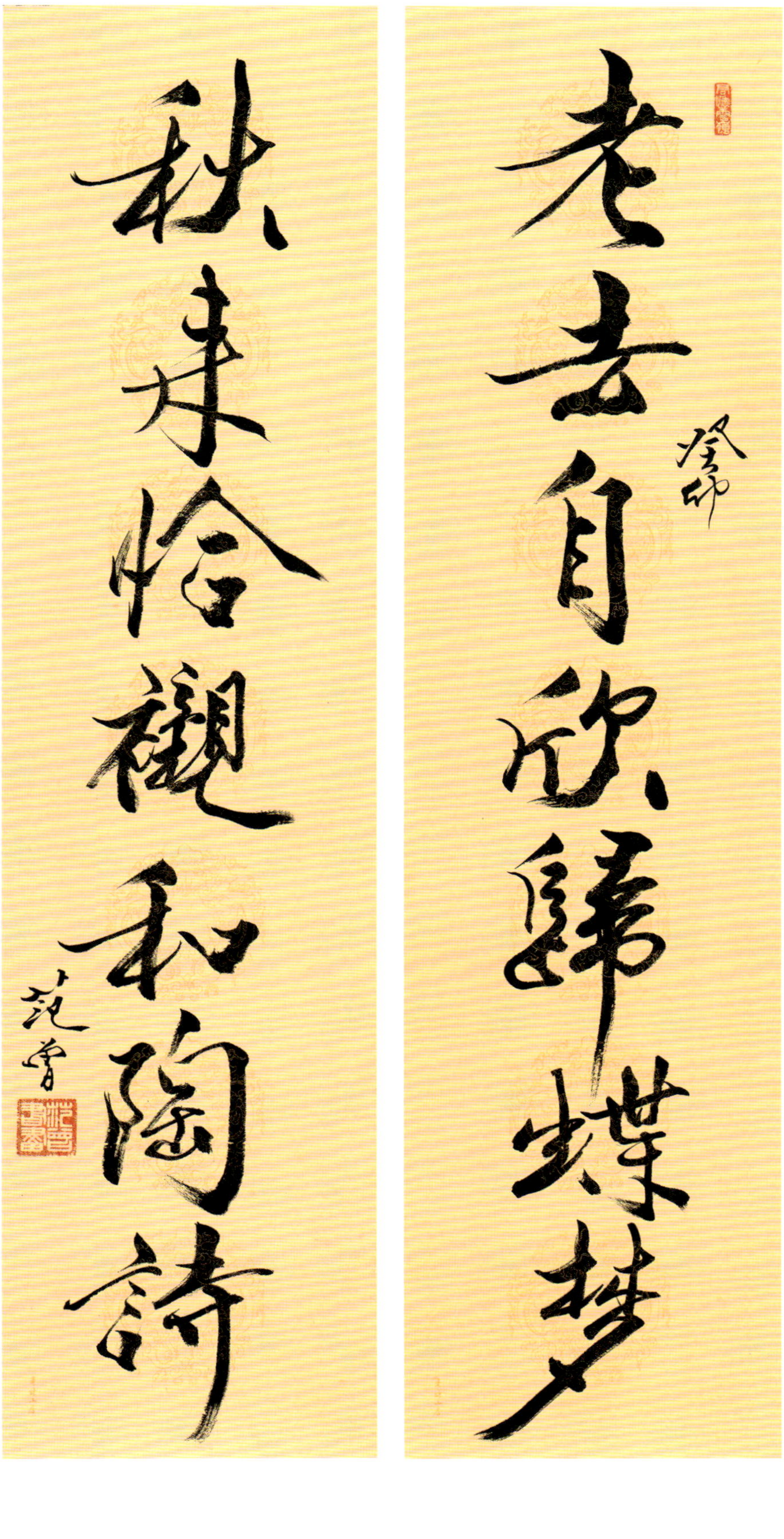

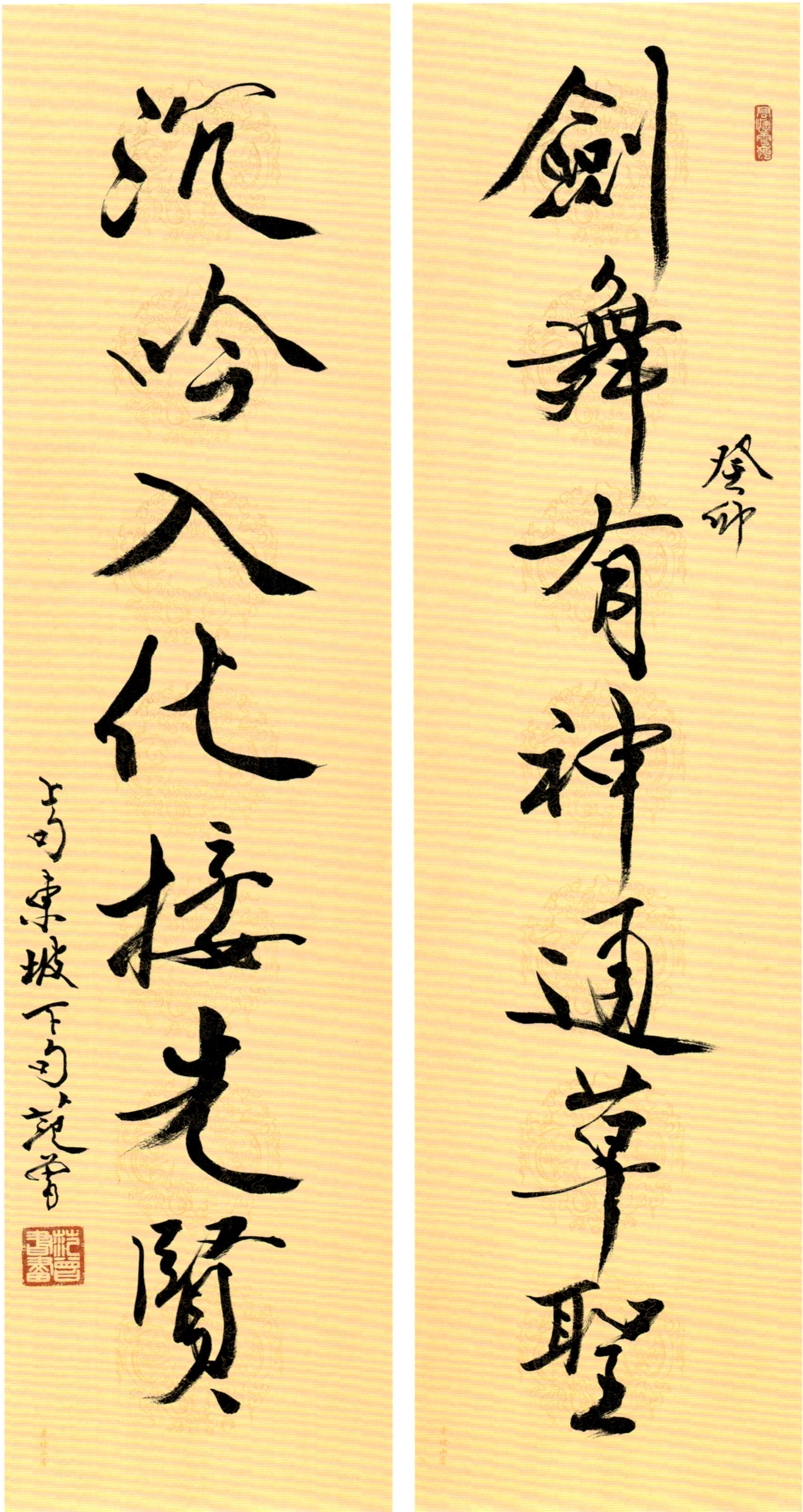
劍舞有神通草聖
癸卯
沉吟入化接光賢
上句東坡下句自·范曾

劍舞有神通草聖
沉吟入化接先賢

解析　邵盈午

劍舞，指公孫大娘的劍器渾脱舞。相傳張旭觀看了公孫大娘像游龍一樣在空中翻騰的劍舞，領會了草書之神韻。蘇軾用此典故，旨在强調悟性對書法創作的重要作用。

草聖，指盛唐書法家張旭。據載，一次，他見一挑夫挑着一擔行李在長安大街上走，一公主坐着車迎面而來，結果發生了争道之事。張旭因之深受啓發，遂告友人道：由公主和挑夫争道，大悟草書筆法。

筆力健舉，不讓坡翁專美於前。

哲思天放
情寄陸游

解析　劉波

上句出《莊子·馬蹄》：「一而不黨，命曰天放。」天放對陸游，妙致在焉。

臨池有譜
破石荒唐

解析　劉波

孫過庭—《紅樓夢》詩鐘。

孫氏《書譜序》爲書論極則，《紅樓夢》即《石頭記》，所謂「滿紙荒唐言」者。

乘鶴已成幻說只因李白擱筆
崔顥題詩籍以才名傳千古
癸卯

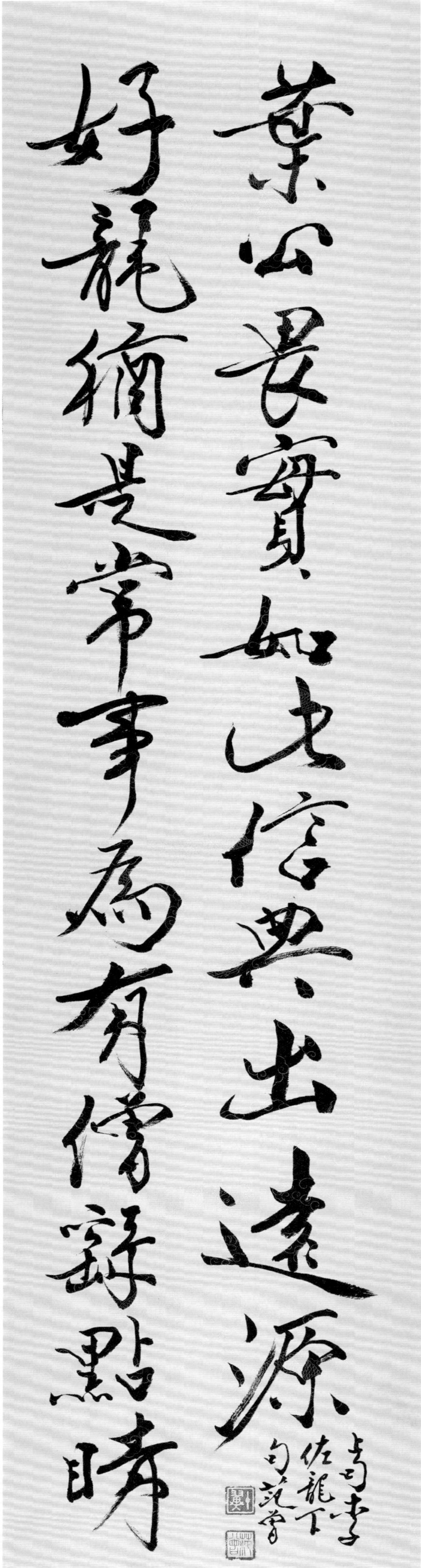
葉公畏寶如此信要出遠源
好龍猶是常事為有傳疑點睛
上句李佐龍下句范曾

乘鶴已成幻説，只因李白擱筆，崔顥題詩，藉他才名傳千古
好龍猶是常事，爲有僧繇點睛，葉公畏實，如此信典出遠源

解析　邵盈午

李白擱筆，相傳李白登臨黄鶴樓，看到崔顥爲黄鶴樓所題之詩，大爲嘆服，遂賦詩道：「眼前有景道不得，崔顥題詩在上頭。」

僧繇點睛，僧繇，即張僧繇，爲南朝梁著名畫家，他繼承了顧愷之提出的人物神態表達上的「傳神論」，並把這一理論發展到所有刻畫物件上。張僧繇尤擅寫真，吸取印度的暈染畫風，繪「凹凸花」，頗有立體感。又始創「疏體」，「筆才一二，像已應焉」。張氏尤擅畫佛、龍、鷹，多作卷軸畫和寺廟壁畫，其所畫古代佛像人物畫獨具風格，被稱爲「張家樣」。姚最《續畫品》稱他所畫人物能做到「朝衣野服，今古不失」。又據唐朝張彦遠《歷代名畫記》卷七所載：張僧繇於金陵安樂寺畫四龍於壁，不點睛。每曰：「點之即飛去。」人以爲妄誕，固請點之。須臾，雷電破壁，二龍乘雲騰去上天。

葉公畏實，用「葉公好龍」事，出漢代劉向《新序·雜事五》。這則故事比喻某些人口頭上説愛好某物，實際上徒愛其形，故范先生在此以「畏實」二字下斷。

信典，信，真實也。按，此處指以上兩個典故，或藉「二龍破壁」極贊僧繇畫技之神奇，或藉「葉公好龍」譏其表裏不一。

馱佛是本
枕書言歸

解析　劉波

大象—陳忠實詩鐘。

象爲佛教瑞獸，常以馱佛示現。

陳忠實生前曾言：我要創作一本死了以後可以放在棺材裏墊頭作枕的書。

拈花微笑
側首沉思

解析　劉波

迦葉—霍金詩鐘。

釋迦拈花迦葉微笑，爲佛法授受著名公案。霍金早年患漸凍症，即肌萎縮側索硬化，大半生與輪椅爲伴，側首沉思正其公衆形象。

觀魚云樂
曳屣而歌

解析　劉波

莊子—曾子詩鐘。
上句莊子惠施濠梁論辯事。
下句《莊子》論曾子，曳屣而歌《商頌》，聲滿天地，若出金石。

步兵聲朗
陸羽經傳

解析　劉波

吟誦—茶詩鐘。

阮籍，曾爲步兵校尉，喜吟誦。陸羽爲茶聖，有《茶經》傳世。

意涵秋水
亭卧醉翁

解析　劉波

此《莊子》—歐陽修詩鐘。

《莊子》名篇《秋水》，千古不朽。歐陽修《醉翁亭記》，膾炙人口。

拾其香草
思及美人

解析　劉波

《文心雕龍》：才高者菀其鴻裁，中巧者獵其豔辭，吟諷者銜其山川，童蒙者拾其香草。

屈原有《九章·思美人》，美人爲古典詩文常見意象，可爲美女，可爲才子，也可爲君王。

此流水聯，范公口占，以屈原《離騷》之意出之，精粹瀟灑。

莽莽青山移紫靄
粼粼春水映喬柯

解析　邵盈午

莽莽，形容原野遼闊，無邊無際。粼粼，形容水流清澈、閃亮的樣子。

清虚澹遠，迹近右丞。

有子才如不羈馬
先賢果是入雲龍

解析　劉波

上句出東坡《贈仲勉子文》。龍馬相對，妙。

滕王何在，剩高閣千秋，劇憐畫棟珠簾，都化作空潭雲影
帝子恍如，傷長洲一帶，雖有西山南浦，怎堪看物换星移

解析　邵盈午

此上下聯語皆本《滕王閣》詩：「滕王高閣臨江渚，佩玉鳴鸞罷歌舞。畫棟朝飛南浦雲，珠簾暮卷西山雨。閑雲潭影日悠悠，物换星移幾度秋。閣中帝子今何在？檻外長江空自流。」

唐人風調，藉以托興。天葩噴玉，藻采粲發。

滕王何在剩高閣千秋劇憐畫棟珠簾都化作空潭雲影

癸卯春仲

帝子悵如隔長洲一帶雖有西山南浦忍堪看物換星移

上句周峋芝 下句范曾

貝加爾湖解纆飲馬
莽昆侖岳聽道詢賢

解析　邵盈午

貝加爾湖，位於東西伯利亞南部，是世界第一深湖，歐亞大陸最大的淡水湖，由地層斷裂陷落而成。

塔下汲泉，吾家自多韻士
梅邊吹笛，此地宜有詞仙

解析　邵盈午

梅邊吹笛，宋人姜夔《暗香（舊時月色）》：「舊時月色，算幾番照我，梅邊吹笛。」詩境幽峭，發塵外清響。

曠士浮生思抱月
老臣孤憤只凭檣

解析　邵盈午

抱月，語本宋代黃春伯《絶句》：「半篙春水一蓑煙，抱月懷中枕斗眠。説與時人休問我，英雄回首即神仙。」懷蘇之作，歷代多有。然此聯句奇語創，匪夷所思。似此妙聯，殆罕覯耳。

飛觴醉忘紅塵夢
棄鋏吟懷極樂鄉

解析　邵盈午

飛觴，舉杯或行觴。鋏，劍柄，這裏指劍。參見《楚辭·涉江》和《戰國策·齊策》。

思無邪集

甲辰

范曾自題

思無邪集

范曾自書聯語　下

中華書局

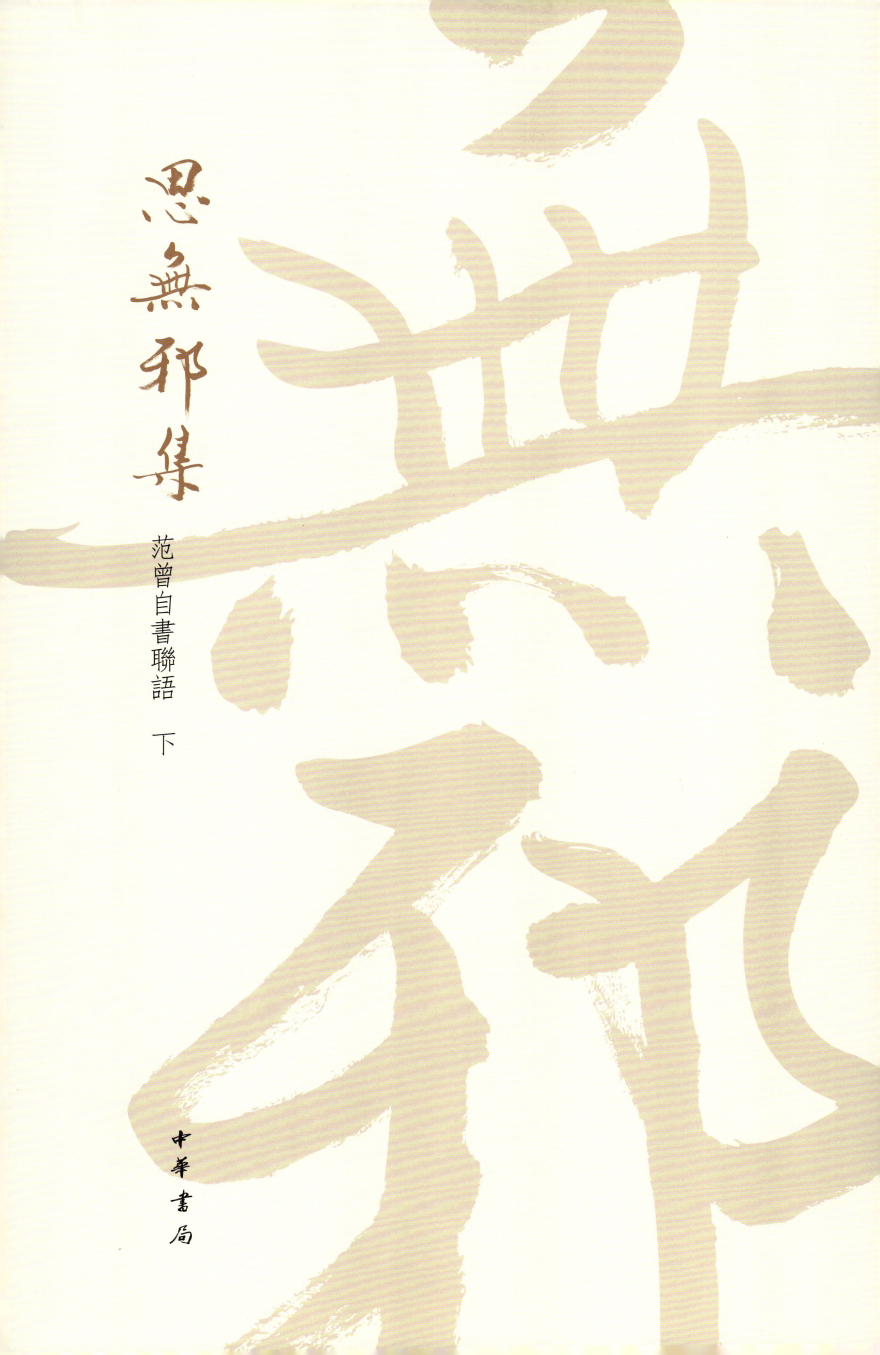

往来勝迹

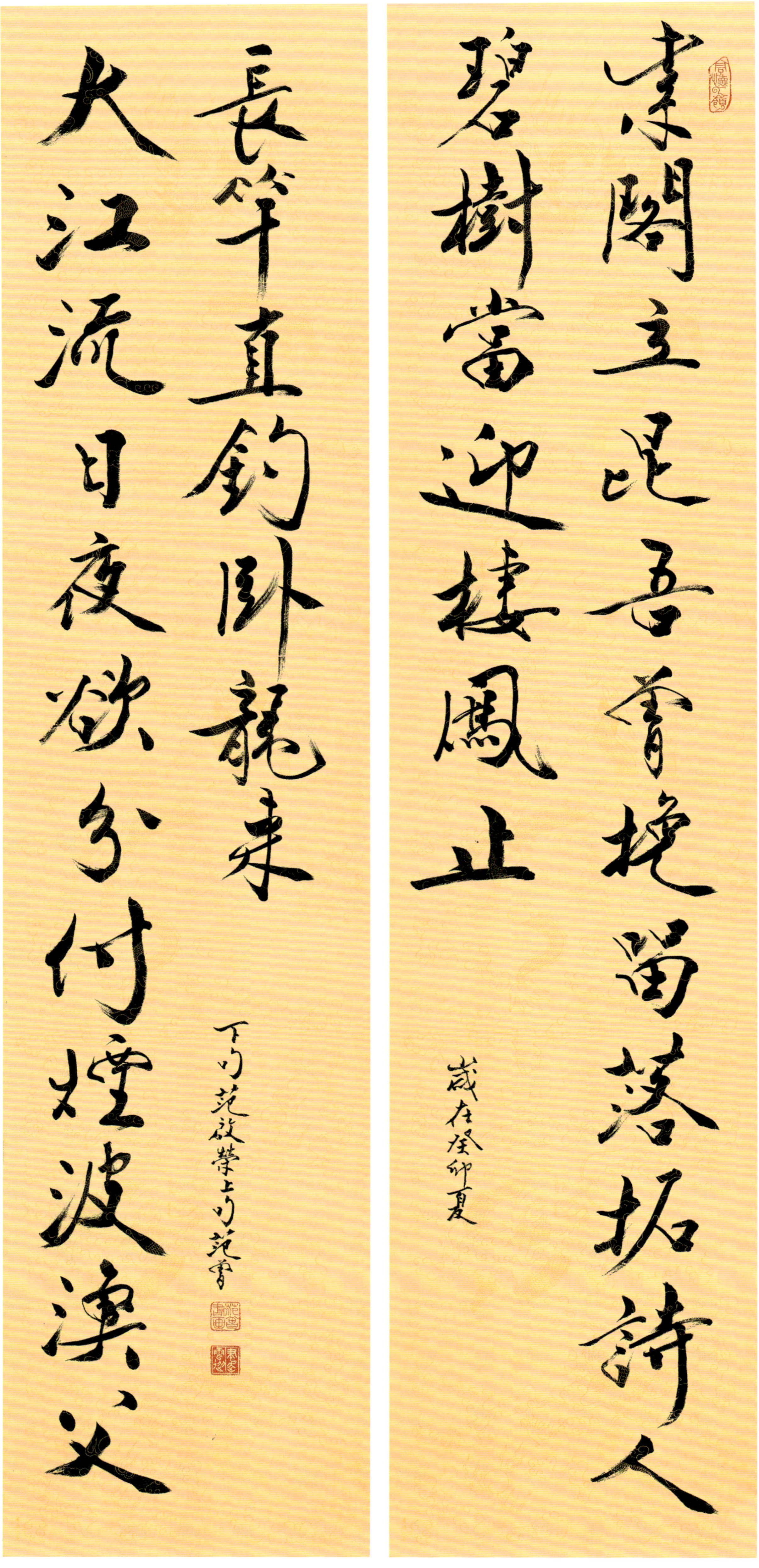
東閣主是吾曾挽留落拓詩人
碧樹當迎棲鳳止
歲在癸卯夏
長竿直釣卧龍來
大江流日夜欲分付煙波漁父
下句范敬棠上句范曾

紫閣立昆吾，曾挽留落拓詩人，碧樹當迎棲鳳止
大江流日夜，欲分付煙波漁父，長竿直釣卧龍來

解析　劉波

紫閣昆吾，碧樹棲鳳，皆出杜甫《秋興八首》。

下句出范啓榮四川合江中學聯。

蜀中豪興，泰岱壯懷，范伯子知眉山淵源，裏手當與高手偶
漢口夕陽，洞庭秋水，劉長卿寫兩湖好景，此鄉得似故鄉無

解析　劉波

伯子先生有句：蘇家發源我家收，述南通范家與眉山蘇家詩文淵源，又有「腹中泰岱亦峥嶸」，故十翼師上聯有此。

下句出李壽蓉山西湖南會館聯。「漢口夕陽斜渡鳥，洞庭秋水遠連天」，劉長卿《自夏口至鸚鵡洲夕望岳陽寄源中丞》句也。

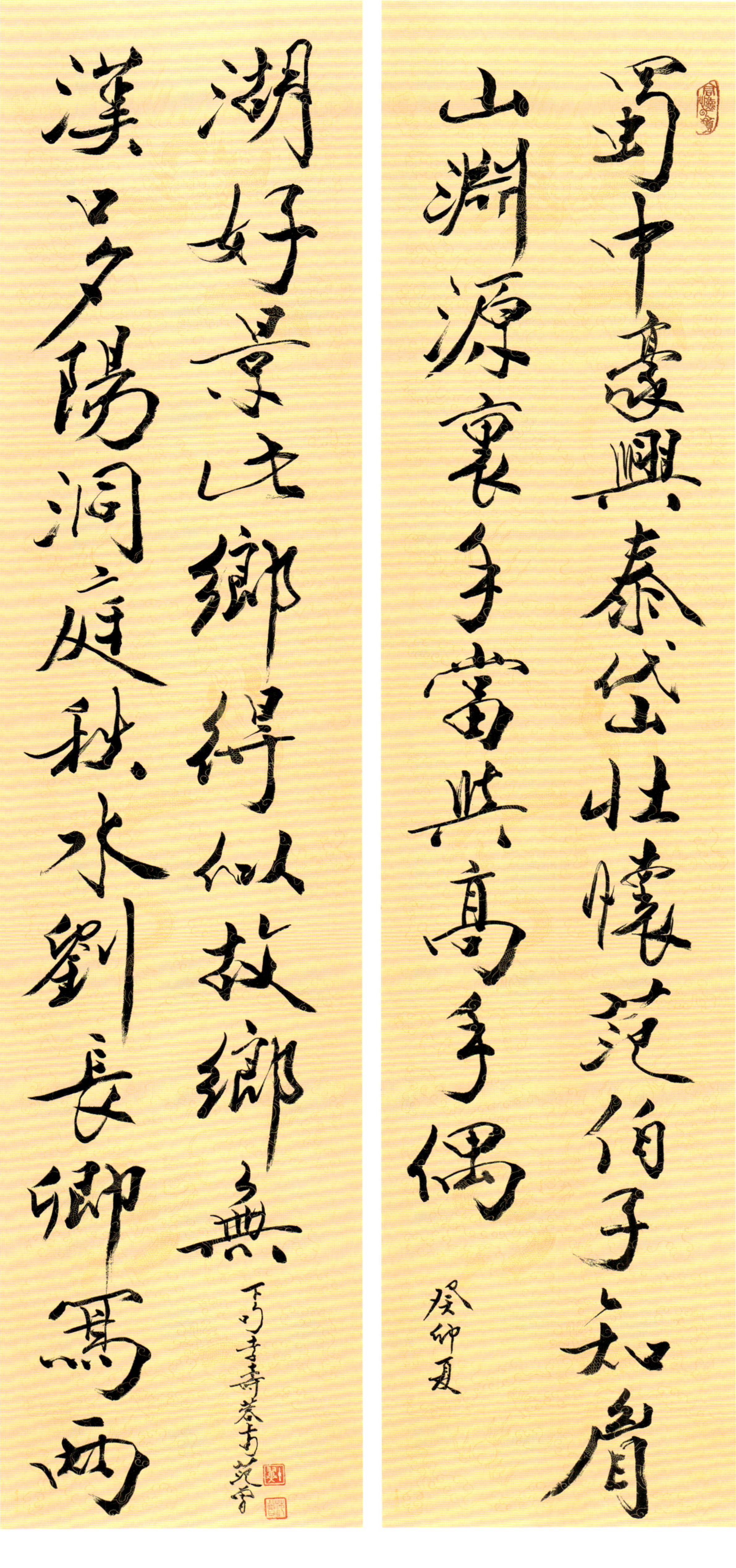
蜀中豪興泰岱壯懷范伯子知骨
山淵源裏手當其高手偶
癸卯夏
湖好景也鄉得似故鄉無
漢口夕陽洞庭秋水劉長卿寫兩
下句李壽蒼書范曾

誰接千載
我瞻四方

解析　郭長虹、劉波

此題南昌八大山人紀念館聯也。「我瞻四方」出《詩經·小雅·節南山》：「我瞻四方，蹙蹙靡所騁。」

楓紅繞嶺真秋色
江水回頭爲晚潮

解析　劉波

下句出鄭板橋題鎮江焦山。
兩句皆即景生情，繞、回二字，灑脱闊大。

西北山宛似蒼龍，峙立昊穹，千疊混茫無倫比
古今月光含玉兔，天開圖畫，一輪霽魄此間多

解析　劉波

下聯出沈閬昆書杭州西湖。

西北山宛似蒼龍峙立昊
穹千疊混茫無倫比
癸卯之春
古今月光含玉兔天開圖
畫一輪霽魄迥閑多
下町沈閬昆書於苑寓

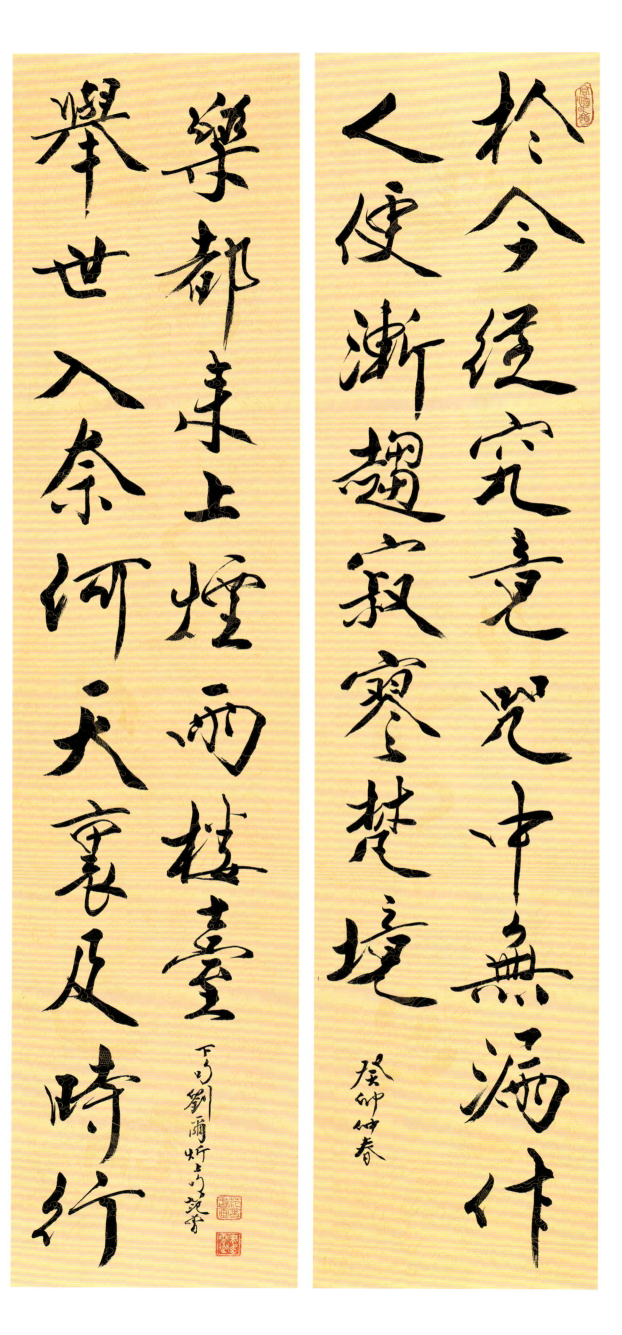

於今經究竟覺中無漏作人使漸趨寂寥梵境

癸卯仲春

舉世入奈何天裏及時行樂都來上煙雨樓臺

下句劉爾炘上句范曾

於今從究竟咒中，無漏作人，便漸趨寂寥梵境
舉世入奈何天裏，及時行樂，都來上煙雨樓臺

解析　劉波

下句出劉爾炘。
奈何天，百無聊賴，不如登煙雨樓臺及時行樂。
究竟咒，佛教終極境界，無漏即脱離煩惱之境。

隔江春色幾回收望，到洲邊空遺芳草
遥昊白雲猶自徘徊，惟悵觸何處長安

解析　劉波

與黃鶴樓聯句。

黃鶴樓，芳草萋萋鸚鵡洲。黃鶴既去，芳草空遺。下句亦用崔顥意，白雲千載空悠悠，何處是歸途。

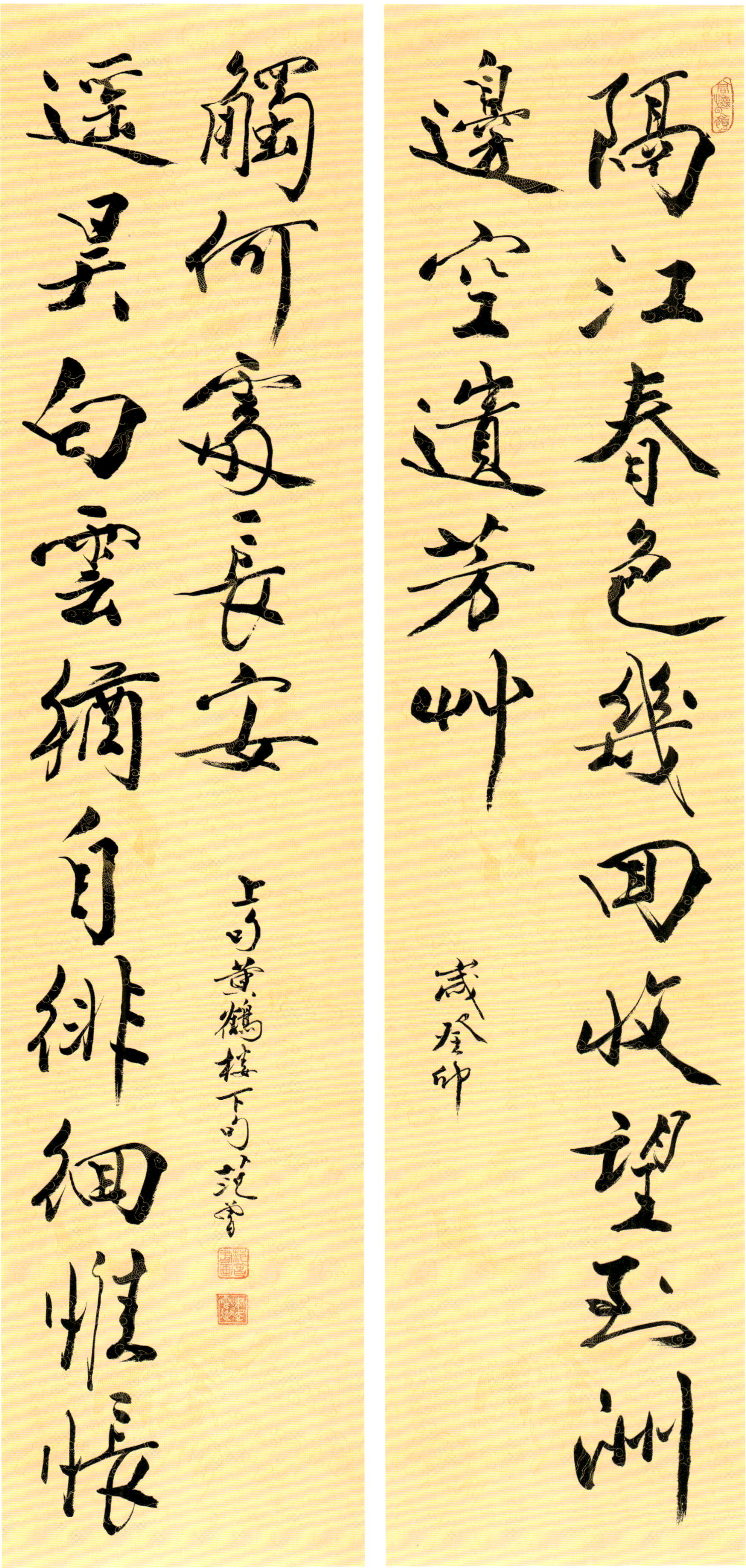
隔江春色幾回收望玉洲
邊空遺芳艸
歲次癸卯
遥異白雲猶自徘徊惆悵
觸何處長安
上句黃鶴樓下句

寺古燈火殘僧去探蒲世
上懦頑期定慧
癸卯之春
林深風露潔賦成招隱雲
中雞犬亦神仙

寺古煙火殘，僧去採蒲，世上儒頑期定慧
林深風露潔，賦成招隱，雲中雞犬亦神仙

解析　劉波

下句出薛時雨。

定慧，佛家有戒、定、慧三無漏次第學。招隱，魏晉高士隱遁避世，嚮往修仙成道，每有招隱詩。

葉落楓林霜，峽谷洗秋，兵燹長安悲羈客
我來梅子雨，琴樽消夏，清涼世界小游仙

解析　劉波

下句出劉銘傳南京愚園聯。狀物寫景，無非讀書人心中真境界。
上句化用杜工部《秋興》詩意。

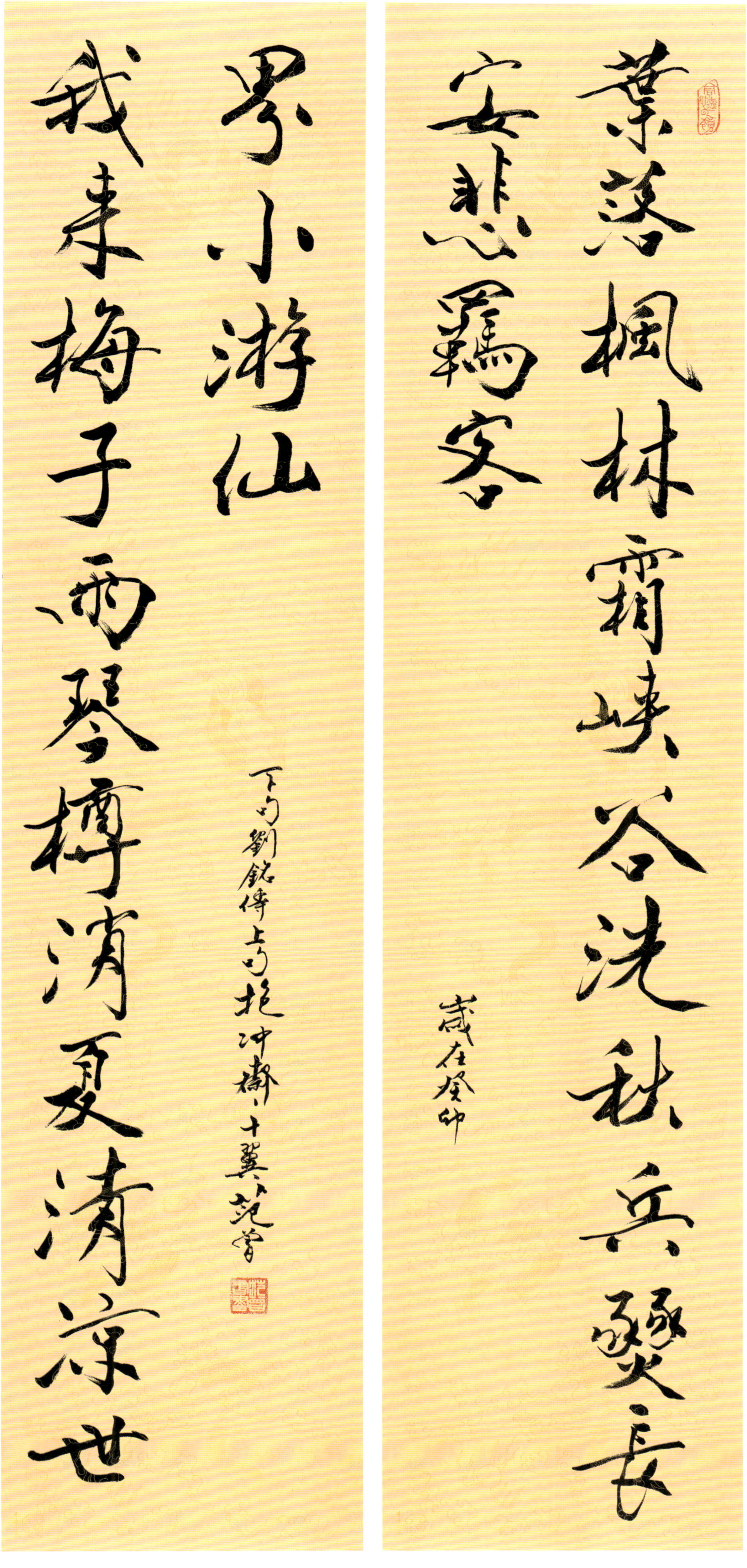
葉落楓林霜峽谷洗秋兵燹長安悲羈客
歲在癸卯
我來梅子雨琴樽消夏清涼世界小游仙
下句劉銘傳上句抱冲齋十翼范曾

一瓢草堂遥顧諸君景仰先賢對門外岳麓清湘想見高深氣象
癸卯年春
蝸舍書屋在曾世代恭承經典聽遠方鈴懸高塔能忘智慧心懷
上句彭玉麟 下句范曾

一瓢草堂遥，願諸君景仰先賢，對門外岳峻清湘，想見高深氣象
蝸舍書屋在，曾世代恭承經典，聽遠方鈴懸高塔，能忘智慧心懷

解析　劉　波

上句出彭玉麟船山書院聯，慕船山學問氣象。
下句寫南通范宅，世代詩文傳家，左近有唐塔矗立，塔鈴之聲使人遺世脱俗。

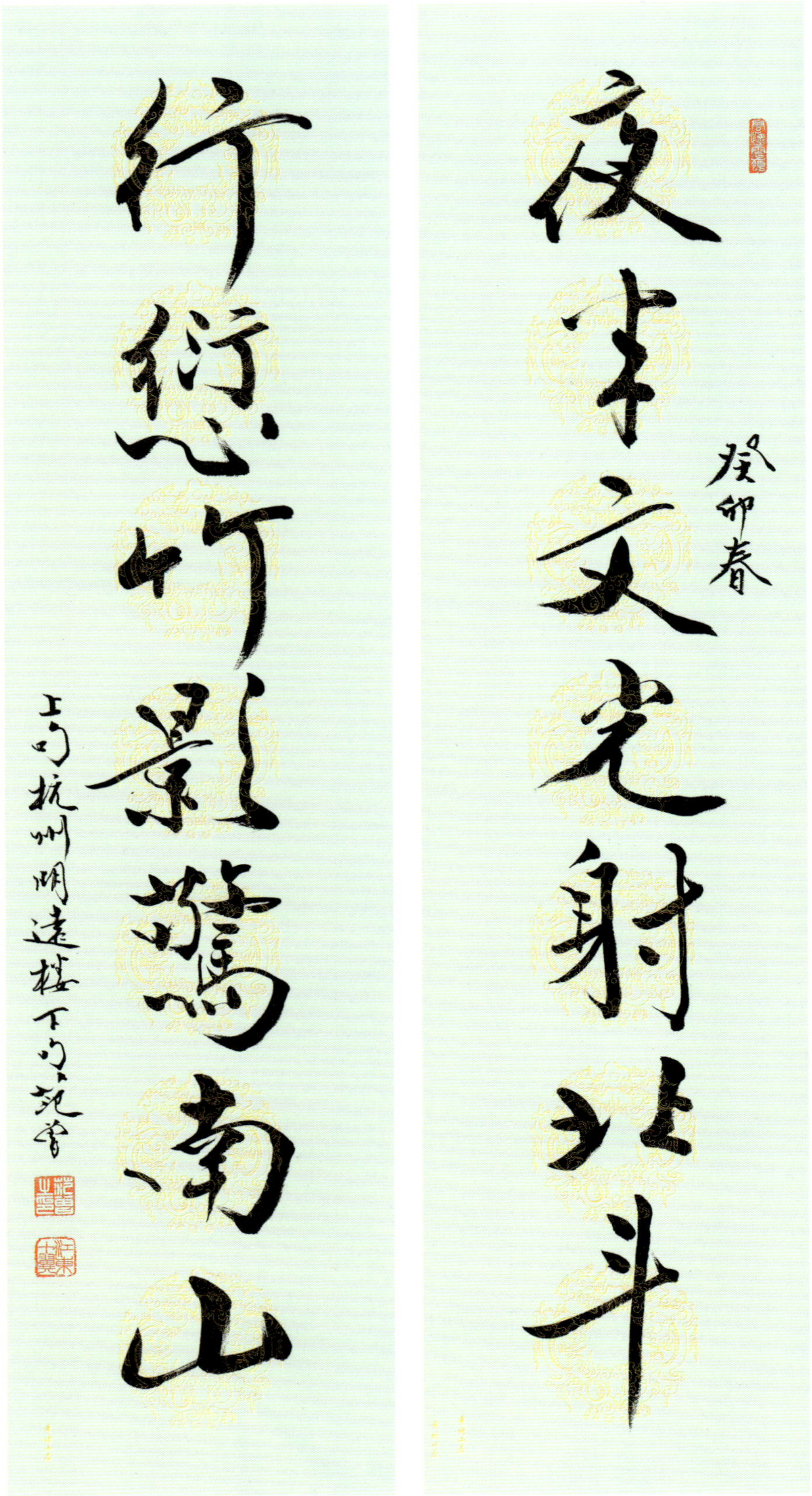

夜半文光射北斗
行慾竹影驚南山

解析　邵盈午

文光射斗，出自《晉書·張華傳》，本意指的是劍氣直射天上的斗宿，後比喻才士文采斐然，筆下光華四射。

南山，語本陶淵明《飲酒》其五「采菊東籬下，悠然見南山」，此處藉喻作者恬淡曠遠的襟懷。

數點梅花橫玉笛
一行雁影到天涯

解析　劉波

上句出王文治揚州郡署戲臺聯句。玉笛梅花，心緒寂寥。下句雁影天涯，詩人秋思，相映成趣。

曾謁蕩陰祠讀壁上殘詩驚風驚雨雪盡猶餘鴻爪在

癸卯夏仲

再來屈子廟懷蒼梧遠涉爲社爲民國殤不忘郢都哀

上聯岳武穆精忠祠 下聯范曾

曾謁蕩陰祠，讀壁上殘詩，驚風驚雨，雪盡猶餘鴻爪在

再來屈子廟，懷蒼梧遠涉，爲社爲民，國殤不忘郢都哀

解析　劉波

上聯出岳飛精忠祠。蕩陰，今湯陰，因在蕩水之南得名，岳祠所在。下聯寫屈子。屈原《離騷》有句：「朝發軔於蒼梧兮，夕余至乎縣圃。」郢，古地名，春秋戰國時期楚國國都。

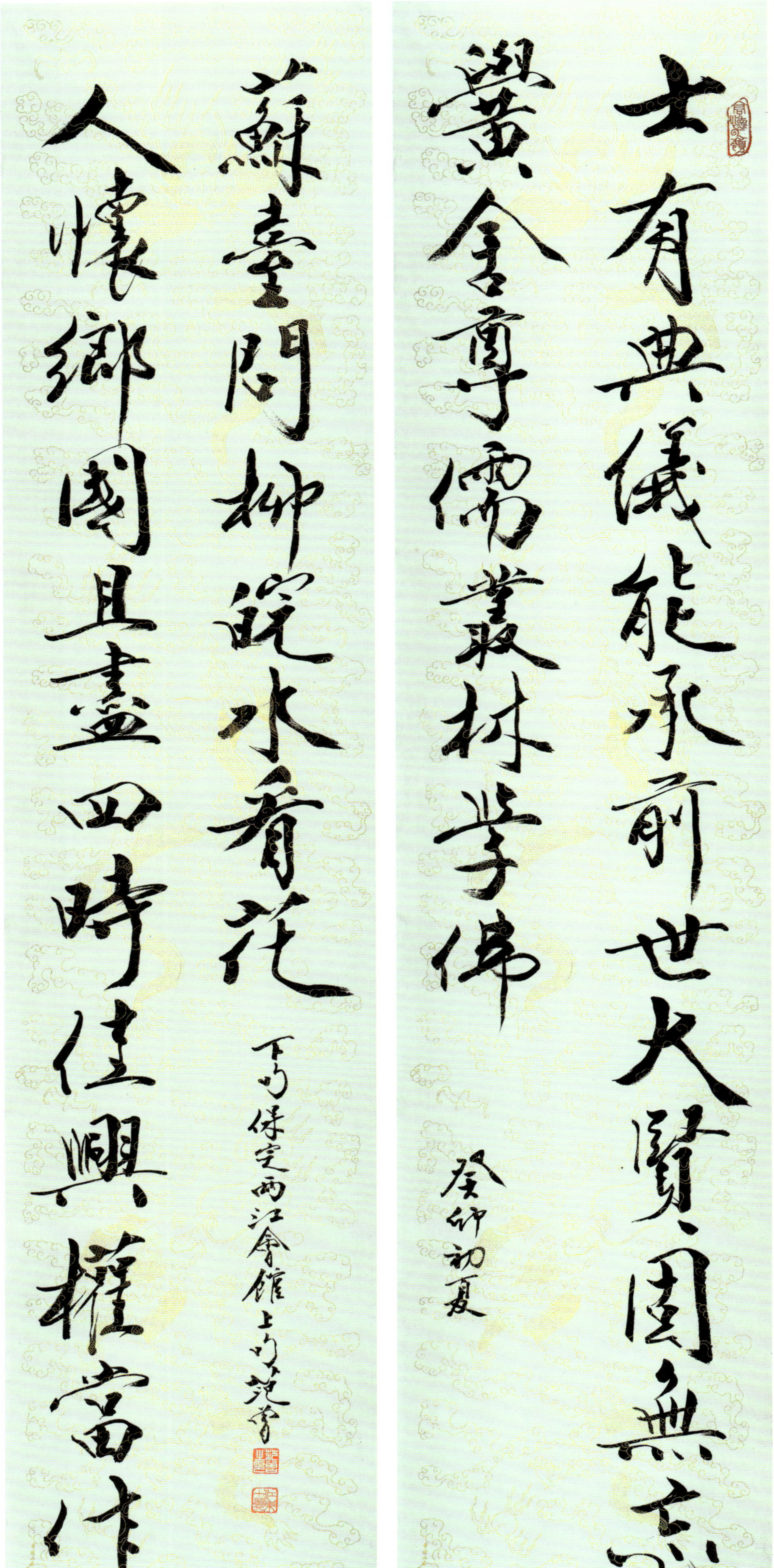
士有典儀能承前世大賢圓無忘
黌舍尊儒叢林學佛
癸卯初夏
人懷鄉國且盡四時佳興權當作
蘇臺問柳說水看花
下句保定兩江會館上句 范曾

士有典儀，能承前世大賢，固無忘黌舍尊儒，叢林學佛
人懷鄉國，且盡四時佳興，權當作蘇臺問柳，皖水看花

解析　劉波

下句出保定兩江會館聯。

蘇臺，亦名姑蘇臺，位於蘇州西南姑蘇山上，傳爲春秋時吴王闔廬所築，夫差於臺上立春宵宫，作長夜之飲。皖水，一名後河，在今安徽潛山東。

上句黌舍即學校。叢林，佛教多數僧衆聚居的處所，如樹木之叢集爲林也。

玉關柳色，隴上梅花，聽憑羌笛吹來，雅調都成塞下曲

鐵甲貂裘，將軍錦帳，齊向命臣接迓，琵琶不奏陌上桑

解析　劉波

上句出蘭州兩湖會館戲臺。玉關柳、隴上梅，皆邊塞景也，更有羌笛聲聲，聞之皆起邊塞思。

鐵甲錦帳以迎朝廷命臣，則不可不奏雅樂也。《陌上桑》，漢樂府詩篇，屬《相和歌辭》。此代指民樂。

邊疆情境，雅俗相對，異趣生焉。

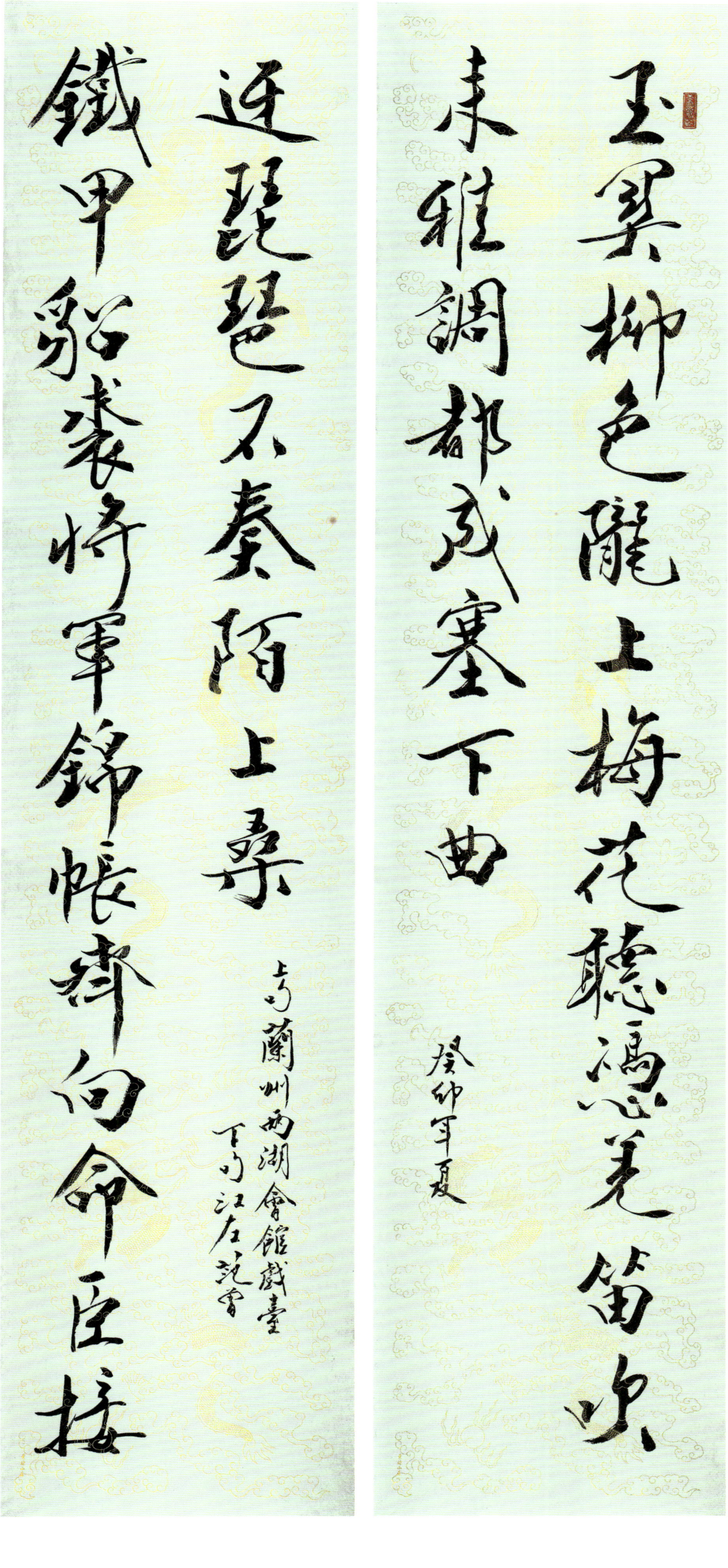

玉關柳色隴上梅花聽憑羌笛吹
來雅調都成塞下曲
癸卯年夏
鐵甲貂裘將軍錦帳奉向命臣接
過琵琶不奏陌上桑
上句蘭州兩湖會館戲臺
下句江左沈雪

有緣圍佛懷衆派紛陳聆廣濟寺高僧隨唤來一室檀香靜寂合宜翻貝葉

癸卯春

幾度論文與諸君小聚仿梅花亭故事適飛下千年老鶴迴翔猶誤聽義經

下句江華青魏塘書院上句范曾

有緣圖佛，懷衆派紛陳，聆廣濟寺高僧，隨喚來一室檀香，靜寂合宜翻貝葉
幾度論文，與諸君小聚，仿梅花亭故事，適飛下千年老鶴，迴翔猶誤聽義經

解析　劉波

下句出江峰青魏塘書院聯。寫心儀古賢雅聚論文，因得老鶴奇緣。上句寫有緣繪佛而得澄心靜慮深會佛法，俱是文人高懷。

人如踏雪飛鴻幸相逢南海衣冠咸稱大雅

癸卯春仲

我乃浮雲野鶴誠拜謁極天寶塔宛棲真如

上句劉偉林題東坡書院下句范曾

人如踏雪飛鴻，幸相逢南海衣冠，咸稱大雅
我乃浮雲野鶴，誠拜謁極天寶塔，宛接真如

解析　劉波

上句出劉傳林題海南東坡書院。蘇軾《和子由澠池懷舊》：「人生到處知何似，應似飛鴻踏雪泥。泥上偶然留指爪，鴻飛那復計東西。」此處化用，以懷東坡。下句自況，以佛家語對之，渾然無迹。

驟雨青雲非舊譜
新晴傑閣起沙鷗

解析　劉波

赴廬山路上作。青雲譜，南昌八大山人舊居所在，今有八大山人紀念館，先生爲名譽館長。

孤山月色移舟影
一葉秋聲對榻眠

解析　劉波

上句出蘇軾《立秋日禱雨宿靈隱寺同周徐二令》。兩句清朗靜謐，意成流水。

看碧雲寺新霽初開一笑昂頭
出寺鐘聲破空去
癸卯之春
擅場圓手無法來
嘆黃鶴樓故人已去千秋折桂
上句涪陵北山碧雲寺
下句江東范曾

看碧雲宇新霽初開，一笑昂頭，出寺鐘聲破空去
嘆黃鶴樓故人已去，千秋折桂，擅場國手無法來

解　析　　邵盈午

破空去，空，與「有」相對，意譯爲空無、空虛、空寂、空净、非有。一切存在之物中，皆無自體、實體、我等，此一思想即稱空。亦即謂事物之虚幻不實，或理體之空寂明净。自佛陀時代開始即有此思想，尤以大乘佛教爲然，且空之思想乃般若經系統之根本思想。

「黃鶴樓」句，語本崔顥《黃鶴樓》。折桂，語本《晉書·郤詵傳》，通稱蟾宫折桂，意謂攀折月宫桂花，後以此比喻科舉時代應考得中，金榜題名。

法，指一切的事物，不論大的小的，有形的還是無形的，都叫作「法」，不過有形的叫作「色法」，無形的叫作「心法」。「破空去」「無法來」句新語奇，陳言務去；化用佛典，如出自然。尤妙，屬對工穩，餘味曲包，有令人尋繹不盡之妙。

三重天月滿從前，正浦葦雁來，傷逝笙簫吹繡閣

四十里昆鳴依舊，聽菱歌漁唱，不須鼓角演樓船

解析　劉波

繡閣，女子居室華麗如繡，猶繡房。噍噍昆鳴，見揚雄《羽獵賦》。

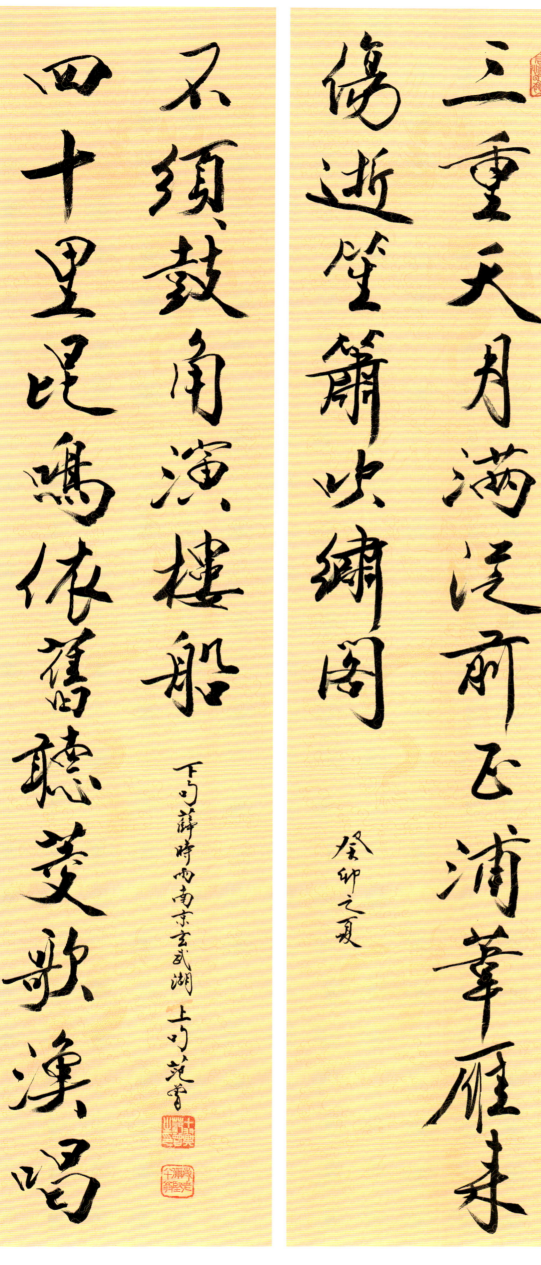

三重天月滿從前飛浦葦雁來
傷逝墜簫吹繡閣
癸卯之夏

不須鼓角演樓船
四十里昆明依舊聽菱歌漁唱
下句薛時雨南京玄武湖 上句范曾

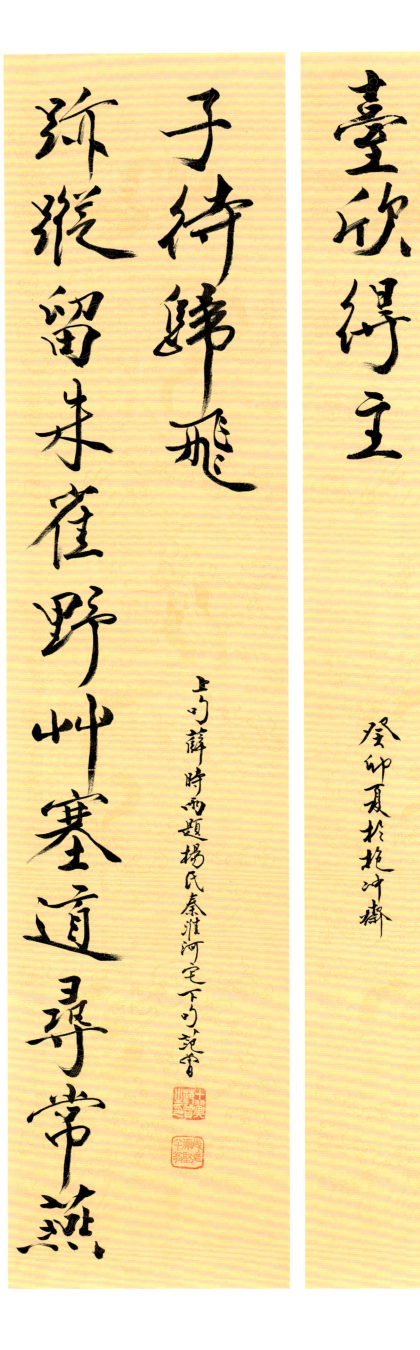

王謝舊烏衣喬木猶存大好樓臺欣得主

癸卯夏於抱冲齋

游蹤留朱雀野艸寒道尋常燕子待歸飛

上聯蘇時雨題楊氏秦淮河宅 下聯范曾

王謝舊烏衣，喬木猶存，大好樓臺欣得主
跡蹤留朱雀，野草塞道，尋常燕子待歸飛

解析　邵盈午

兩聯均涉秦淮煙景，古今興衰，可爲一歎。

地辟百弓，喜樓臺近水，揭來載酒尋花，秋月何如春月
天開一色，浮孤鶩遥空，偏愛披簑泛浪，聖人合是野人

解　析　　邵盈午

天開一色，出王勃《滕王閣序》：「落霞與孤鶩齊飛，秋水共長天一色。」野人，指村野之人，亦借指隱逸者。

此長聯固以詞性巧密爲勝，妙在作者並不過事吹求，以蹈乎拘執。只是妙手偶得，自成絶調。

地辟百弓喜樓臺近水攜來載
酒尋花秋月何如春月

癸卯春

天開一色浮孤鶩遥空偏愛披
簑泛浪聖人合是野人

上句冠鼇亭
下句江東范曾

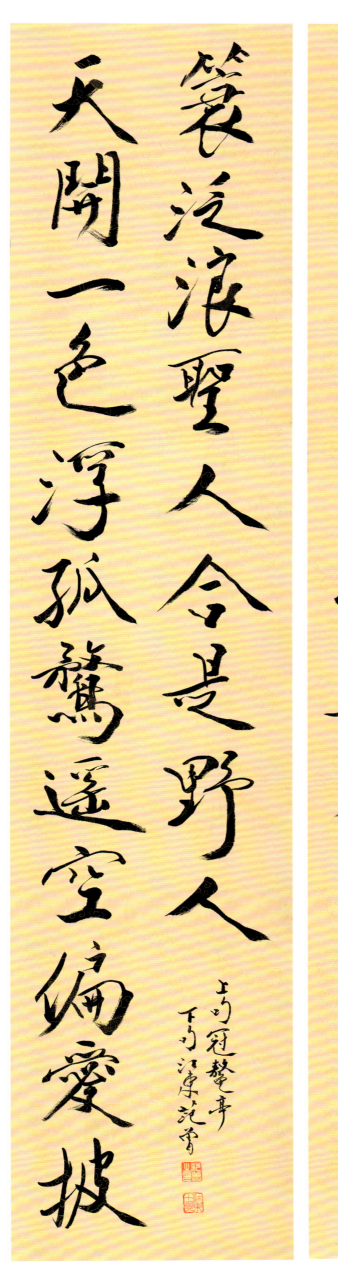

香水濯雲根奇石慣延攜硯客

歲在癸卯暮春於碧水莊園抱沖齋

胡風吹雪樹梨花迷佳作詩人

上句劉墉 下句十翼 江東范曾

香水濯雲根，奇石慣延攜硯客
朔風吹雪樹，梨花迷住作詩人

解析　　邵盈午

雲根，深山雲起之處，亦指道院僧寺。晉張協《雜詩》之十：「雲根臨八極，雨足灑四溟。」嗣音王孟，具徵風人雅致。

楚韻擷蘭汀，問汨水古今，終懷玄圃戀

新聲徵菊部，對蘇臺風月，應憶鏡湖遊

解析　邵盈午

汨水，即汨羅江。玄圃，相傳在昆侖山頂，有金臺、玉樓，爲神仙所居，也稱懸圃，後泛指仙境。

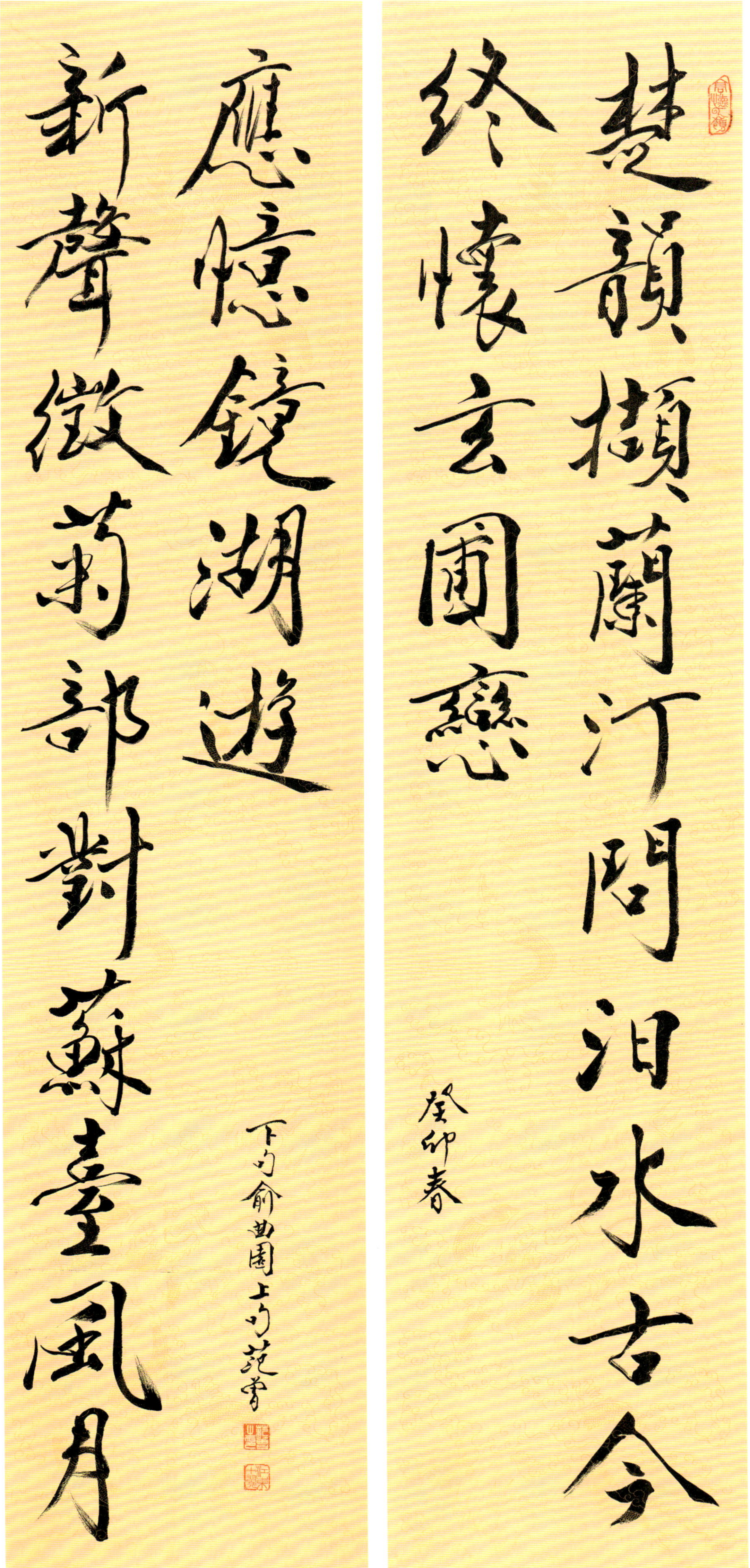
楚韻擷蘭汀問汨水古今
終懷玄圃戀
癸卯春
應憶鏡湖遊
新聲徵荊部對蘇臺風月
下句俞曲園上句范曾

白鹿院遥欣性理尚存能從輔今尋警句

歲癸卯春

蓮香池靜聞弦歌何處更教思古發幽情

下聯蓮池書院上聯范曾

白鹿院遥，欣性理尚存，能從輔今尋警句

蓮香池静，問弦歌何處，更教思古發幽情

解析　邵盈午

白鹿院，即白鹿洞書院，位於江西九江廬山五老峰南麓。始於唐，盛於宋，沿於明清，已有一千多年歷史。

蓮香池，蓮池書院，位於河北文化名城保定市區中心，因建於蓮花池而得名。

作者深慨氣類之孤也久矣，故能獨尚友千載，發卷則如親古人，有以得其用心，而下筆則自信古人之必不我違。

胸前排數十百里雲山，圖畫天開，好趁閑情臨稿去
化外有無窮盡層境域，法輪恒轉，何曾刹那佇留來

解析　劉波

上句出劉爾炘，亦不外石濤所謂「搜盡奇峰打草稿」之意。下句師以佛家語對之，萬法無常，恒變不居。

胸前排數十百里雲山圖畫天開好
趁閑情臨稿去

癸卯夏

須剎那佇留來
化外有無窮盡層境域法輪恆轉何

上句劉爾炘
下句范曾

舊雨青雲非故譜
初晴傑閣撥新弦

解析　劉波

南昌青雲譜，爲八大山人故居所在，現改爲八大山人紀念館。師曾於二〇〇七年在此舉辦尊賢畫展，並受聘爲紀念館名譽館長，故上句有此。

雲籠野浦雁聲遠
雨過迴廊花氣疏

解析　劉波

下句出彭玉麟，詩人隻眼。上句煙雲籠大野，雁聲杳無迹，殊覺渾厚蒼茫。

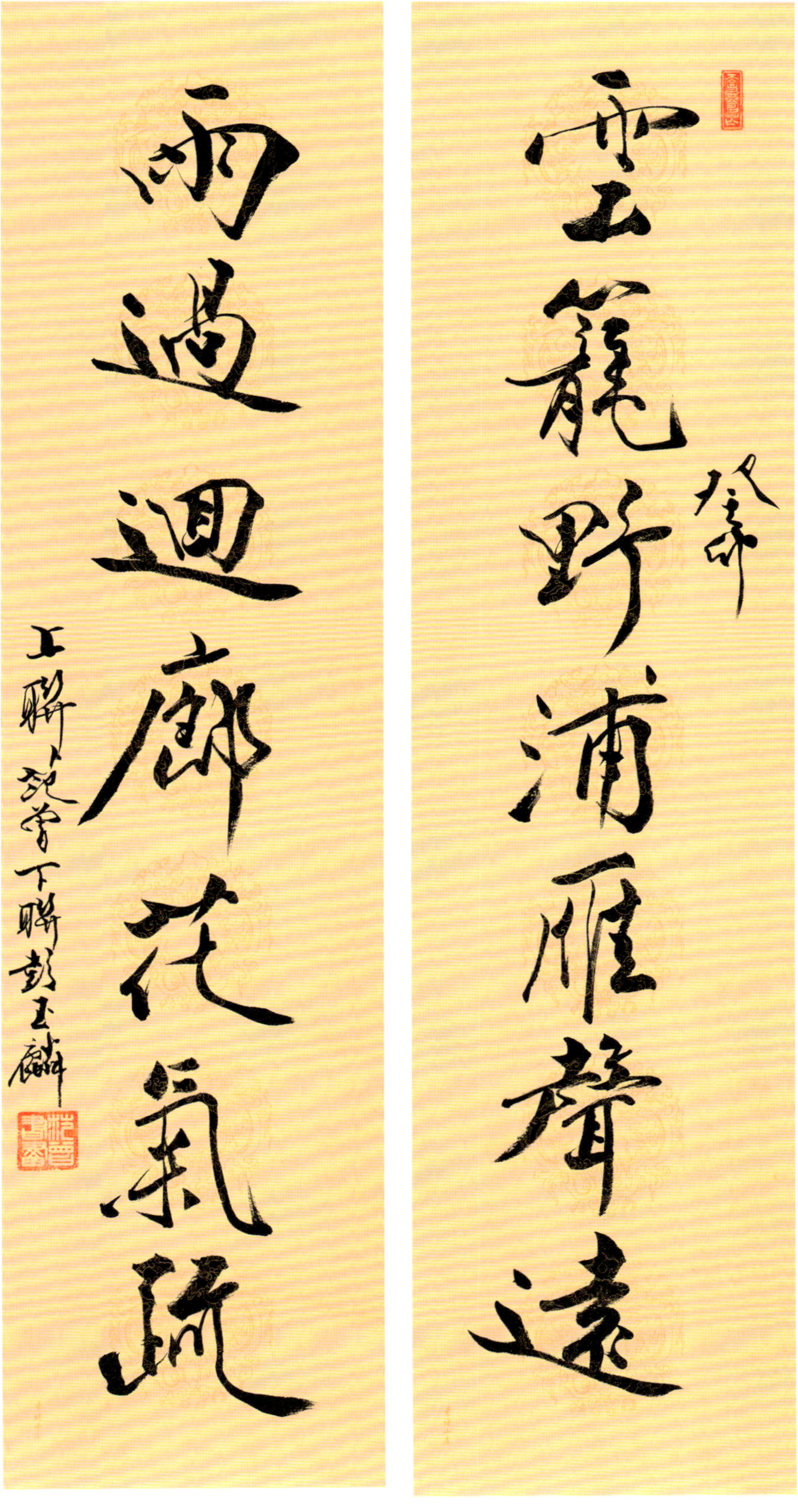

賓館喜重逢，同上吴城觀落日
玉關懷古句，似曾大漠有長河

解析　劉波

上句出王先謙吴城全楚會館聯句。
下句用張炎《八聲甘州》「記玉關踏雪事清遊」意。

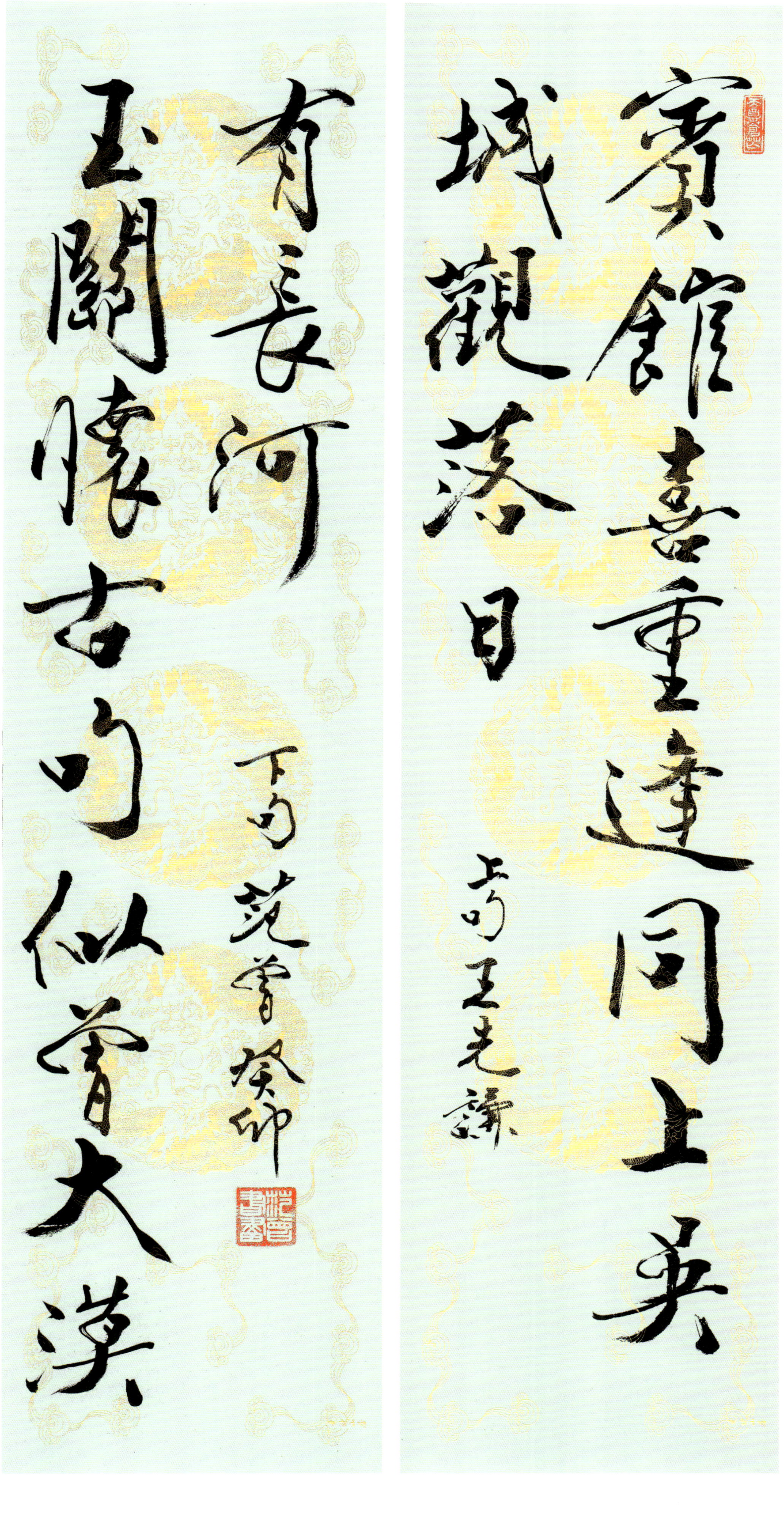
賓館喜重逢同上英
城觀落日
上句 王光謙
有長河
玉關懷古向似嘗大漢
下句 范曾 癸卯

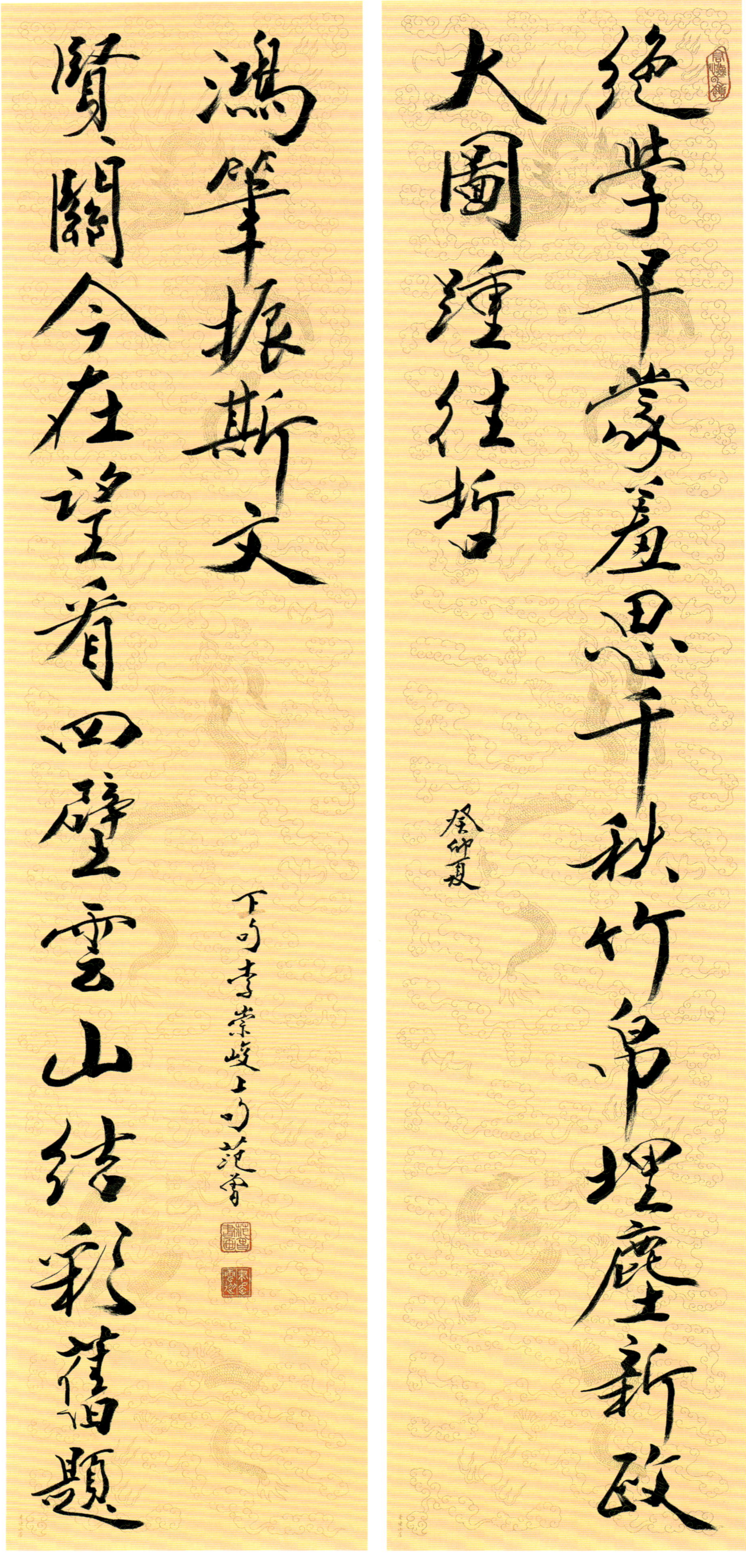
絶學早嘗羞思千秋竹帛埋塵新政
大圖經往哲
癸卯夏
鴻筆振斯文
賢關今在望看四壁雲山結彩舊題
下句李崇峻上句范曾

絶學早蒙羞，思千秋竹帛埋塵，新政大圖踵往哲
賢關今在望，看四壁雲山結彩，舊題鴻筆振斯文

解析　劉波

下句出李宗畯題貴州龍岡書院聯句。賢關、雲山、舊題，俱眼前尋常景，唯守仁鴻筆，斯文乃振，亦山不在高有仙則名之意。師上句由古典思及新時，千秋國脈，往哲之思也。

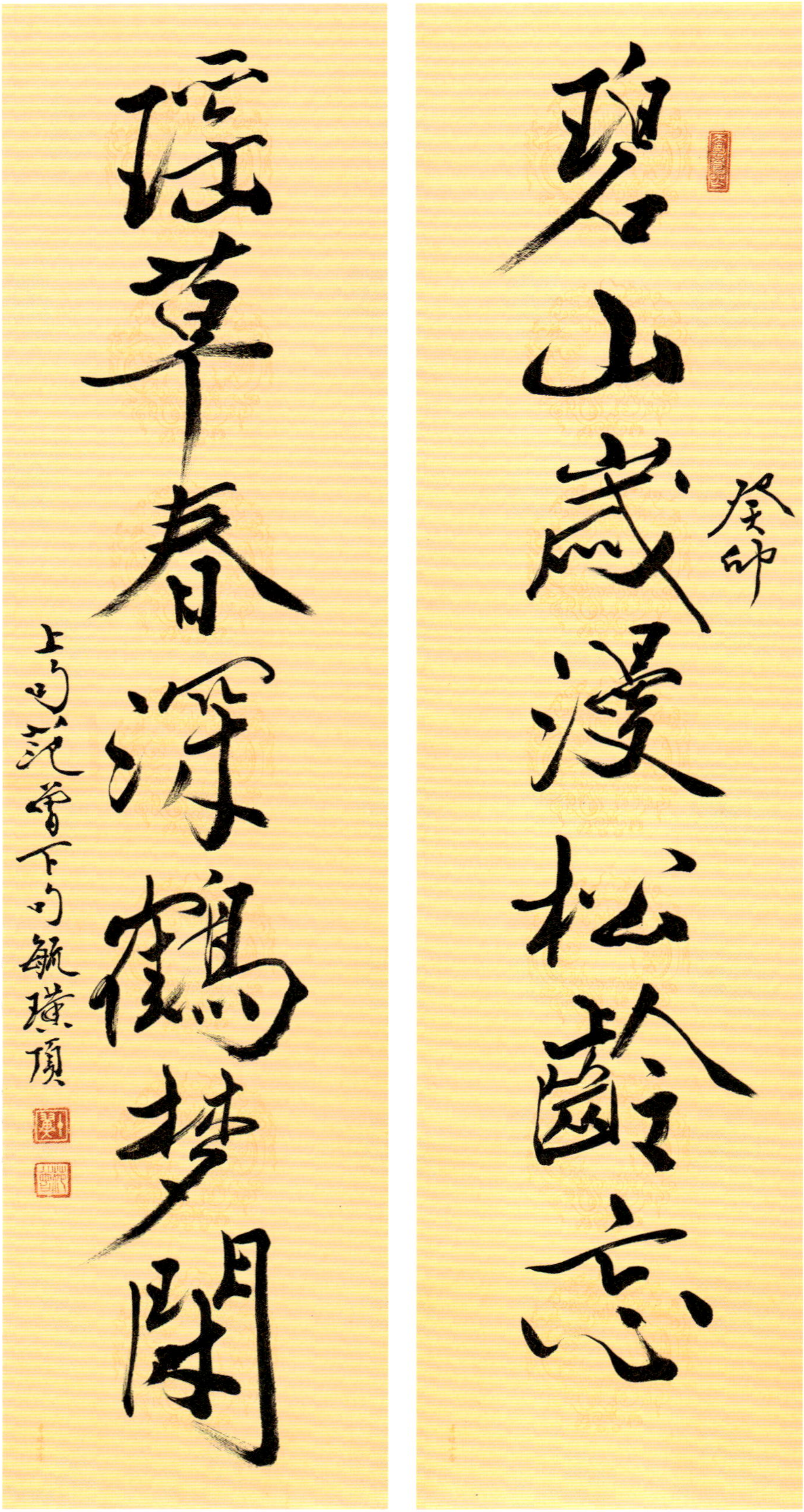

碧山歲漫松齡忘
瑤草春深鶴夢閑

解析　郭長虹

瑤草，仙草。

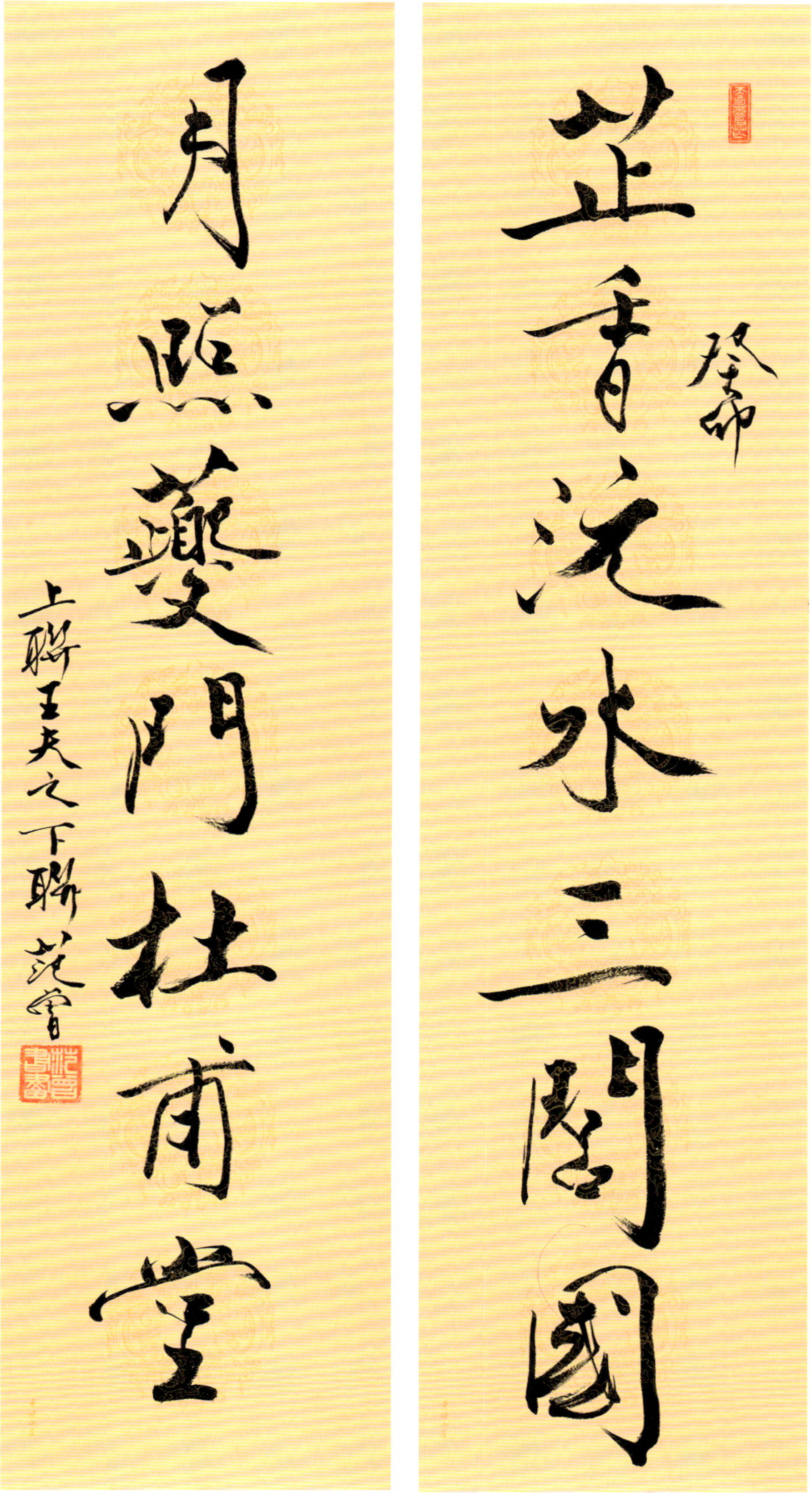
芷香沅水三閭國
癸卯
月照夔門杜甫堂
上聯王夫之下聯 范曾

芷香沅水三閭國
月照夔門杜甫堂

解析　劉波

上句出王夫之湘西草堂聯，「芷香」「沅水」「三閭」皆關屈原。師以杜甫對之，兩位偉大詩人，雖千年睽隔，而異代相知。

戲猶是夢耳，歷覽邯鄲覺夢，蝴蝶幻夢，牡丹豔夢，南柯驚夢，
百年即須臾，只是一場春夢

心所儲空旃，終歸夔府傷空，野猿啼空，馬嵬坡空，北海座空，
無間同大化，原來諸法性空

解析　劉波

上句寫戲臺，諸夢皆來自古典戲曲。邯鄲夢典出唐沈既濟《枕中記》：盧生在邯鄲客店中遇道士呂翁，用其所授瓷枕，睡夢中歷數十年富貴榮華，及醒，店主炊黃粱未熟。蝴蝶幻夢即關漢卿雜劇《蝴蝶夢》。邯鄲覺夢、牡丹豔夢、南柯驚夢，分別指湯顯祖名作《邯鄲記》《牡丹亭》《南柯記》也。師下句以空相對。夔府傷空，杜工部《秋興八首》詩意。野猿啼空，則杜老《秋興》及太白《早發白帝城》皆有之。馬嵬坡空，乃白樂天《長恨歌》詞意。北海座空，《後漢書·孔融傳》：孔融曾任北海國相，失勢後閑居在家，竟日賓客不絕，乃慨歎：「坐上客恒滿，尊中酒不空，吾無憂矣。」

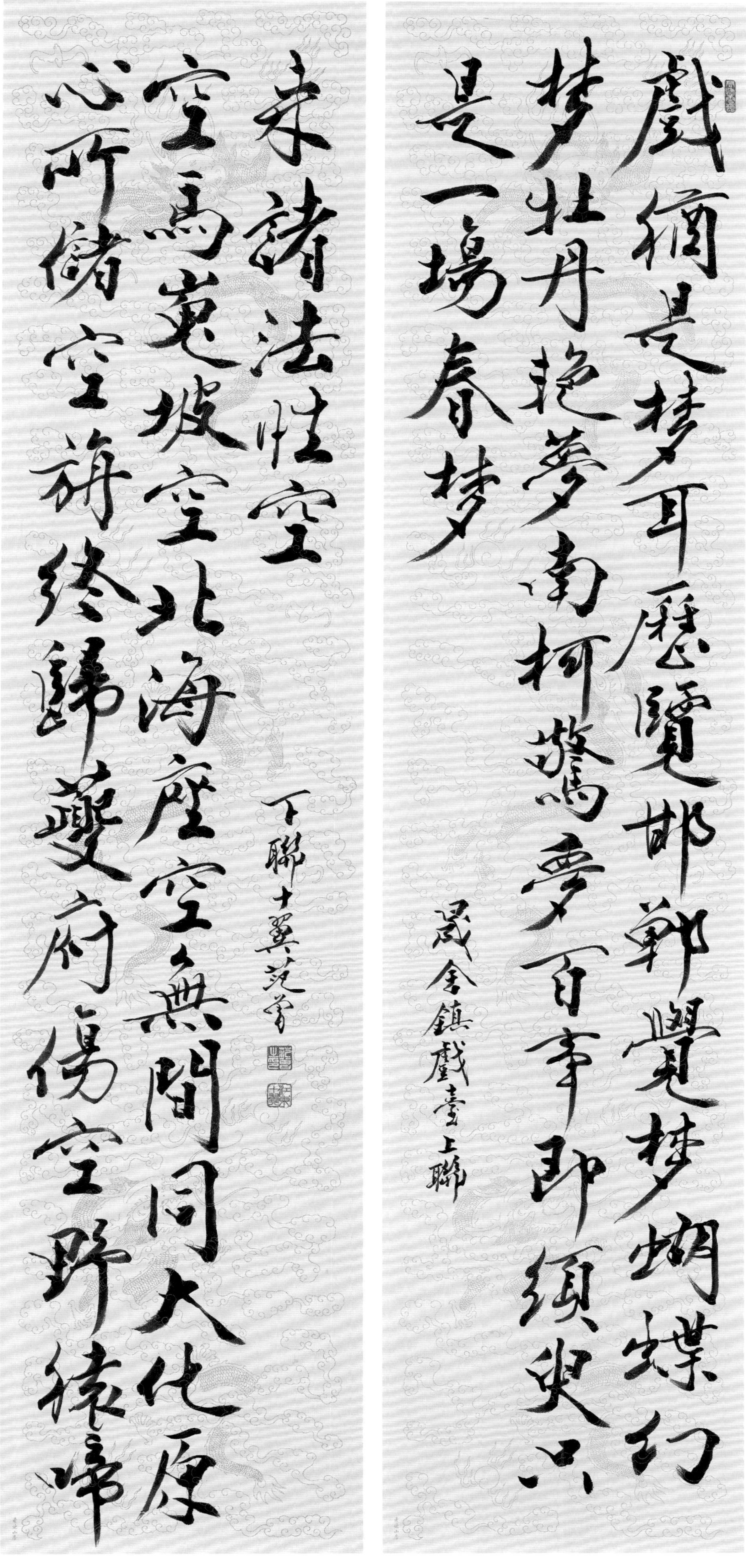
戲猶是夢耳歷覽邯鄲覺夢蝴蝶幻夢牡丹艷夢南柯驚夢百年即須臾只是一場春夢
晟舍鎮戲臺上聯
心所儲空旂終歸蜃府傷空野綠歸空為寬坡空北海座空無間同大化原來諸法性空
下聯十翼范曾

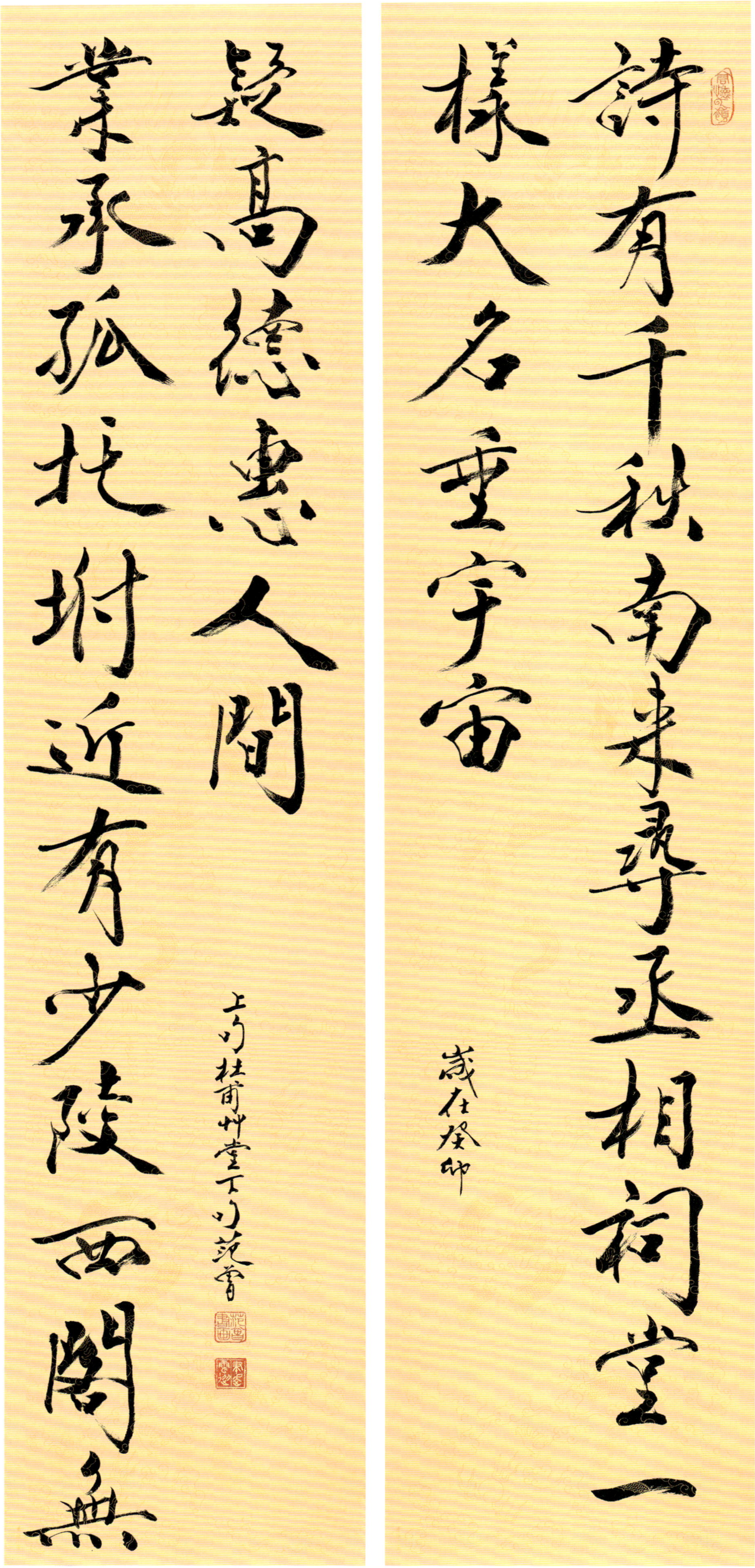
詩有千秋南來尋丞相祠堂一
樣大名垂宇宙
歲在癸卯
業承孤托樹近有少陵西閣無
疑高德惠人間
上句杜甫艸堂下句范曾

詩有千秋，南來尋丞相祠堂，一樣大名垂宇宙
業承孤托，塀近有少陵西閣，無疑高德惠人間

解析　劉波

上句杜甫草堂，言杜工部、諸葛丞相大名時空相映。下句白帝城托孤堂，言「托孤」諸葛與「秋興」少陵俱以高德嘉惠後昆。

翻水成文，須知蘇海韓潮，不外淵源洙泗
以人列坐，判別陵降武節，可嗟業表汗青

解析　劉波

蘇海韓潮，蘇軾、韓愈之文，汪洋恣肆如潮似海，而皆源出洙泗（孔子在洙泗之間聚徒講學，因以「洙泗」代稱孔子及儒家）。下句用蘇武李陵故事，武持節歸漢而陵軍敗而降，然觀其志，皆可載之青史。

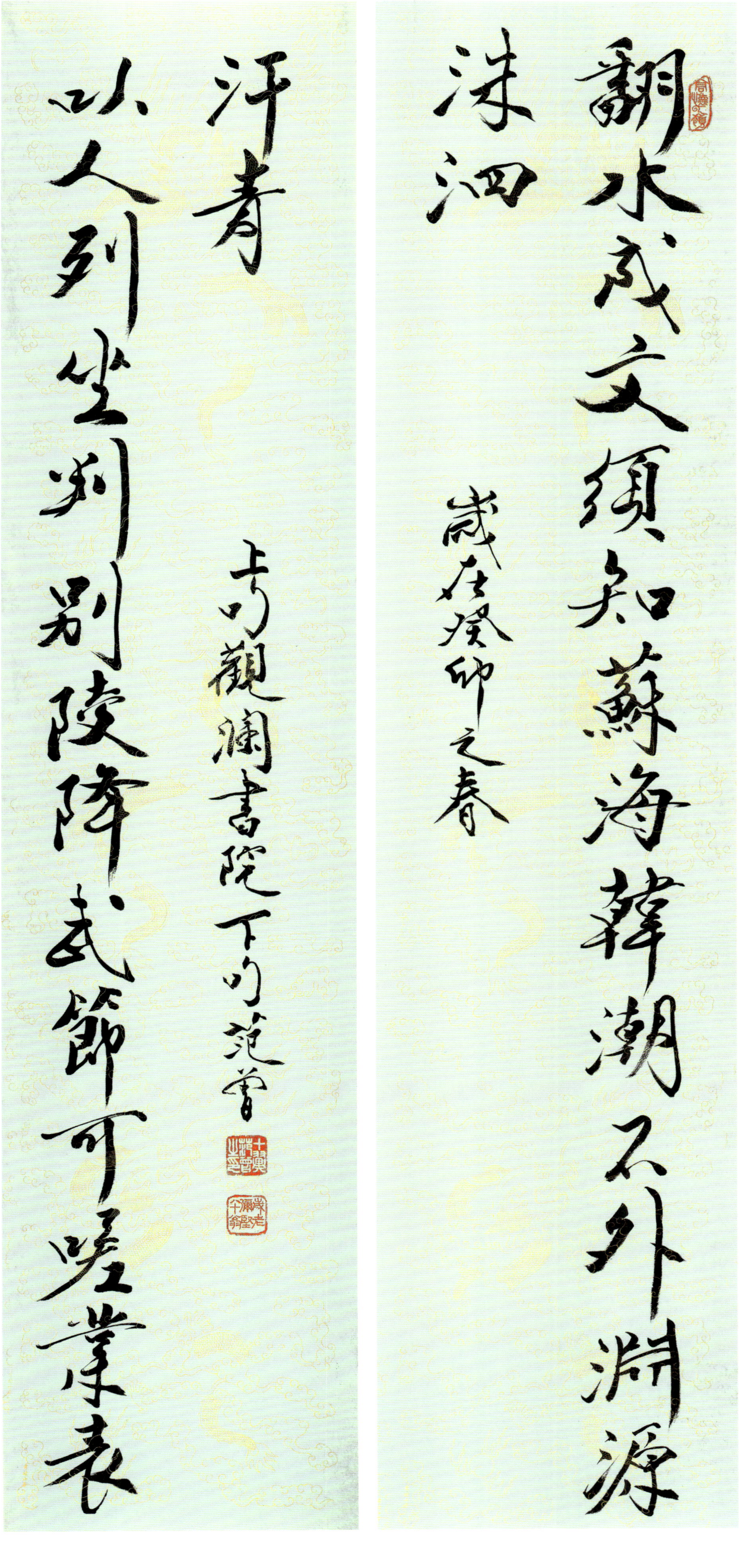
翻水成文須知蘇海韓潮不外淵源洙泗
歲在癸卯之春
以人列坐則別陵降武節可嗟業表汗青
上海觀瀾書院下門范曾

聖人在上，賢人在旁，恍見當年執轡時，車馬風塵，早已化成南國

邇典宜傳，遠典宜繼，回思壯歲登程日，夜衾苦恨，何曾留戀故鄉

解析　邵盈午

執轡，意爲手持馬繮駕車，也可引申爲駕馭能力。

雖多用四六句，然長短互用，故覺流宕之致；且下聯辭旨深婉，微情獨往，與上聯可謂神貌俱合矣。

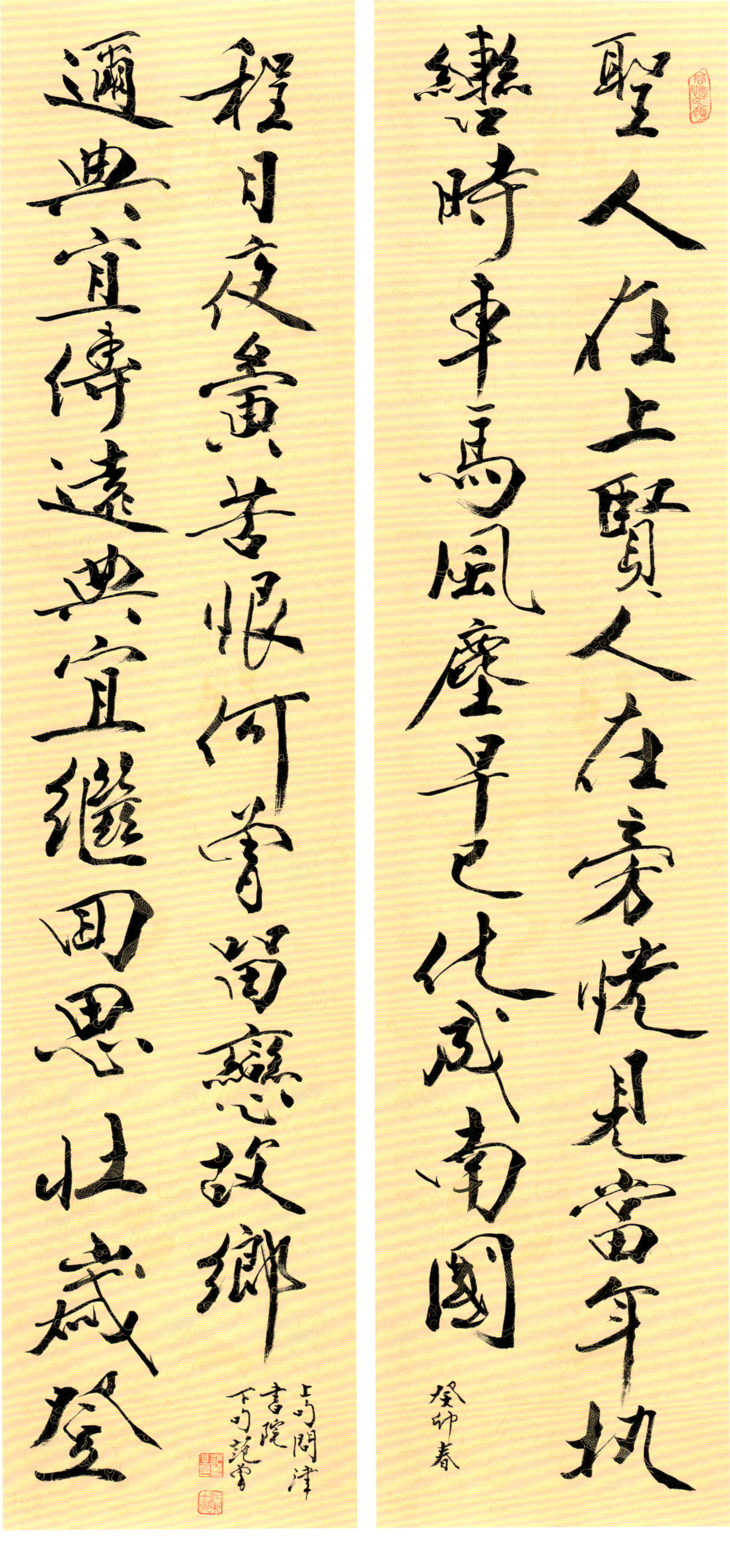
聖人在上賢人在旁恍是當年執轡時車馬風塵早已化成南國
癸卯春
邇典宜傳遠典宜繼因思壯歲登程日夜黃昏苦恨何曾留戀故鄉
上句問津書院
下句范曾

古迹重湖山歷數明賢最難忘白傅留詩蘇公判牘

癸卯春付

高談藏社稷當懷往哲堪比列黄庭演道寐叟言經

上句靈隱寺下句范曾

古迹重湖山，歷數明賢，最難忘白傅留詩蘇公判牘
高談藏社稷，當懷往哲，堪比列黃庭演道寐叟言經

解析　邵盈午

白傅，即白居易。

寐叟，指沈曾植，浙江嘉興人，清末民初學者、詩人、書法家。其人治學嚴謹，綜覽百家，後專治遼、金、元三史，與邊疆歷史地理及中外交通史事。他博古通今，學貫中西，以「碩學通儒」蜚聲中外，又有「中國大儒」之譽。著述繁富，有《蒙古源流箋證》《元秘史箋注》《海日樓詩集》《海日樓文集》《海日樓札叢》《海日樓題跋》等。

詩有聲律，聯亦有聲律，然正體拗體，皆無定式，唯妙手能聲韻自協，自然入法。

太液落芙蓉，可憐楊女真容，尋伊人馬嵬土中，傷心最稱白傅
環園新結構，云是唐宮舊址，問我輩沉香亭北，雅才誰嗣青蓮

解析　邵盈午

太液，白居易《長恨歌》：「太液芙蓉未央柳。」此句意謂太液池邊芙蓉仍在未央宮中，垂柳依舊。按，太液池是古池名，位於陝西西安，漢太液池，在唐代大明宮含涼殿後，有太液亭。

馬嵬土中，白居易《長恨歌》：「馬嵬坡下泥土中，不見玉顏空死處。」按，馬嵬坡即馬嵬驛，位於陝西興平。安史之亂時，唐玄宗曾逃到這裏，在隨軍將士的脅迫下，賜死楊貴妃。

沉香亭北，出唐人李白《清平調》：「名花傾國兩相歡，長得君王帶笑看。解釋春風無限恨，沉香亭北倚闌干。」

潛氣內轉，淵雅渾成，才氣若此，已極聯語之能事矣。

太液落芙蓉可憐楊女真容尋伊人馬
嵬土中傷心最稱白傅

癸卯春仲

環園新結構云是唐宮舊址問我輩沉
香亭北雅才誰嗣青蓮

下句華清池
上句梁苑青

酒家何處楊柳低垂每當月白風清勝地也應招子美
癸卯春仲
瓊島有遺笠翦鄉躅欣嘆枝繁
荔紅故祠能忘憶東坡
上句馬鞍山太白樓
下句范曾

酒家何處，楊柳低垂，每當月白風清，勝地也應招子美
瓊島有遺，笠翁躑躅，欣啖枝繁荔紅，故祠能忘憶東坡

解析　　邵盈午

酒家何處，杜牧《清明》：「借問酒家何處有，牧童遙指杏花村。」子美即杜甫。瓊島指海南島。

此聯之妙，全在神思，藉古人以寄今情，固不必斤斤於字句間也。

講藝重名山，與諸君夏屋同居，豈徒月夕風晨，煮酒湖濱開社會
依仁懷古聖，愁一夜秋雨驟起，惟見茅殘壁漏，祈天廣厦庇生民

解析　邵盈午

夏屋，大俎，大的食器。《詩經·秦風·權輿》：「於我乎夏屋渠渠，今也每食無餘。」毛傳：「夏，大也。」鄭箋：「屋，具也。」一説指大屋。

依仁，《論語·述而》：「子曰：『志於道，據於德，依於仁，遊於藝。』」允徵仁人之懷，故異詞家之作。

講藝重石山共諸君夏屋同居豈徒
月夕風晨煮酒湖濱開社會

癸卯春

依仁懷古聖愁一夜秋雨驟起惟見
茅殘壁漏祈天廣廈庇生民

上句薛時雨崇文書院
下句琬曾

争驅北宋曾記盛世丹青睿識
重評王石谷
癸卯之夏於碧石水莊閣

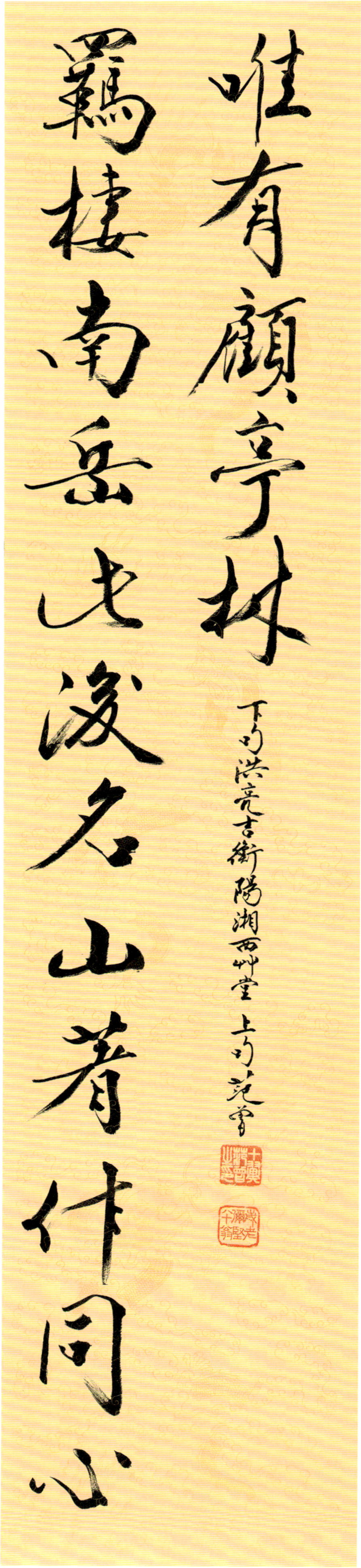
羈棲南岳此後名山著作同心
唯有顧亭林
下句洪亮吉衡陽湘西草堂 上句范曾

争貶北宗，曾記盛世丹青，睿識重評王石谷
羈棲南岳，此後名山著作，同心唯有顧亭林

解析　邵盈午

定見在胸，揮筆直遂。以理爲經，以情爲緯，洵爲獨出冠時之才。

我生近聖人居教澤如新敢忘魯壁金絲尼山木鐸

癸卯晚春

君已在賢者側歌吟拔俗唯念楚湘碧水屈子崇祠

寄江西濂溪書院下可范曾

我生近聖人居，教澤如新，敢忘魯壁金絲尼山木鐸
君已在賢者側，歌吟拔俗，唯念楚湘碧水屈子崇祠

解　析　　邵盈午

魯壁金絲，在山東曲阜孔廟詩禮堂後，故井以東。秦始皇焚書時，孔子九代孫孔鮒將《論語》《尚書》《禮記》《春秋》《孝經》等儒家經書藏於孔子故宅牆壁中。明代爲紀念孔鮒保藏儒家經書的功績而刻製魯壁碑。

尼山，原名尼丘山，位於曲阜。孔子父母「禱於尼丘得孔子」，故孔子名丘字仲尼，後人避孔子諱稱爲尼山。

木鐸，原指銅質的大鈴鐺，以木爲舌。古代宣布政教法令時，巡行振鳴以引起衆人注意。此指宣揚教化的人。

對偶之法，有一句相對者，所謂單對也；有兩句相對者，此爲偶對也。此聯單偶互用，益覺流宕有致。下聯以抗爽之筆，寫芳潔之懷，有戛玉敲金之妙。

未聞安石棄東山，公能不有斯園，賢於古人遠矣
曾幸達摩來梵土，衆仰堪凭古壁，深入般若行旃

解　析　郭長虹

安石東山，《晉書·謝安傳》：「征西大將軍桓温請爲司馬，將發新亭，朝士咸送，中丞高崧戲之曰：『卿累違朝旨，高卧東山，諸人每相與言，安石不肯出，將如蒼生何！蒼生今亦將如卿何！』安甚有愧色。」

般若行，《壇經》：「一切處所，一切時中，念念不愚，常行智慧，即是般若行。」

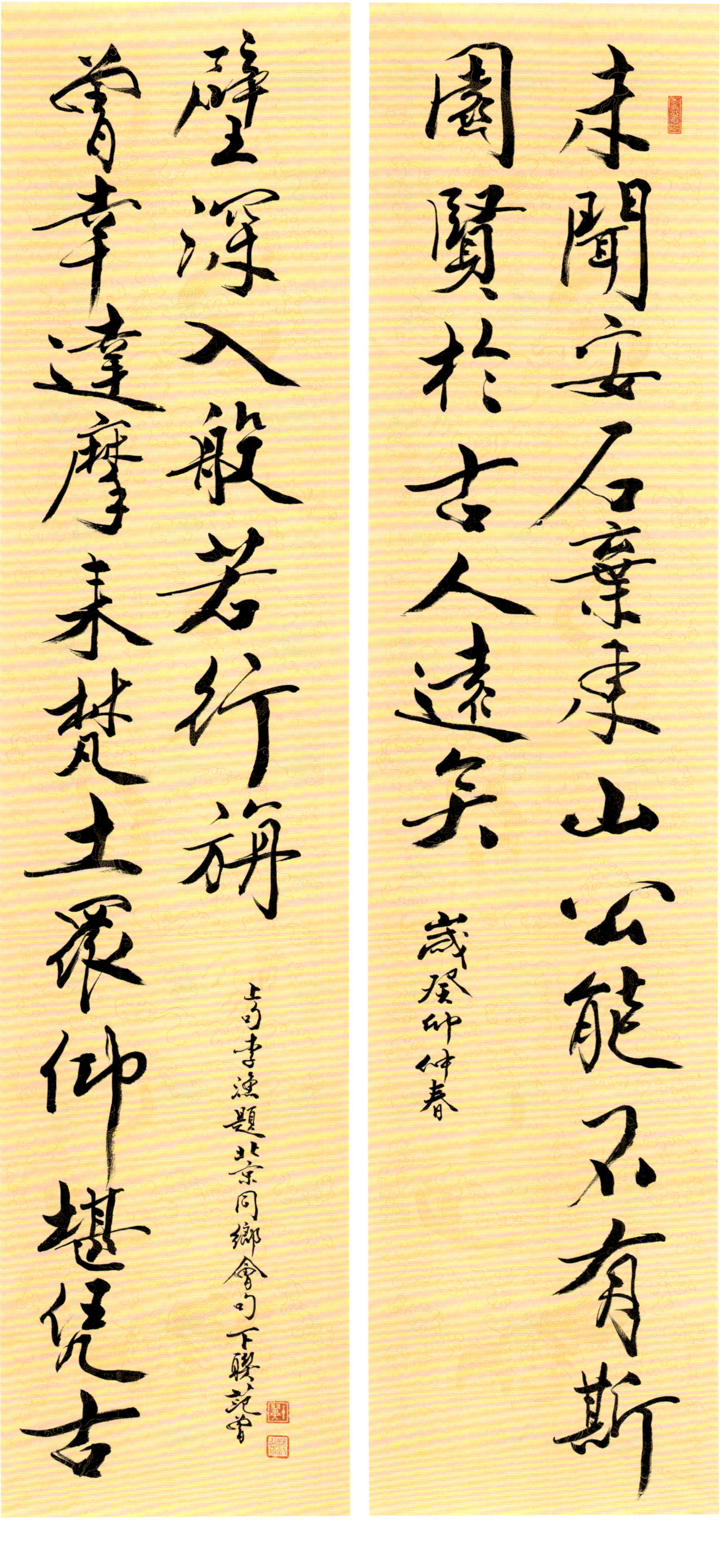
未聞安石棄東山公能不有斯
園賢於古人遠矣
歲癸卯仲春
曾幸達摩來梵土衆仰堪任古
壁深入般若行門
上句李漁題北京同鄉會門下聯范曾

詩中無敵，酒裏稱仙，才氣公然籠一代
世外有源，桃林覓境，異文不患誦千秋

解析　　邵盈午

酒裏稱仙，指李白，其人「斗酒詩百篇」，嘗謂「天子呼來不上船，自稱臣是酒中仙」。故用「酒裏稱仙」來形容李白也是歷來大家的共識。正因爲李白一生詩酒風流，作者才有「才氣公然籠一代」之評。

下聯寫陶淵明，常與友人讀奇文異書，而其《桃花源記》亦不讓古人。

氣逸以達，詞正而葩，此聯中之射雕手也。

詩中無敵酒家稱仙才氣
亦然籠一代

歲在癸卯

世外有源桃林是境異文
不愧誦千秋

上句太白樓下句江東范曾

將帥誠可欽，爲隱迹閣樓，猿啼龍寂八秋興
先生亦流寓，有長留天地，月白風清一草堂

解析　邵盈午

猿啼龍寂，皆爲杜甫《秋興八首》中出現的意象。

草堂，指杜甫草堂，杜甫晚年流寓成都時的居所。

將帥識可欽爲隱迹閣樓
猿啼龍寂八秋興
癸卯春
月白風清一草堂
先生亦流寓有長留天地
下句杜甫草堂上句范曾

大哲無閑争，便容出塞，老聃當年遠去
雄才少匹敵，安得題詩，崔顥此地重來

解析　邵盈午

老聃，即老子。

崔顥，唐朝詩人。唐開元十一年進士及第。秉性耿直，才思敏捷。早期詩作多寫閨情和婦女生活，後期以邊塞詩爲主，詩風雄渾奔放，反映邊塞的戎旅之苦。最爲人稱道的是《黄鶴樓》，曾使李白嘆服。據説李白爲之擱筆，曾有「眼前有景道不得，崔顥題詩在上頭」的贊歎。寄興深微，發聲清越。

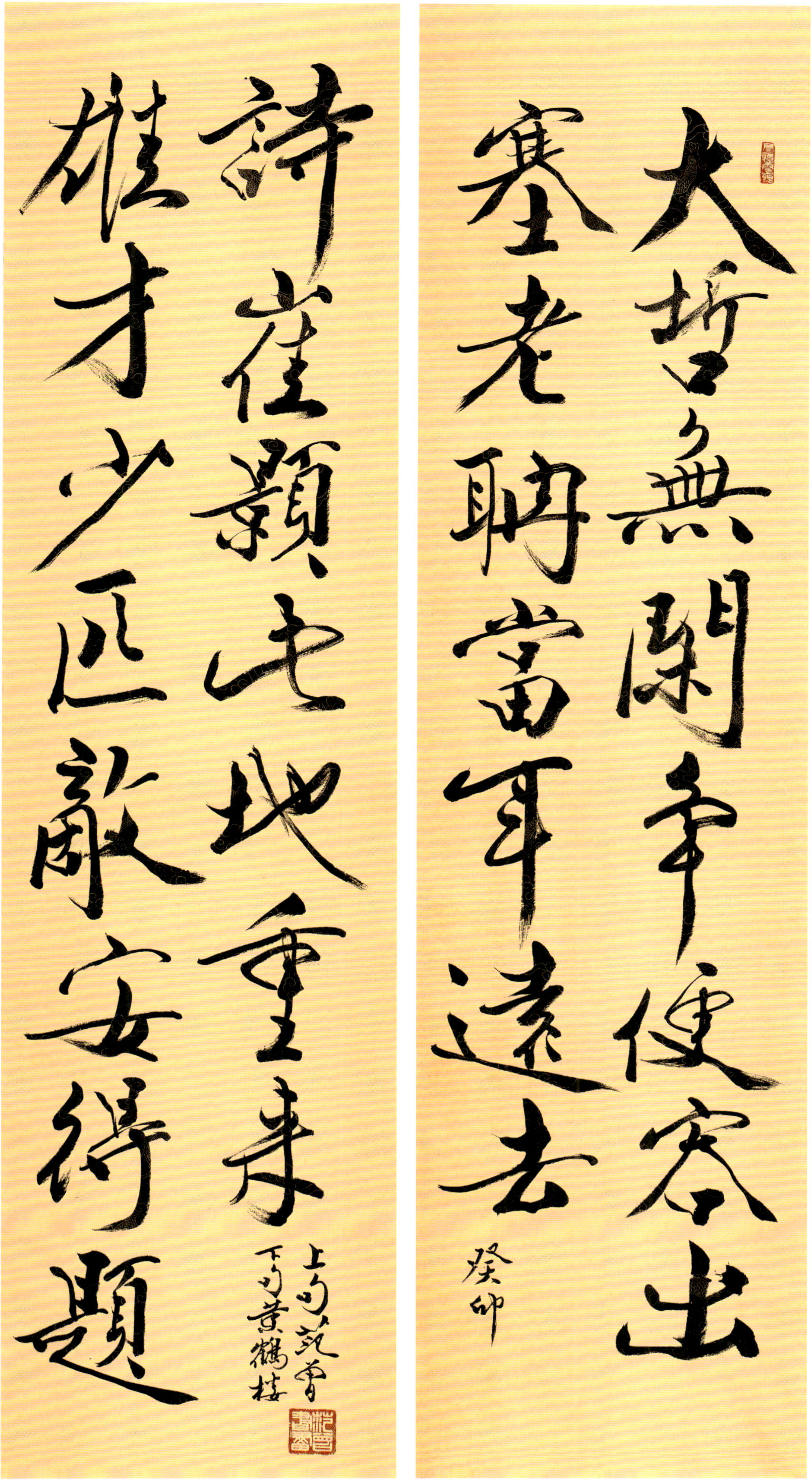
大哲無閑手使容出
塞老騁當年遠去
癸卯
詩從穎上地重來
雄才少匹敵安得題
上句范曾
下句黃鶴樓

博学於文

大木擎天爲至善
高人處世近中和

解析　劉波

至善、中和，皆修身之極則。

物與民胞籌大略
風和雨霽越雄關

解析 劉波

宋張載《西銘》謂「民，吾同胞；物，吾與也」，有此襟懷，可籌大略。

無窮世事尋安舍
一往前程指大衢

解析　邵盈午

以論入聯，固見學人本色。若非熟貫先秦諸子，安能深入理窟而探其驪珠耶。

大漠旌麾能持高節
空山松柏共保歲寒

解析　邵盈午

旌麾，用羽裝飾的軍旗，用以指揮軍隊，後泛指旗幟。歲寒，一年中最寒冷的季節。語出《論語·子罕》：「歲寒，然後知松柏之後凋也。」比喻堅貞的節操。韻高氣雄，筆調廉悍，觀之令人神旺。

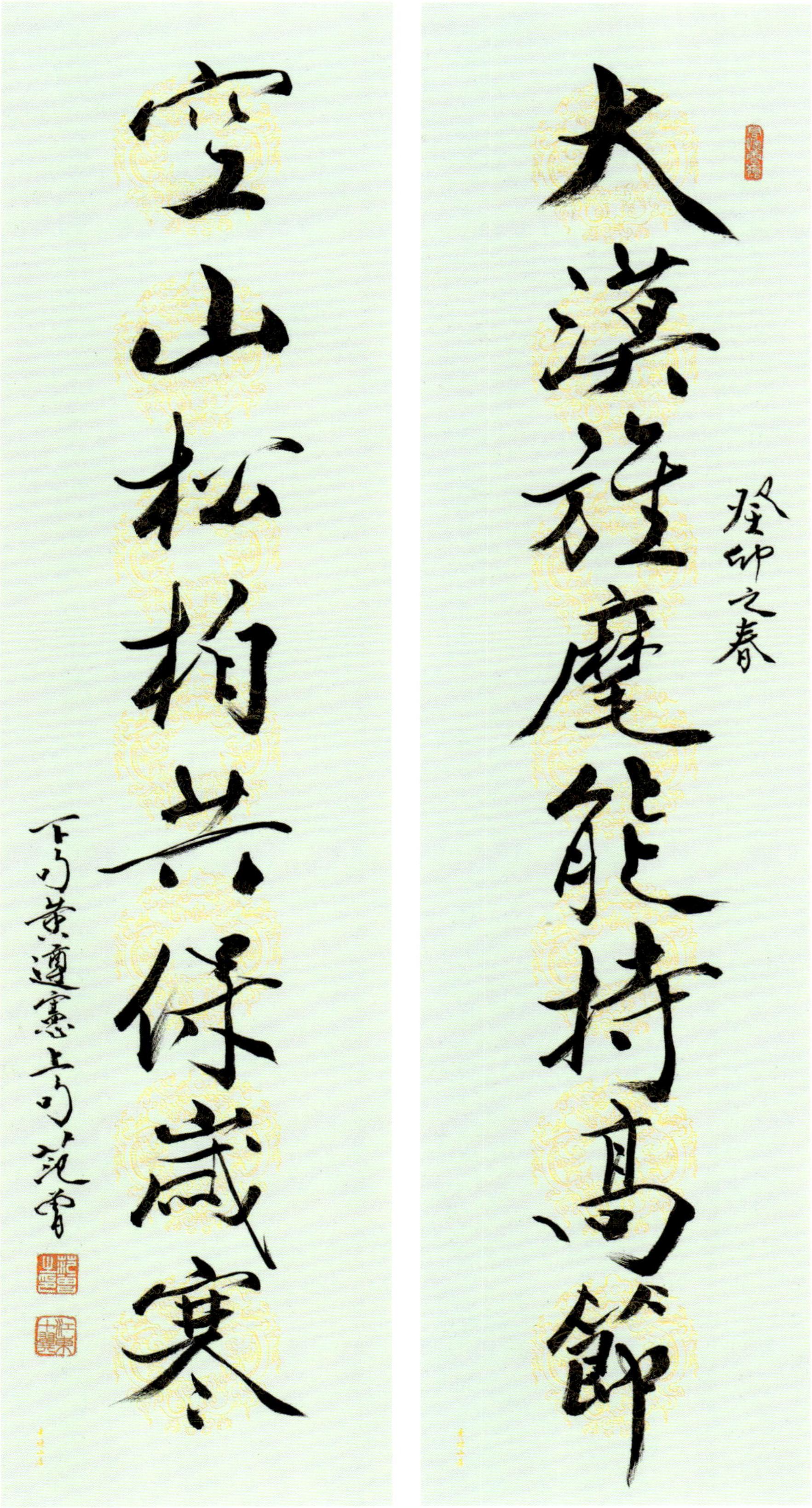

霜毫總寫波濤賦
冷韻長吟壯士歌

解析　邵盈午

霜毫，指毛筆。
大力包舉，益覺有雄渾之象。

越世詩文懸日月
癸卯之春
重霄品節識晴陰
范曾

越世詩文懸日月
重霄品節識晴陰

解析　邵盈午

越世，超越世俗，勝過一般。《世説新語·賞譽》：「後來出人郗嘉賓。」劉孝標注引南朝宋檀道鸞《續晉陽秋》：「超（郗超）少有才氣，越世負俗，不循常檢。」

下語淵懿和雅，體格渾涵正大，與澼於逞奇弄險之輩迥異。

肺腑從來存浩蕩
丹心自信透貞堅

解析　邵盈午

軒昂磊落，渾成警拔。

高吟列祖追明季
潑墨斯人越異時

解析　邵盈午

列祖，指歷代祖先。通常情況下，一個家族裏開基立業的第一位祖先，被稱爲祖，緊接着第二位祖先則稱宗。

體格中正，辭氣豪縱，非時流所得窺也。

常懷破浪乘風志
偶有巡天攬轡心

解析　　邵盈午

攬轡，即拉住馬繮。表示刷新政治、澄清天下的抱負。振蕩翕辟，筆力雄勁，有勇猛精進之概。

千尋木鐸聲爲世
萬丈文瀾月在天

解析

郭長虹

木鐸，《論語·八佾》：「天下之無道也久矣，天將以夫子爲木鐸。」萬丈文瀾，沈德潛《唐詩別裁集》謂《琵琶行》詩「以江月爲文瀾」。

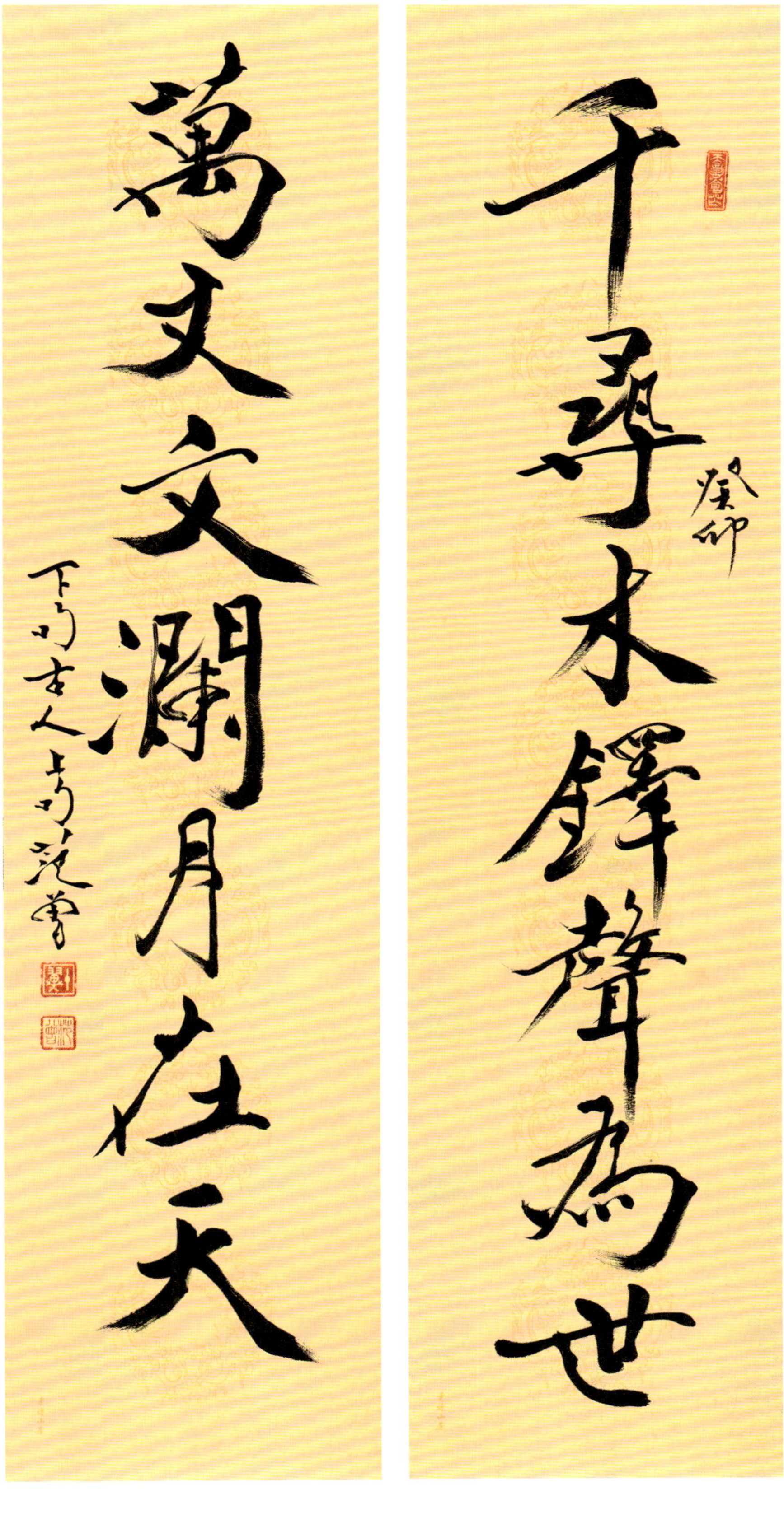

言教莫如詩，觀悟到中庸章句
力行當據德，務求明大學旨歸

解析　邵盈午

《中庸》的核心思想是修「道」，即所謂「中和之道」，體現了儒家以培養「君子」爲目標的思想，宣導人們自覺地進行自我修養、自我監督、自我教育、自我完善，成爲至善、至仁、至誠、至道、至德、至聖、合外内之道的理想人物，共創「致中和，天地位焉，萬物育焉」的「太平和合」境界。

《大學》是一篇論述儒家修身治國平天下思想的文章，原是《小戴禮記》第四十二篇，相傳爲曾子所作，實爲秦漢時儒家作品，是一部中國古代討論教育理論的重要著作。《大學》提出的「三綱領」（明明德、親民、止於至善）和「八條目」（格物、致知、誠意、正心、修身、齊家、治國、平天下），對中國古代教育產生了極大的影響。

此聯極得尊題之法。大題務須典重，不可失之纖巧，貴在立論得體，莊肅正大。

言教莫如詩觀悟引
中庸章句
癸卯之春

大學旨歸
力行當據德務求明
句高士泰下問范曾

宗元崇簡
以智守仁

解析　郭長虹

尊崇原初、簡括的至道，用知識智慧守護踐行仁義的準則。

唯忠唯恕
斯敬斯誠

解　析　　郭長虹

《論語·里仁》：「夫子之道，忠恕而已矣。」《朱子語類》卷九十七：「伊川曰：『心存誠敬爾。』」孔子的主張核心是忠與恕的觀念，程朱理學則强調要心存誠和敬。

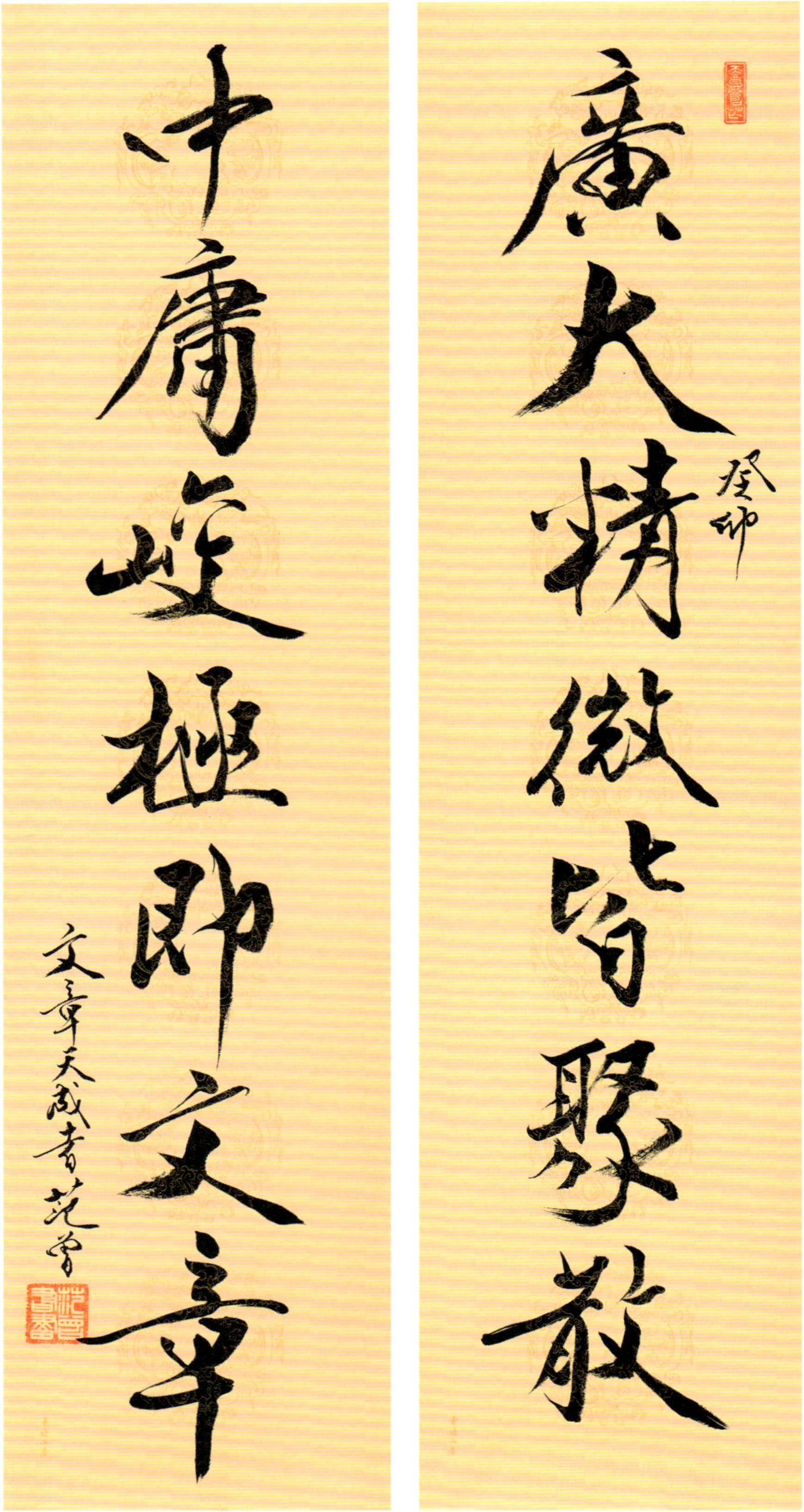

廣大精微皆聚散
中庸峻極即文章

解析　劉波

《禮記・中庸》：「故君子尊德性而道問學，致廣大而盡精微，極高明而道中庸。」此師論文章句也。

傷心一卷流民淚
切肺長歌社稷情

解析　郭長虹

蔣兆和先生所繪《流民圖》，滿卷都是觸目傷懷的眼淚，就好像一首憂國憂民的長詩，悲痛撕心裂肺。

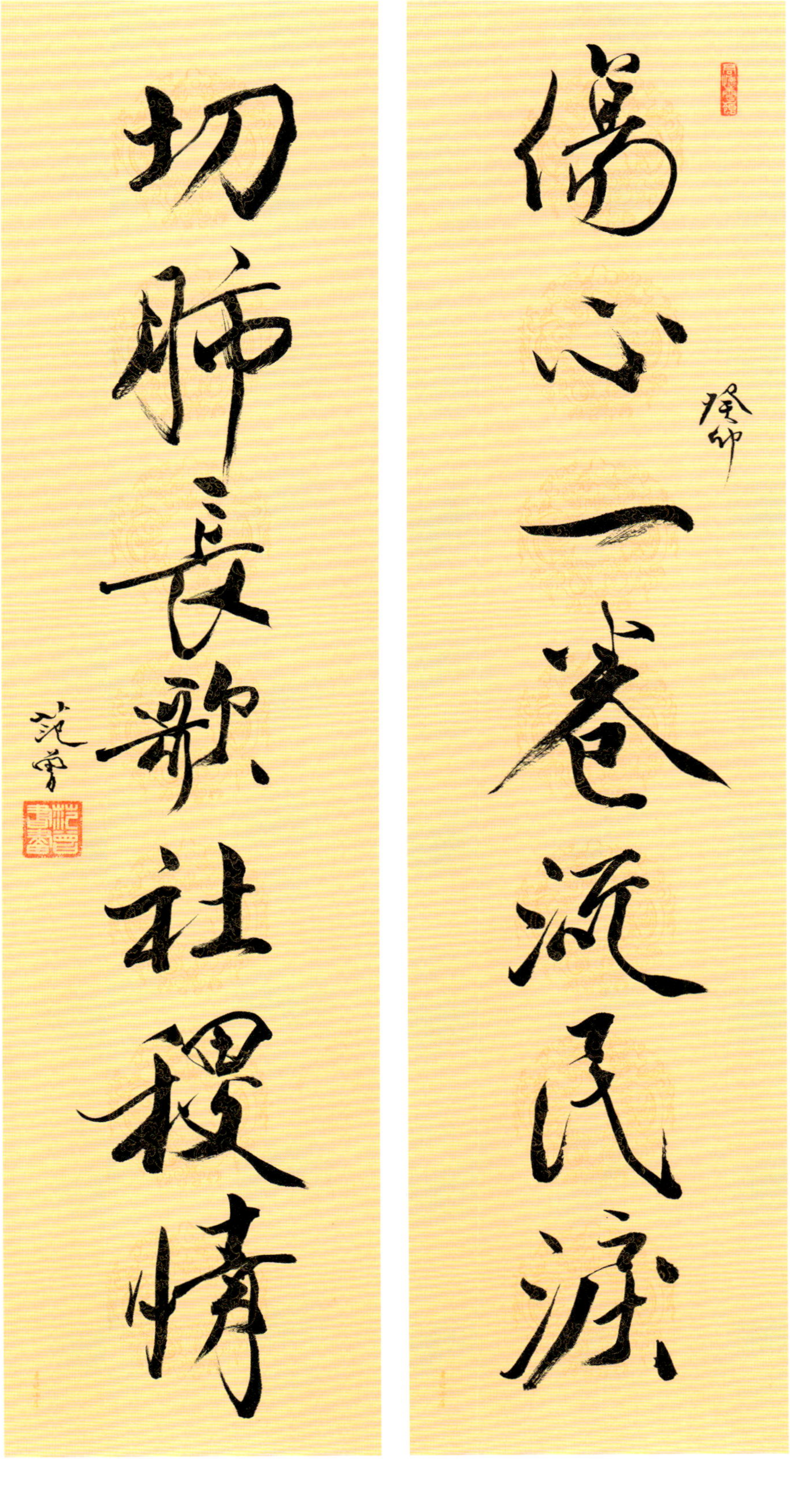

曾誰立雪
待汝排雲

解析　郭長虹

《二程外書》：「游、楊初見伊川，伊川瞑目而坐，二子侍立。既覺，顧謂曰：『賢輩尚在此乎？日既晚，且休矣。』及出門，門外之雪深一尺。」立雪比喻從師學習。

排雲，劉禹錫《秋詞》：「晴空一鶴排雲上，便引詩情到碧霄。」

遠山思驥烈
大海羨鵬遒

解析　邵盈午、郭長虹

驥烈，曹操《龜雖壽》：「老驥伏櫪，志在千里；烈士暮年，壯心不已。」

當仰春秋有若顏子
癸卯
不知漢晉無懷葛天
范曾

當仰春秋有若顏子
不知漢晉無懷葛天

解析 劉波

下聯「無懷」與「不知」相應，固爲「不念、不想」之意，而更指上古帝王「無懷氏」。陶淵明《五柳先生傳》有句：「無懷氏之民歟？葛天氏之民歟？」嚮往其治下之民自然純樸之生活。

上聯「有若」與「當仰」相應，意爲「有如」，而實更兼孔門賢哲「有子」之意。蓋「有子」，名「有若」，春秋魯人，孔子弟子，主「禮之用，和爲貴」。

「有若」對「無懷」，「顏子」對「葛天」，俱爲上古賢聖，又「顏」「葛」有意味之關係，最妙處爲「有若」「無懷」皆副動結構。渾成如此，宛若天然。

由此觀之，聯語之作，非厚學不能築其基，非睿識不能通其意，非深衷不能化其情，非妙手不足掇其辭。此聯雖短，其難可想。精深邃密，舉重若輕，莫可端倪。非四者並舉，不能夢見也。

古來才大難爲用
今夕月高自覺寒

解析　邵盈午

聯語的妙處就在於作者通過構建一種對偶性的框架，先生極言高士之寂寞感，純用寫意筆法，從中整合出一種超越字面意義的妙趣。但這種妙趣往往非肢解可得，全憑意會，用佛家語表述即爲：「不可説，不可說。」

大道爲儒堪濟世
旌旗執左唯斯人

解析　邵盈午

孟子—魯迅詩鐘。

旌旗執左，此指中國左翼作家聯盟，簡稱「左聯」，是中國共產黨於二十世紀三十年代在中國上海領導創建的一個文學組織。魯迅被推爲「左聯」的旗幟性人物。

硬語盤空民物瘼

深文隱蔚具空愁

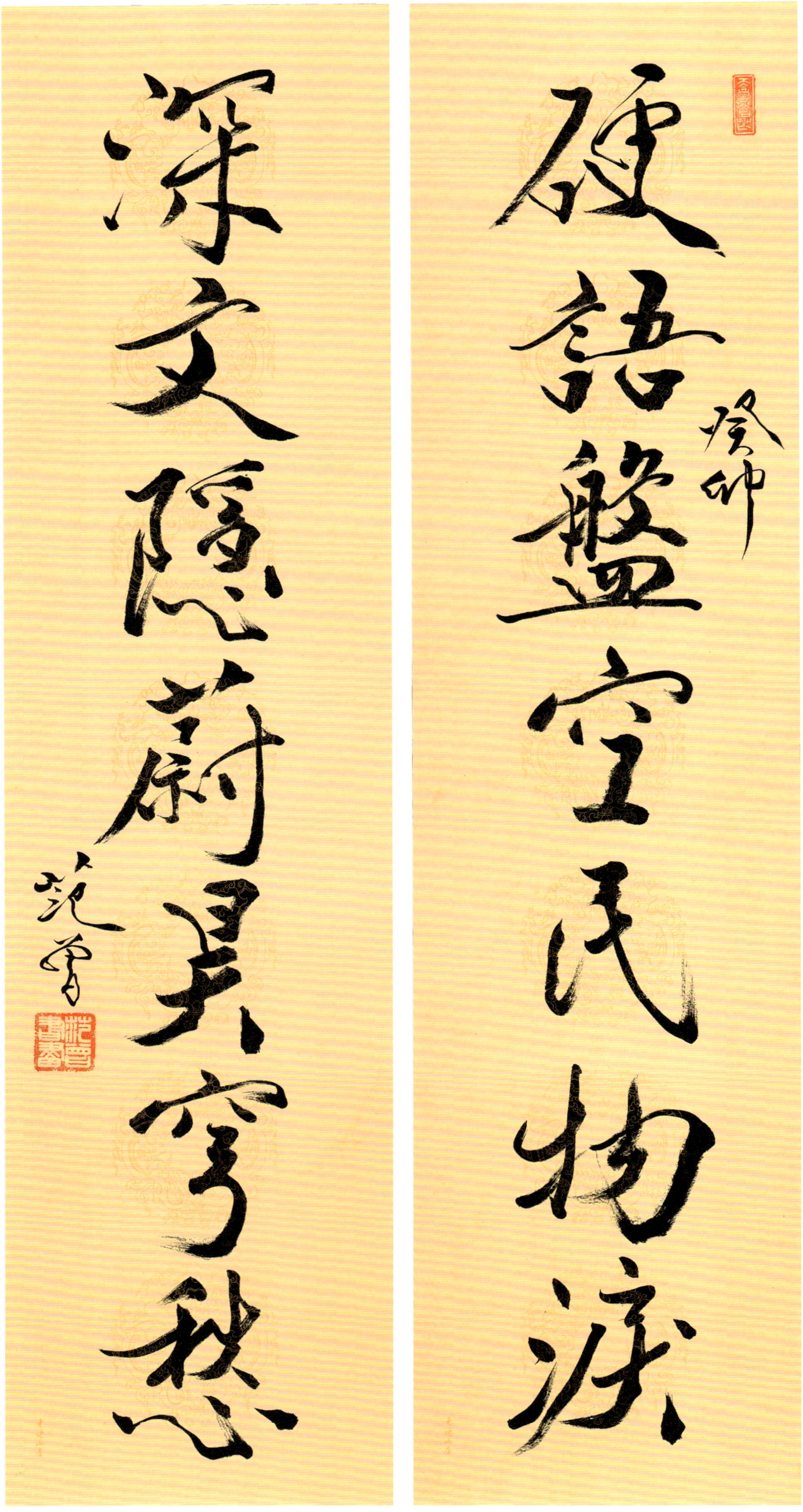

硬語盤空民物淚
深文隱蔚昊穹愁

解析　邵盈午

硬語盤空，韓愈《薦士》：「橫空盤硬語，妥貼力排奡。」形容文章的氣勢雄偉，矯健有力。民物淚，語本金天羽對范伯子的評贊：「貧窮老瘦，涕淚中皆天地名物。」

深文隱蔚，劉勰《文心雕龍·隱秀》：「深文隱蔚，餘味曲包。辭生互體，有似變爻。」形容文義淵深而蘊藉。昊穹，蒼天。先生一片惻怛敦篤之情，芳潔雅正之思，靡不充實燦爛於墨楮之間。其感人也深，教人也遠矣！

傾國亡國
載舟覆舟

解　析　邵盈午

楊貴妃—水詩鐘。

傾國亡國，暗用李延年《佳人歌》：「北方有佳人，絶世而獨立。一顧傾人城，再顧傾人國。寧不知傾城與傾國？佳人難再得。」載舟覆舟，《荀子·哀公》：「且丘聞之：君者舟也，庶人者水也，水則載舟，水則覆舟。」借水能「載舟覆舟」的功用，比喻民心的向背往往決定政權的存亡。

出句以楊貴妃作「傾國亡國」之隱喻，對句以「載舟覆舟」借喻水之性狀。兩相尋繹，頗有流水之妙。

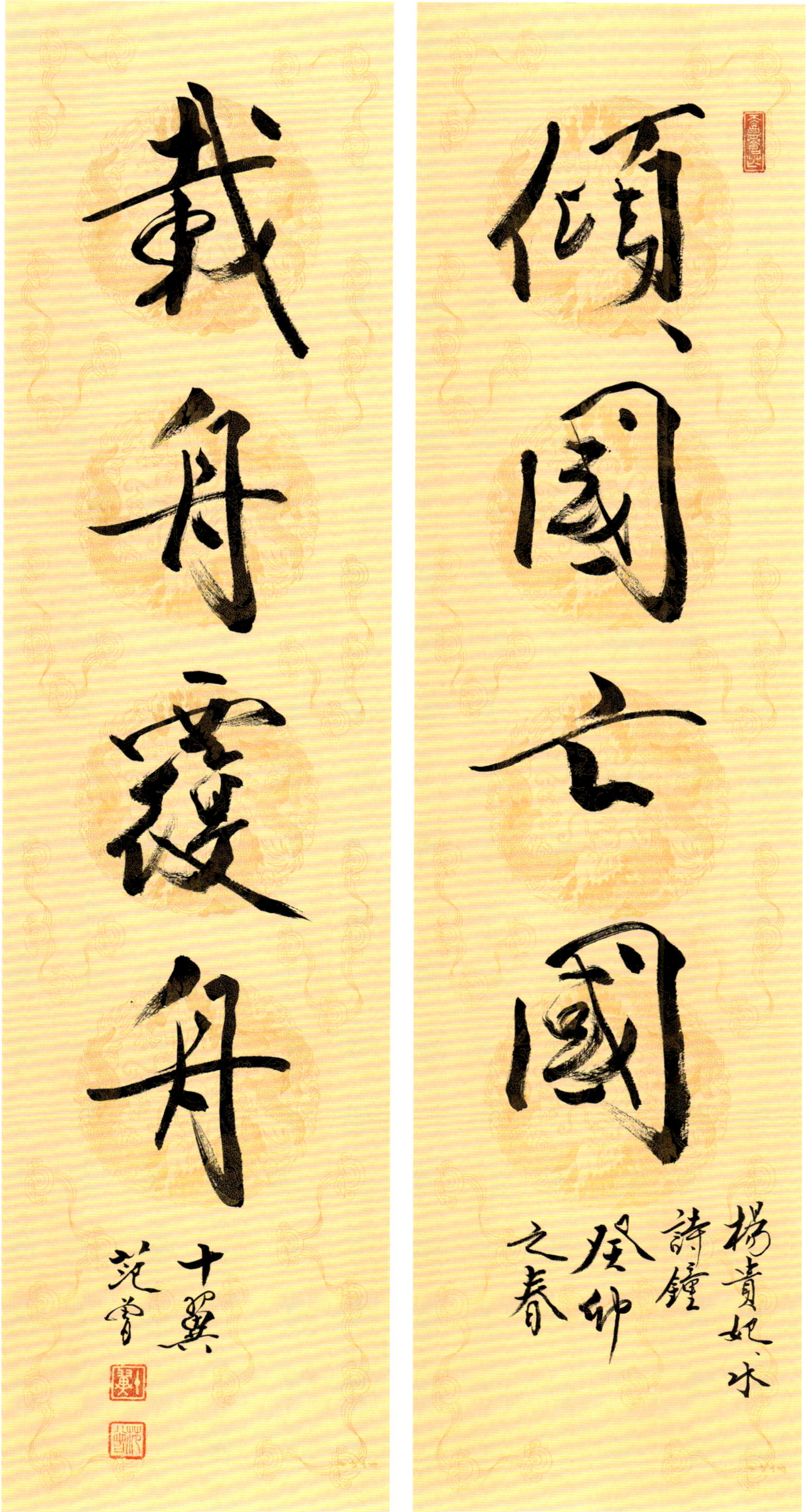
傾國亡國
載舟覆舟
楊貴妃、水詩鐘
癸卯之春
十翼
范曾

先憂後樂
若忘兼狂

解析　劉波

范仲淹—尼采詩鐘。

范公《岳陽樓記》固爲天下名篇，其「先天下之憂而憂，後天下之樂而樂」微言大義，膾炙人口，爲千古名句。

尼采在《查拉圖斯特拉如是説》中提到天才的藝術時這樣認爲：「若狂也，若忘也，若遊戲之狀態也，若自轉之輪也，若萬物之源也，若第一之推動也，若神聖之自尊也。」此處化用之。

先憂後樂
若忘棄狂
癸卯之春
范曾

隱矣狡尾
藏之名山

解析　郭長虹

狐狸—《史記》詩鐘。
狐狸善於隱藏其尾巴，司馬遷《報任安書》説要把《史記》「藏之名山」。

觀希者帖
食野之萍

解析　郭長虹

乾隆—鹿詩鐘。
乾隆有三希堂，中藏法帖。《詩經》有「呦呦鹿鳴，食野之苹」句。

孔子妙傳千古鐸
道人輕打五更鐘

解析　　郭長虹

下聯出蘇軾《縱筆》：「白頭蕭散滿霜風，小閣藤床寄病容。報道先生春睡美，道人輕打五更鐘。」

曾經立馬戍關塞
未懼飛箋入禁堂

解析　劉波

立馬戍邊，落筆賦詩，俱是大丈夫氣概。

縱使高松遮栢幹
能教衆茝伴桃枝

解析　劉波

茝，一種香草，屈原《離騷》有「雜申椒與菌桂兮，豈維紉夫蕙茝」。此聯有流水意。

不信先生停大筆
曾經若木拂狂禪

解析　　劉　波

《離騷》有句「折若木以拂日兮」，此言若木拂狂禪，一如先生大筆，令妄念頓息，與上句可稱流水。

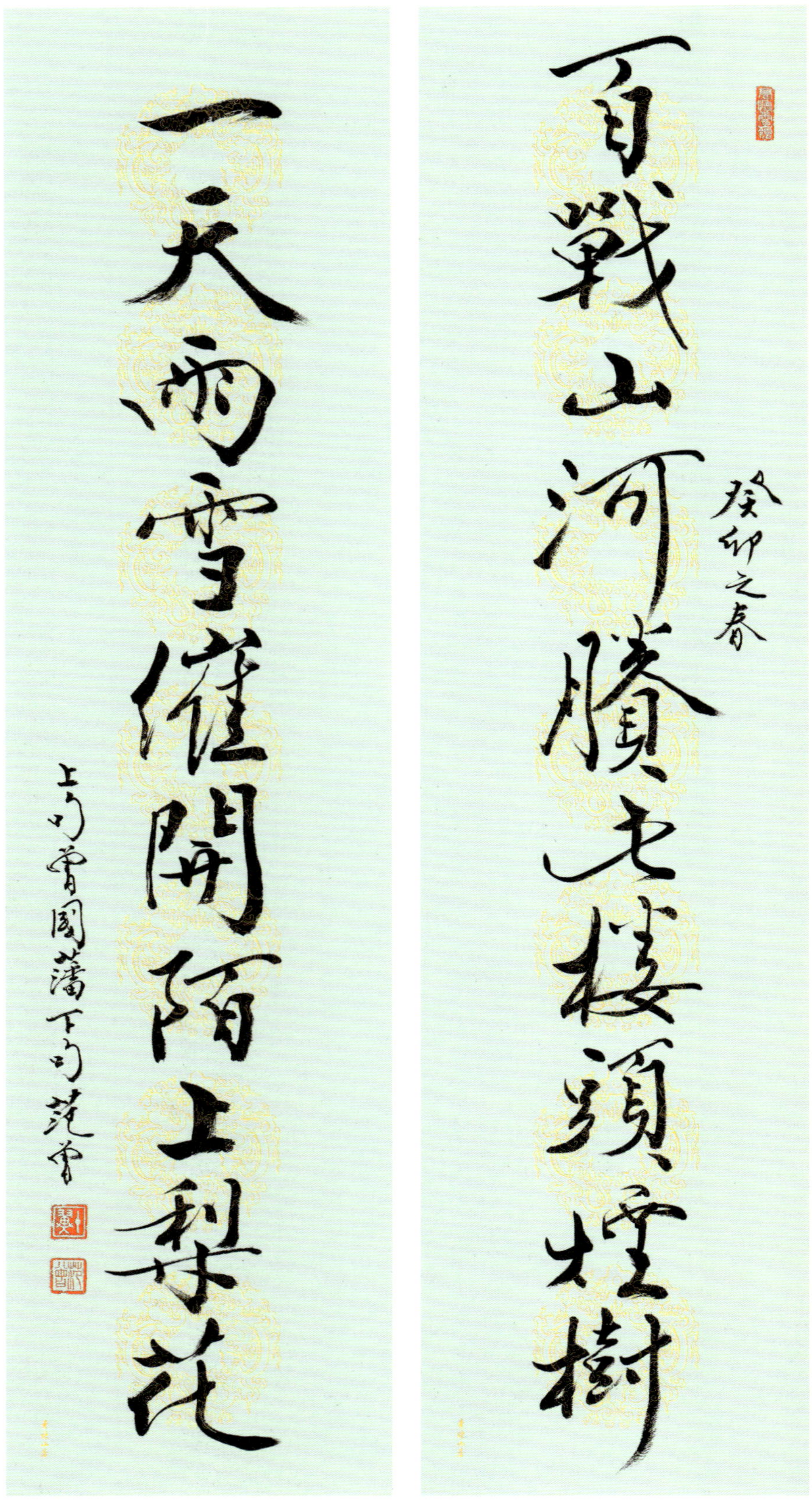
百戰山河賸此樓頭煙樹
癸卯之春
一天雨雪催開陌上梨花
上句曾國藩 下句范曾

百戰山河，賸此樓頭煙樹
一天雨雪，催開陌上梨花

解析　邵盈午

是聯一悲慨，一曠達。當嚴風盛雪，玉蕊獨開，作者借梨花以自喻耶！

萬里蒼茫須振翼
分陰奄忽羨迴戈

解析　邵盈午

奄忽，疾速，倏忽。《古詩十九首》：「人生寄一世，奄忽若飆塵。」回戈，《淮南子·覽冥訓》：「魯陽公與韓構難，戰酣日暮，援戈而撝之，日爲之反三舍。」

藻采浚發，筆力雄勁，有横厲無前之概。

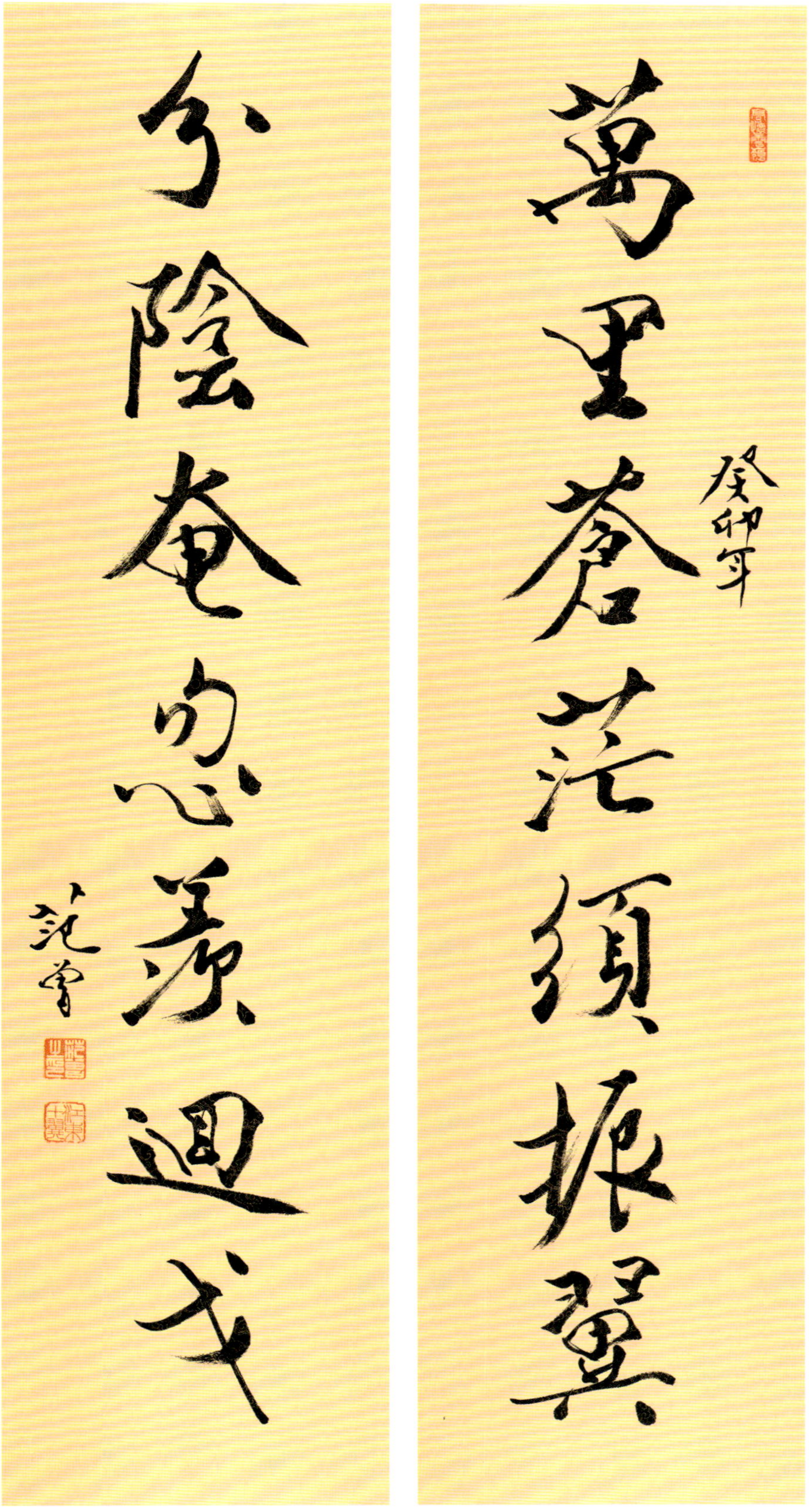

莫問新裝更樣急
應從大道着鞭馳

解析　邵盈午、郭長虹

着鞭，《晉書·劉琨傳》：「（琨）與范陽祖逖爲友，聞逖被用，與親故書曰：『吾枕戈待旦，志梟逆虜，常恐祖生先吾着鞭。』」後人援用此典，多用以勉人努力進取。奇情壯采，有辟易萬夫之概。

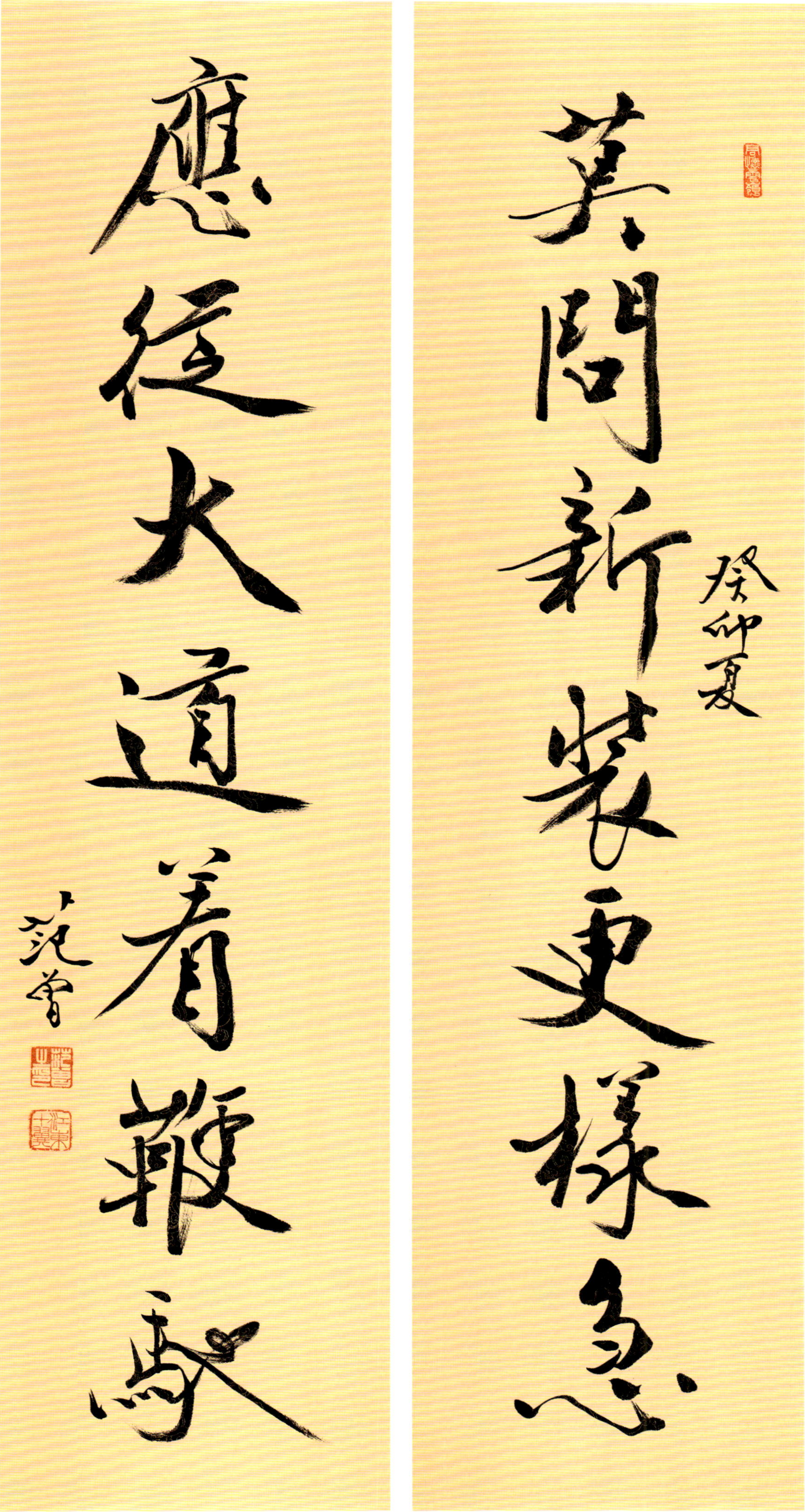
莫問新裝更樣急
癸卯夏
應從大道着鞭馬
范曾

蒼葭白露情何限
秋水伊人夢尚真

解析　劉波

上下句均用《詩經·秦風·蒹葭》意。

梨花一枝春帶雨
朔漠千里雪迴沙

解析　劉波、邵盈午

上句出白居易《長恨歌》：「玉容寂寞淚闌干，梨花一枝春帶雨。」固是宮帷柔情；下句則塞外霜風，兩句見時空張力。

蘋中萃鳥成玄識
木上懸罾有怨乖

解析　劉　波

「鳥何萃兮蘋中，罾何爲兮木上」，出屈原《九歌》。

獨憐皺縠生春水
未許晶瑩付濁流

解析　劉波

兩句出先生舊詩《有贈》。五代馮延巳《謁金門（風乍起）》有句：「風乍起，吹皺一池春水。」

望崦嵫勿迫
恐鵜鴂先鳴

解析　郭長虹

上聯出屈原《離騷》：「吾令羲和弭節兮，望崦嵫而勿迫。」

下聯同出《離騷》：「恐鵜鴂之先鳴兮，使夫百草爲之不芳！」

梧桐巢引
泰嶽句成

解析　邵盈午

凰—范伯子詩鐘。

「泰嶽」句，指范伯子詩《過泰山下》：「生長海門狎江水，腹中泰岱亦峥嶸。空餘攬轡雄心在，復此當前黛色横。蜓蜿癡龍懷寶睡，蹣跚病馬踏砂行。嗟余即逝天高處，開闔雲雷儻未驚。」二語殊妙，靈光在離合之間。

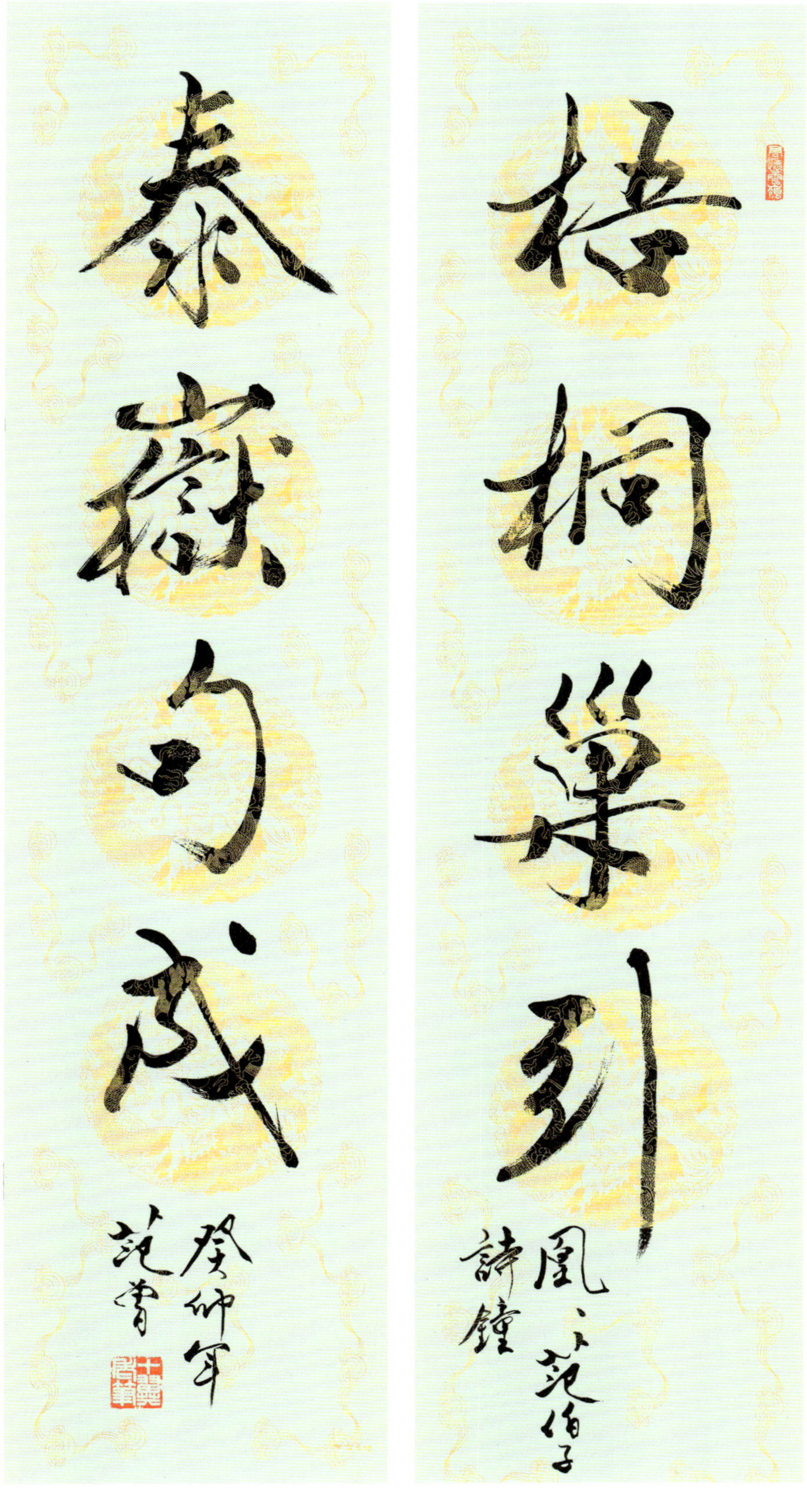

與華無極
似月漸圓

解析　劉波

津門書壇耆宿龔望以漢瓦當文徵下聯，先生報以此句。上句含道家意，下句覺禪機在焉，龔望先生激賞之。

畫圖省識春風面
鱗甲須知故國寒

解析　邵盈午

鱗甲，此處借喻雪片。范成大《次韻姜堯章雪中見贈》：「鱗甲塞天飛，戰逐三百萬。」

妙人兒倪家少女
悟言者諸法吾心

解析　劉波

此文懷沙先生以古懸聯囑對於師，師於巴黎歸國途中成之。此聯難處也即妙處，在字面意外，尚有藏機：拆「妙」爲「少、女」，合「人、兒」爲「倪」，其難可想，故懸隔久之，迄無對句。師下句出，衆皆擊節：拆「悟」爲「吾、心」，合「言、者」爲「諸」，且上句語焉欠雅，所思唯色，下句則高士悟道，萬法歸心。

咸陽一炬凭三户
荆楚千秋唱九歌

解析　邵盈午

咸陽，秦都城。炬，火把，引申爲火焚。此指項羽率軍到咸陽後將秦宮全部燒毁。凭三户，《史記·項羽本紀》：「楚雖三户，亡秦必楚也。」意謂即使楚國只剩下三家世族，也能滅掉秦國。

此吊古之聯，貴在有異氣，不唯屬對工巧，且氣勢完足，兀傲健舉，作者真善爲聯者也。

遠山宜秋，近山宜春，高山宜雪，平山宜月
通史探幹，專史探枝，信史探根，野史探花

解析 劉波

上句出陳繼儒，畫家手眼，乃能察四時於自然。下句師以史家隻眼，方諸史於大木。秋對幹，春對枝，雪對根，月對花，尚有言外之意在焉。

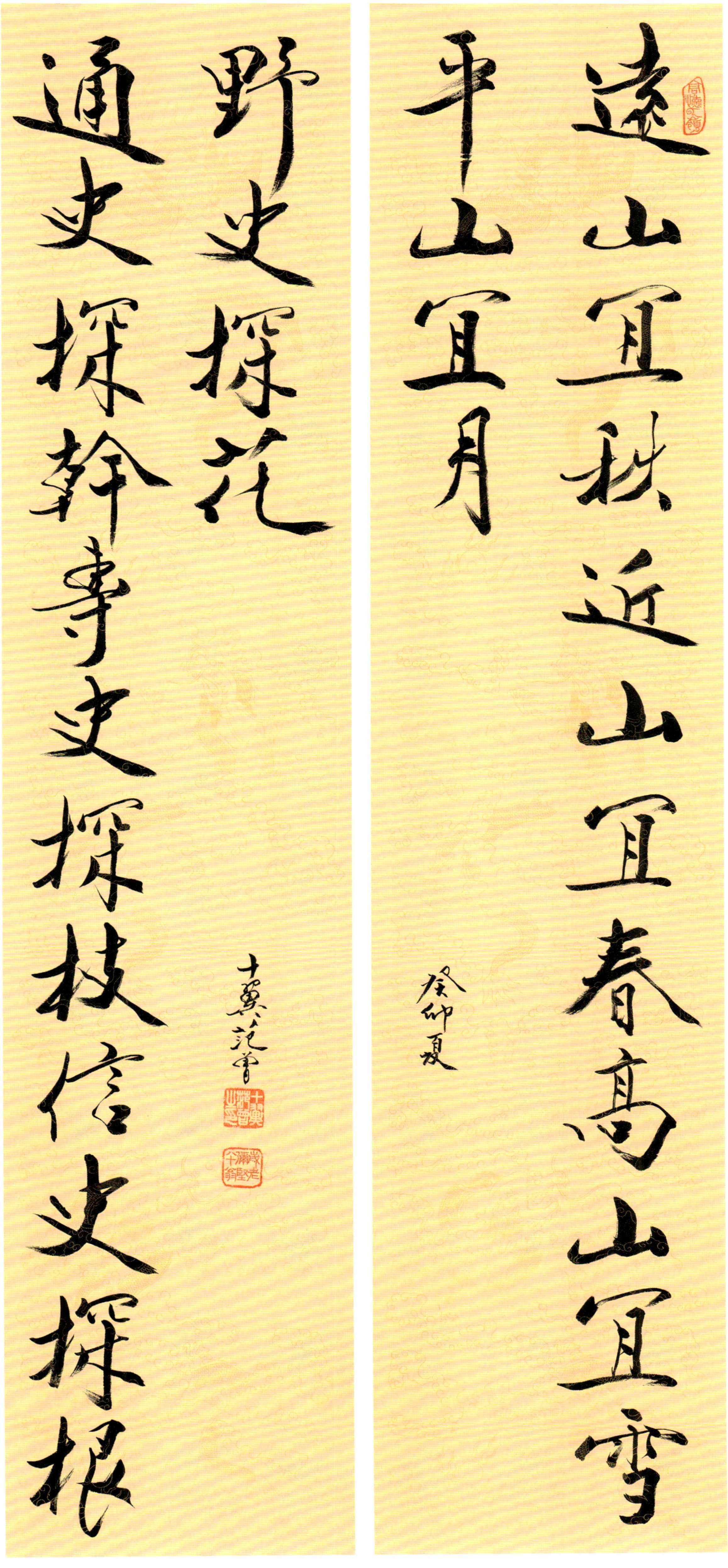
遠山宜秋近山宜春高山宜雪平山宜月
癸卯夏
野史探花通史探幹專史探枝信史探根
十翼范曾

遞變時空皆有數
癸卯
遷流物類總成場
范曾

遞變時空皆有數
遷流物類總成場

解析　邵盈午

數學大師陳省身和物理學大師楊振寧兩位先生，與師交誼甚篤。應二公之請，癸未，師爲作丈二巨幅畫像《奇文共欣賞疑義相與析》，捐贈南開大學，題以七律一首，此其一聯也。楊振寧先生激賞之，有信以贊此聯。

規範場論在物理學上具有非常重要的地位，楊振寧的楊－米爾斯理論爲其築基。

雖有理致却不失爲妙聯，詩與數、理固非盡相違也。

瀚海千程刁斗暗
風帆一葉玉笙寒

解析　邵盈午

刁斗，古代行軍用具。晝爲炊器，夜擊以警衆報時。或云小鈴也。玉笙寒，語出南唐李璟的《攤破浣溪沙（菡萏香銷翠葉殘）》：「菡萏香銷翠葉殘，西風愁起緑波間。還與韶光共憔悴，不堪看。細雨夢回雞塞遠，小樓吹徹玉笙寒。多少淚珠何限恨，倚闌干。」起句精拔，筆勢如翔鸞破空而下，對句雅切而渾成。

秋風落葉紅南内
社酒寒燈樂未央

解　析　邵盈午

南内，白居易《長恨歌》：「西宮南内多秋草，落葉滿階紅不掃。」

社酒，古代於春秋社日祭祀土神，飲酒慶賀，故稱所備之酒爲社酒。

群山來望眼，當風解衣，便覺雲生胸次
古帙沁皇靈，啓卷挑燈，何期句到吟邊

解析 劉波

先生自撰書房聯，所謂行萬里路讀萬卷書，此聯不虛。皇靈，指祖先。

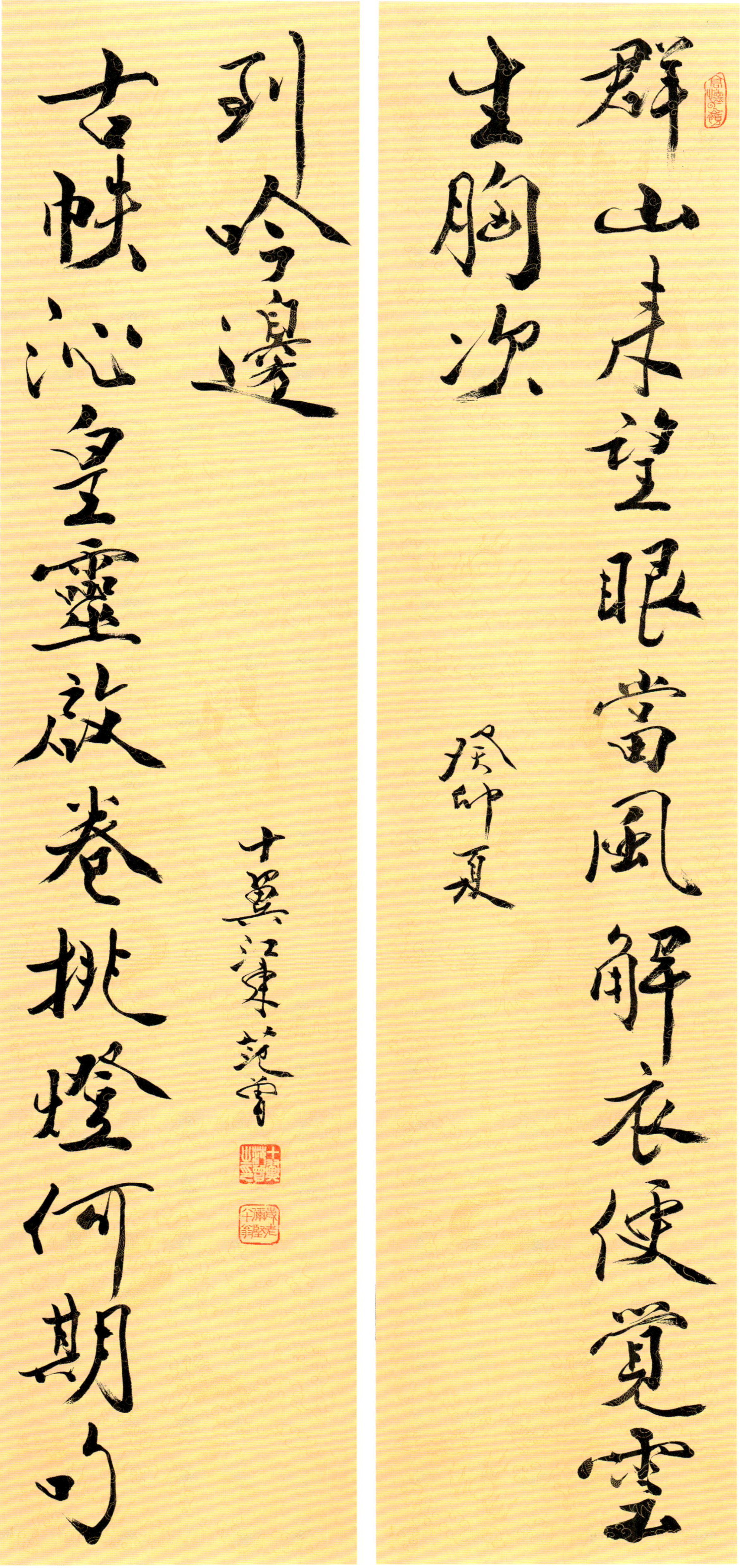
群山來望眼當風解衣便覺雲生胸次
古帙沁皇靈啟卷挑燈何期句到吟邊
癸卯夏

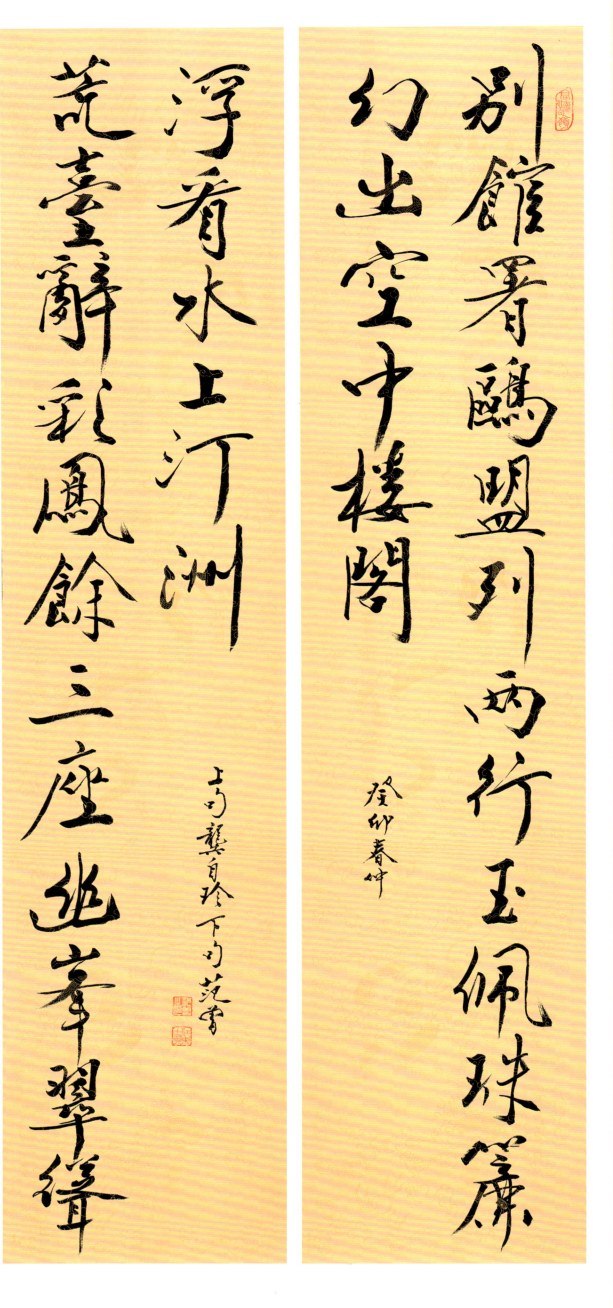

別館署鷗盟列兩行玉佩珠簾
幻出空中樓閣

癸卯春仲

荒臺辭彩鳳餘三座遙峯翠嶂
浮看水上汀洲

上句龔自珍下句范曾

別館署鷗盟，列兩行玉佩珠簾，幻出空中樓閣
荒臺辭彩鳳，餘三座幽峰翠聳，浮看水上汀洲

解析　邵盈午

別館，帝王在京城主要宫殿以外的備巡幸用的宫室。荒臺辭彩鳳，語本明人夏侯泰《鳳凰臺》：「數百年間彩鳳來，只今山下有荒臺。梧桐葉落蒼筠老，春雨年年長緑苔。」極淡極真，絶似襄陽筆意。「荒臺辭彩鳳」出師先祖范伯子先生名句：「龍來涸澤魚應笑，鳳去荒臺鳥自飛。」

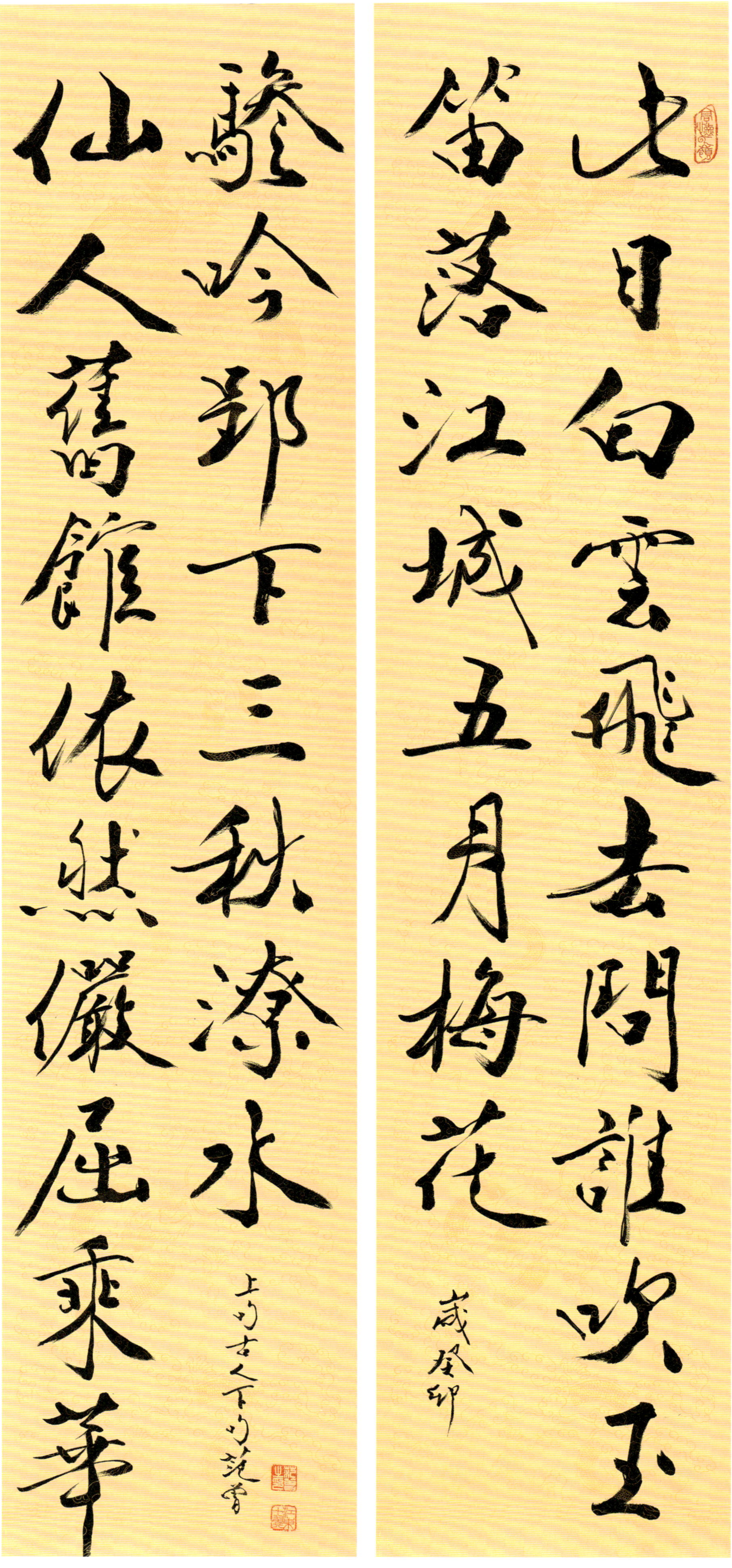
此日白雲飛去問誰吹玉
笛落江城五月梅花
歲癸卯
仙人舊館依然儼屈乘華
驂吟鄴下三秋潦水
上句古人下句范曾

此日白雲飛去，問誰吹玉笛，落江城五月梅花
仙人舊館依然，儼屈乘華驂，吟郢下三秋潦水

解析

邵盈午

上聯暗用李白《與史郎中欽聽黃鶴樓上吹笛》：「一爲遷客去長沙，西望長安不見家。黃鶴樓中吹玉笛，江城五月落梅花。」「仙人」句，語本王勃《滕王閣序》：「臨帝子之長洲，得仙人之舊館。」郢，地名，春秋戰國時楚國的都城，故址在今湖北江陵。三秋潦水，語出王勃《滕王閣序》：「時維九月，序屬三秋。潦水盡而寒潭清，煙光凝而暮山紫。」

五夜樓船上孤亭聽鼓角
上句曾國藩
三秋雁字便教愁婦憶征夫
下句范曾歲癸卯

五夜樓船，曾上孤亭聽鼓角
三秋雁字，便教怨婦憶征夫

解析　劉波

上句出曾國藩，狀軍旅生涯。下句寫懷人心情，兩句意味頗近流水。

已爲陳迹
又見新符

解析 劉波

《海外三十三篇》—元旦詩鐘。

先生二十五年前發表海外散文，固爲陳迹；王安石「總把新桃換舊符」，新歲伊始。

朔氣能欺金鐸禦
法乳澆開滿樹花

解析　劉波

上聯寫戎馬倥偬，身先士卒。
下聯寫習佛圓成，花開滿樹。

無煩亦無門，深悟前因，能使覺慧辭懊惱
有學須有識，欲修善果，好從言行轉樞機

解析 劉波

古人下句寫知行於善果之緊要。上句先生寫覺悟爲修行之根本。

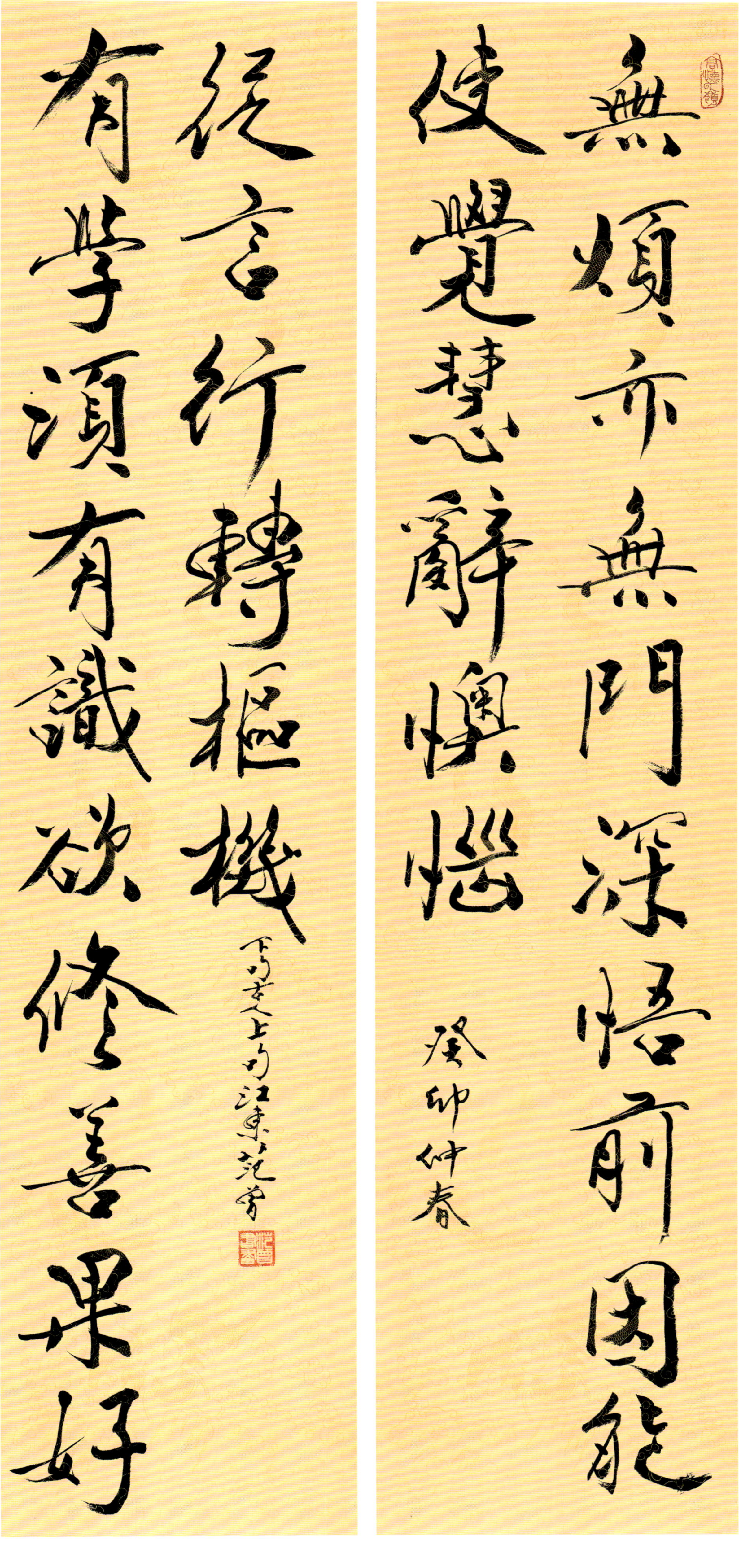
無煩亦無門深悟前因能
使覺慧辭懊惱
癸卯仲春
有學須有識欲修善果好
從言行轉樞機
下句古人上句江東人范曾
范曾書畫

書齋樹蕙能尋道
佛國飛花即是禪

解析　劉波

滋蘭九畹，樹蕙百畝，屈子志也；釋迦拈花，迦葉微笑，禪門開也。

須彌芥子終離相
大漠微沙豈見槎

解析　劉波

須彌藏於芥子，佛家要旨在不着相。人生本微末，倘不自覺自渡，何處是津梁？

三年勺水蓮初展
萬世浮圖塔莫闒

解析　劉波

勺水，語本《禮記·中庸》：「今夫水一勺之多，及其不測，黿鼉蛟龍魚鱉生焉，貨財殖焉。」晉葛洪有「鑽燧之火，勺水可滅」。清李漁有「借西湖勺水，浣除筆底塵凡。」

浮屠，亦作浮圖，即佛陀之異譯。佛教爲佛陀所創，古人因稱佛教徒爲浮屠，佛教爲浮屠道，後亦稱佛塔爲浮屠。

三年的水蓮初展

癸卯之春

萬世浮圖塔莫開

范曾

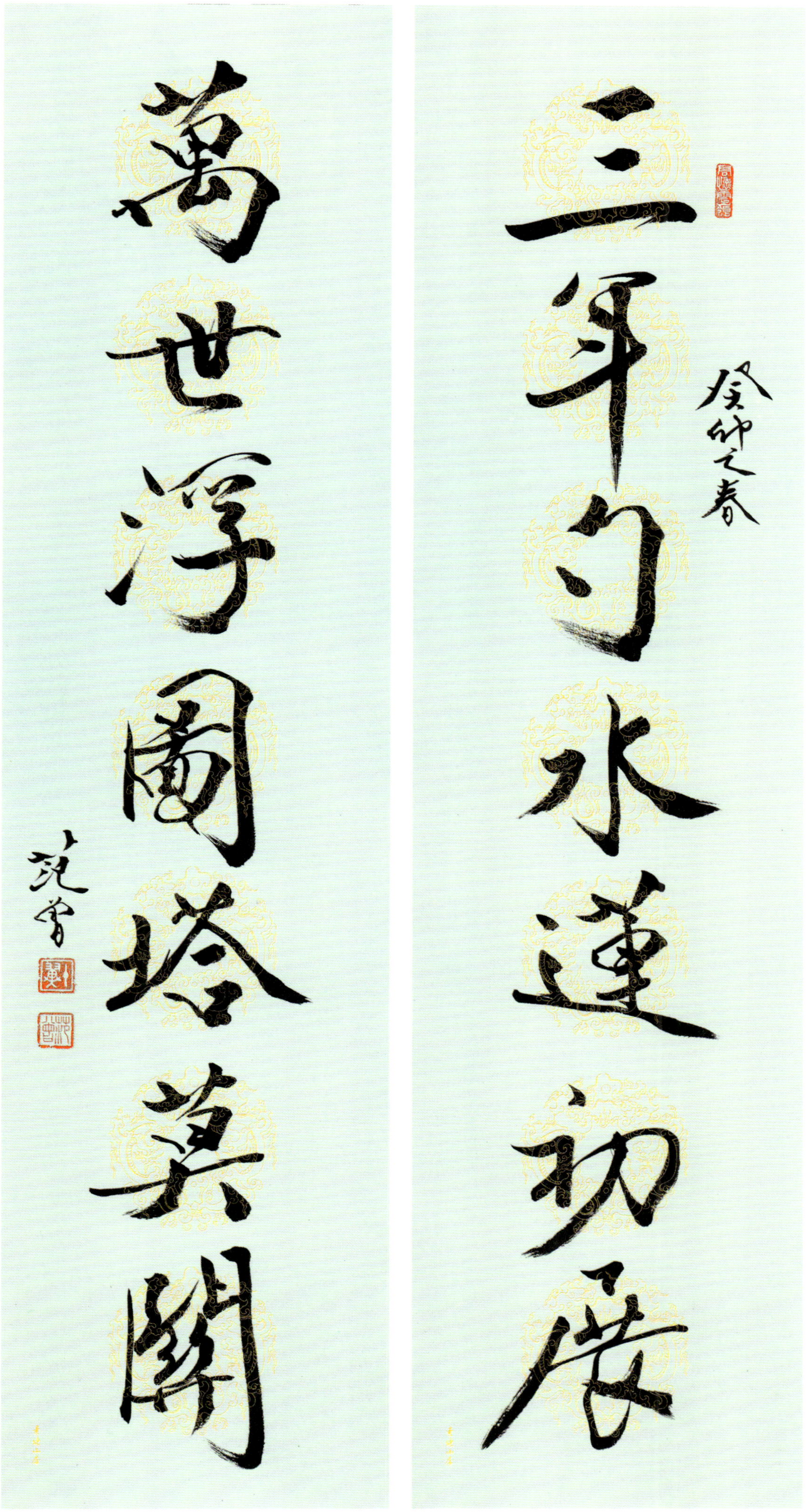

我欲從公循大道
誰能啓卷悟真禪

解析　劉波

兩句可見先生心智。

見聞採自殊鄰，聲名過海

定慧不從佛寺，法相如山

解　析　　邵盈午

殊鄰，指遠方異族。

法相，佛教術語，指諸法之相狀，包含體相（本質）與義相（意義）二者。有氣機，有理致，有開合，自是大家聲口。

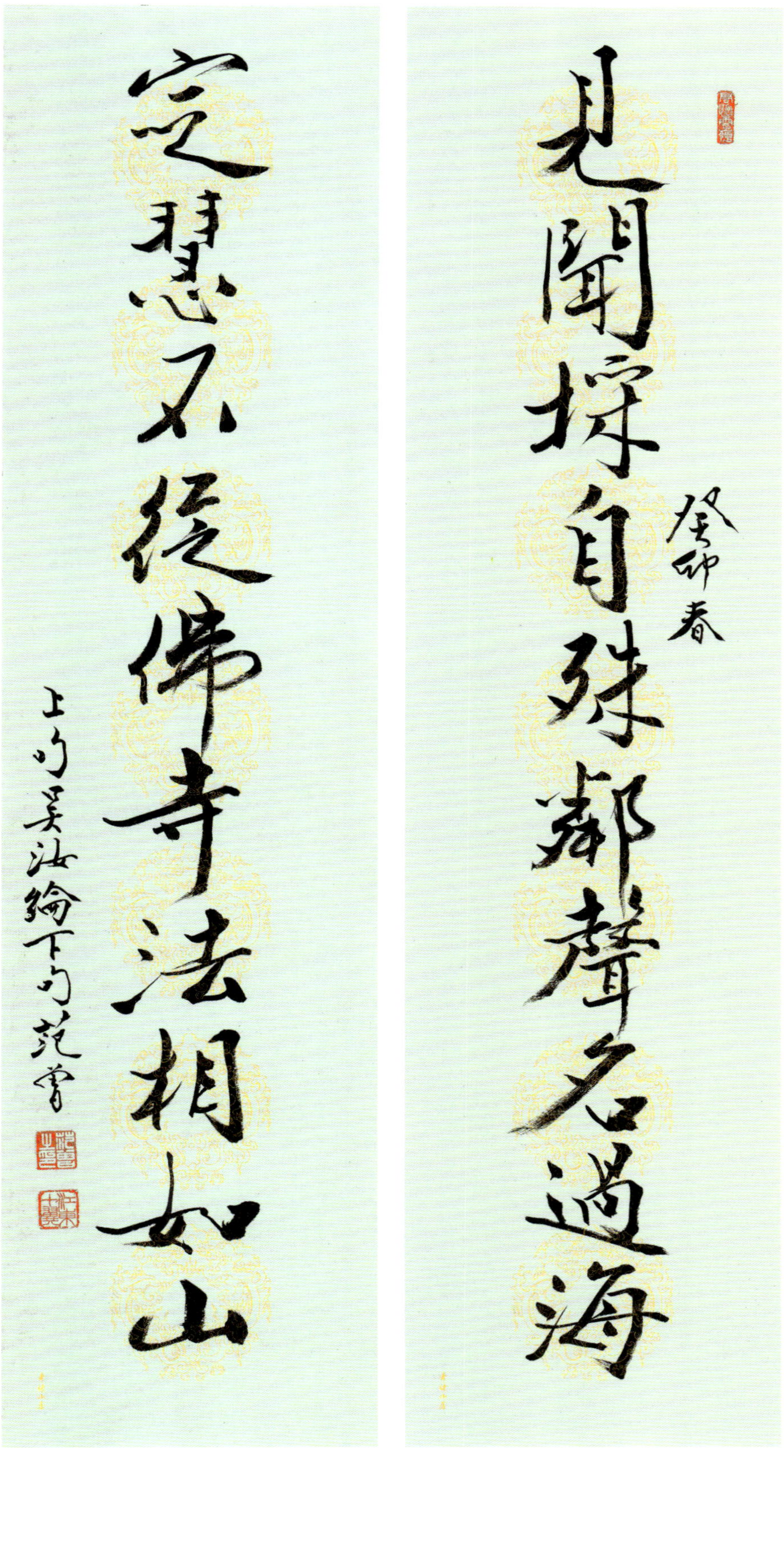

不論有詩無詩，開三徑而盤桓，常客來可人，花放如願
何曾祈佛禱佛，破六根以坐忘，偶談有高士，話鋒入禪

解析　劉波

上句「開三徑而盤桓」，用陶淵明《歸去來兮辭》「三徑就荒，松菊猶存」「撫孤松而盤桓」意。

下句「破六根以坐忘」，用佛家、莊子意，六根爲眼、耳、鼻、舌、身、意，佛家所謂六種感覺器官。《莊子·大宗師》：「顔回曰：『墮肢體，黜聰明，離形去知，同於大通，此謂坐忘。』」

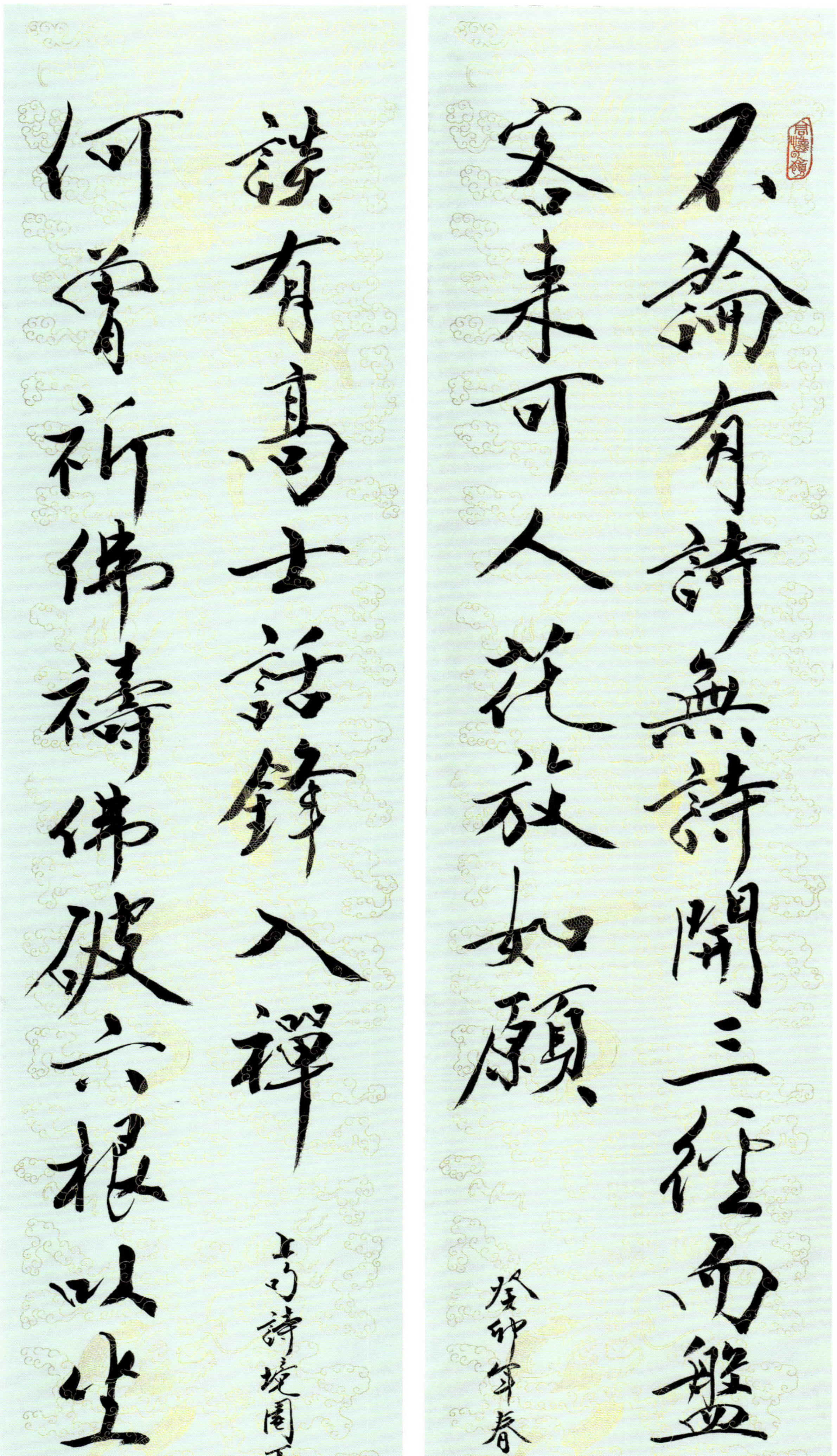
不論有詩無詩開三徑而盤桓常
客來可人花放如願
癸卯年春晚
談有高士話鋒入禪
何嘗祈佛禱佛破六根以坐忘偶
上句詩境閣下句范曾

造化沉浮多幻變
天衣散合總趨同

解析　劉波

兩句皆以自然天象比興。正東坡所謂：「自其變者而觀之，則天地曾不能以一瞬。自其不變者而觀之，則物與我皆無盡也。」

呈衆生相
喻萬衆心

解析　邵盈午

人藝《茶館》劇—向日葵詩鐘。

衆生相，《金剛經》：「若菩薩有我相、人相、衆生相、壽者相，即非菩薩。」工切渾雅，詞家襟懷之異於常人，於斯可徵。

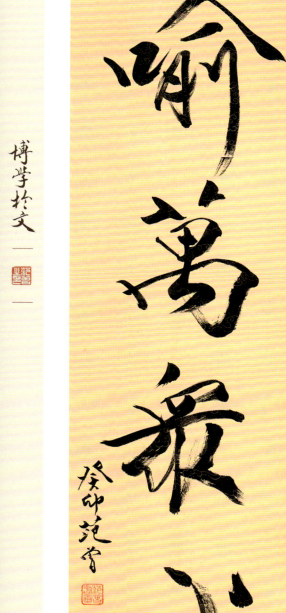

無量光照
三千界藏

解析　邵盈午

佛—芥子詩鐘。

無量光，《大阿彌陀經》：「阿彌陀佛，光明最尊，第一無比，諸佛光明皆所不及也！」

按，佛法的智慧之光，含攝了福德莊嚴的一切自在、安樂，對世間苦難衆生充滿了無限的安慰。凡是被阿彌陀佛之光照耀到的地方，皆受益無窮。

氣格高華，筆力渾括。題旨之合，一如熔金渾化。

報緣因果
鄉在雲天

解析

邵盈午、劉波

佛—鶴詩鐘。

佛家講因果報應。古人有句：海爲龍世界，天是鶴家鄉。因果，佛教認爲一切法皆是依因果之理而生成或滅壞。因是能生，果是所生。而且，有因必有果，有果必有因。由因生果，因果歷然。十界迷悟，不外是因果關係。

此聯不唯以巧思勝，更在於意在象先，神行語外，遂擅古今詠歎斯物之奇。

似曾聞唳
如是説空

解析　邵盈午

鶴—佛家詩鐘。

空，與「有」相對。意譯爲空無、空虛、空寂、空净、非有。一切存在之物中，皆無自體、實體、我等，此一思想即稱空。亦即謂事物之虛幻不實，或理體之空寂明净。自佛陀時代開始即有此思想，尤以大乘佛教爲然，且空之思想乃般若經系統之根本思想。

行深般若
畫大菩提

解析　郭長虹

《心經》：「觀自在菩薩，行深般若波羅蜜多時，照見五蘊皆空，度一切苦厄。」般若意爲終極智慧。菩提，梵文Bodhi的音譯，意思是覺悟、智慧；大菩提，即得覺悟智慧之人。

東門有女
妙境爲空

解析　邵盈午

茶—佛法詩鐘。

東門有女，《詩經·鄭風·出其東門》：「出其東門，有女如雲。雖則如雲，匪我思存。縞衣綦巾，聊樂我員。出其闉闍，有女如茶。雖則如茶，匪我思且。縞衣茹藘，聊可與娛。」

「妙境」句，佛家將殊勝之經典，稱作妙典（特指《法華經》）；無法比較不可思議之法，稱作妙法（《法華經》之美稱）；深妙不可思議之道理，稱作妙理；不可思議之境界，稱作妙境；依妙因妙行而得之證果（佛果），稱作妙果。

禪宗法雨
社稷威儀

解析　劉波

少林寺—人大會堂詩鐘。
少林寺爲中土禪宗祖庭。

孤抱龕居一燈在案讀數卷佛說道
玄便覺中心寂照

癸卯春

千峰拔地萬笏朝天看四時晴嵐陰
雨遥連南海慈雲

下句無量觀上句 范曾

孤抱籠居，一燈在案，讀數卷佛説道玄，便覺中心寂照

千峰拔地，萬笏朝天，看四時晴嵐陰雨，遥連南海慈雲

解　析　　邵盈午

寂照，佛家用語。常寂常照，寂則一塵不染，照則遍覺十方。此心既不住内，不住外，不住中間，三際空寂，而又無所不住，無物不照。

笏，大臣朝見天子時所執的狹長手板。萬笏，比喻聳立的群山。

運思周謹而綺思藻合，非神明於斯旨者不能道其隻字。

養修菩提一身知露珠夢影其
不耽法執
癸卯夏
勝聯樂我懷
遊戲世界無量極泉石煙雲之
下聯康有為上聯范曾

養修菩提一身知，露珠夢影其馳，不耽法執
遊戲世界無量極，泉石煙雲之勝，聊樂我懷

解析　劉波

下聯「遊戲世界」，真南海先生自況也。師以佛家旨對之。露珠夢影，《金剛經》曰：「一切有爲法，如夢幻泡影，如露亦如電，應作如是觀。」

奇緣忽灑秋時雨
勝果當成濟世濤

解析　郭長虹

勝果，佛教用語，殊勝之果。

梵音彌六合
蓮界喜重開

解析　郭長虹

佛陀的法音瀰漫了世界，西方極樂世界仿佛又打開。

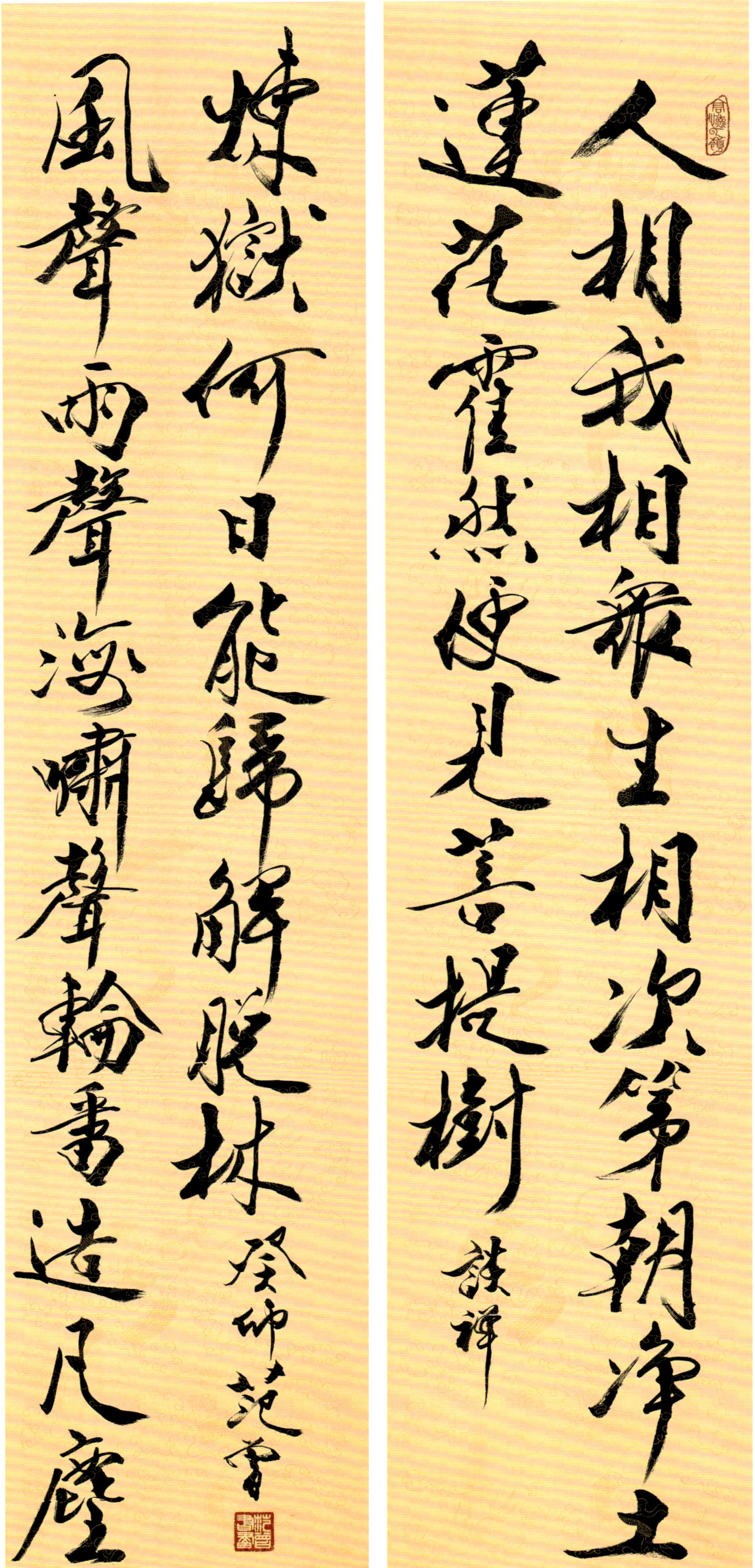
人相我相眾生相次第朝淨土
蓮花靄然便是菩提樹
談禪
風聲雨聲海嘯聲輪番造凡塵
煉獄何日能歸解脫林
癸卯范曾

人相我相衆生相，次第朝净土蓮花，霍然便見菩提樹
風聲雨聲海嘯聲，輪番造凡塵煉獄，何日能歸解脱林

解析　郭長虹

《金剛經》：「若菩薩有我相、人相、衆生相、壽者相，即非菩薩。」帶着塵世間的衆生相，要朝向修行的净土，才能看見象徵智慧的菩提樹。人寰各種聲音，都來到這凡塵煉獄，什麼時候才能到達解脱皈依的境界。

六道衆生原幻合
九天諸佛亦無形

解析　邵盈午

六道衆生，一般來説輪回有六道：阿修羅道、人道、天道、地獄道、餓鬼道、畜生道。六道又分「三惡道」（地獄道、餓鬼道、畜生道）和「三善道」（人道、阿修羅道、天道）。所以名「六道」者，道猶路也，是能通義；謂六道中衆生，輪轉四生（胎生、卵生、濕生、化生），迴圈三界，互相通達，故名爲道。此即常稱的「六道輪回」。

九天諸佛，九天，極高的天空，九天九地一個在天上，一個在地下，形容差别極大。九天是天的最高層，代表天的一種極致。上、下聯均稱萬法皆空。

六道眾生原幻合
九天諸佛亦無形

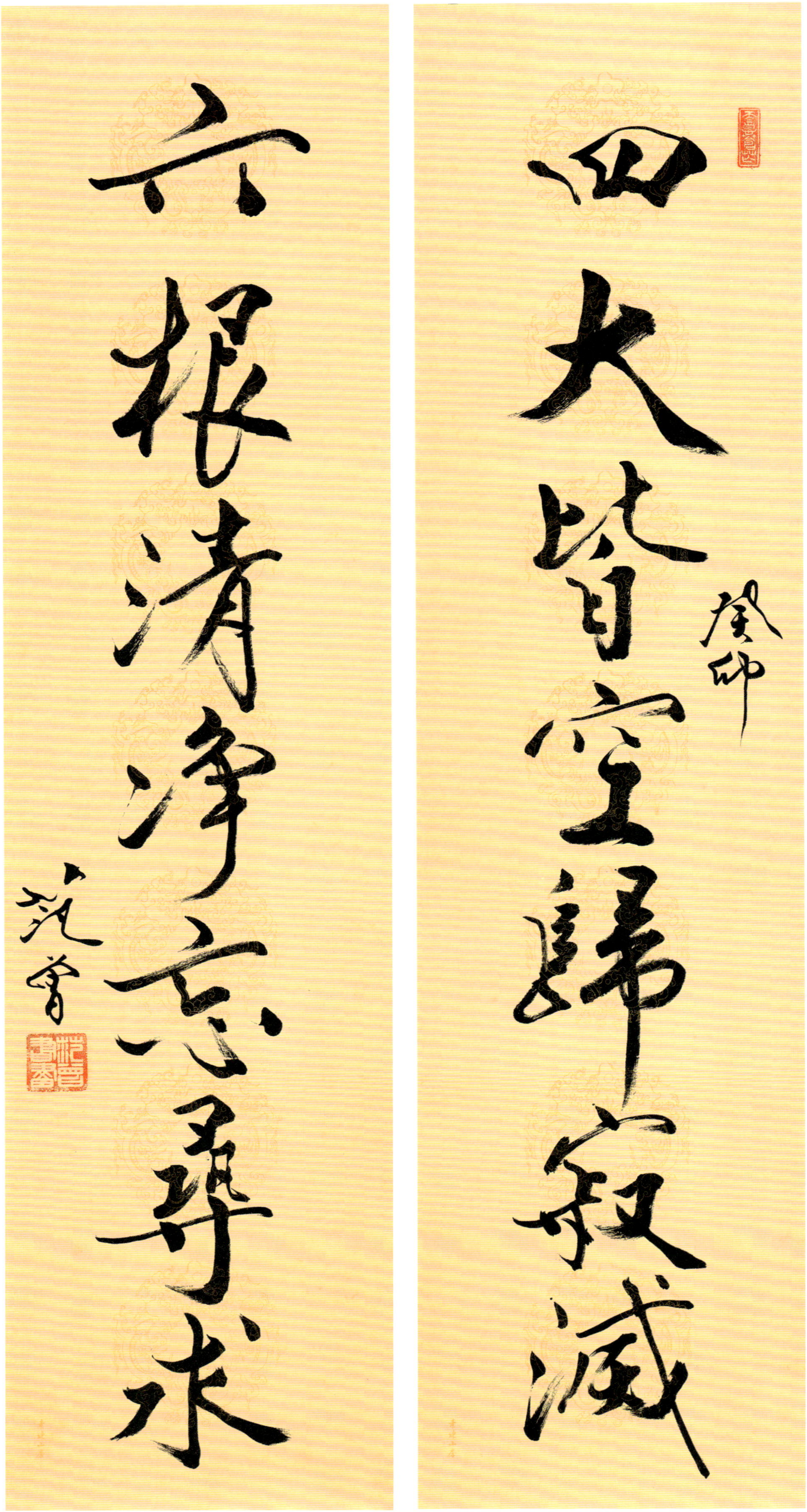
四大皆空歸寂滅
癸卯
六根清淨忘尋求
范曾

四大皆空歸寂滅
六根清净忘尋求

解　析

邵盈午

四大皆空，佛教所講的四大，是指地、水、火、風四大物質元素。佛教認爲，世間萬物都是由這四大構成的，而人的身體也是由這四大組成的。這四大在佛教中也被稱爲「色」。

又，「空」乃佛教中另一個非常重要的概念。所謂「空」，是從「諸行無常」而來，是無所有，而不是不存在。佛教所强調的是没有永恒的事物，全是「暫有還無」。一切皆爲過程，皆爲瞬息，稱無常、空、幻象。

一燈青到海
三炷紫成煙

解析　邵盈午

青燈，多用來形容孤寂清苦的禪修生活，亦指供佛之燈。青燈奕奕，瑩然有光，似在提醒修道之人務使自性放出內在的光明。三炷，指三炷香，分別代表戒、定、慧；也表示供養佛、法、僧常住三寶。王勃「煙光凝而暮山紫」，以紫色狀煙，先生隨手拈來，與上聯青字呼應。

一燈青剏海

癸卯仲春

三炷壽成煙

上巳廣遇下澣 范曾

博学於文

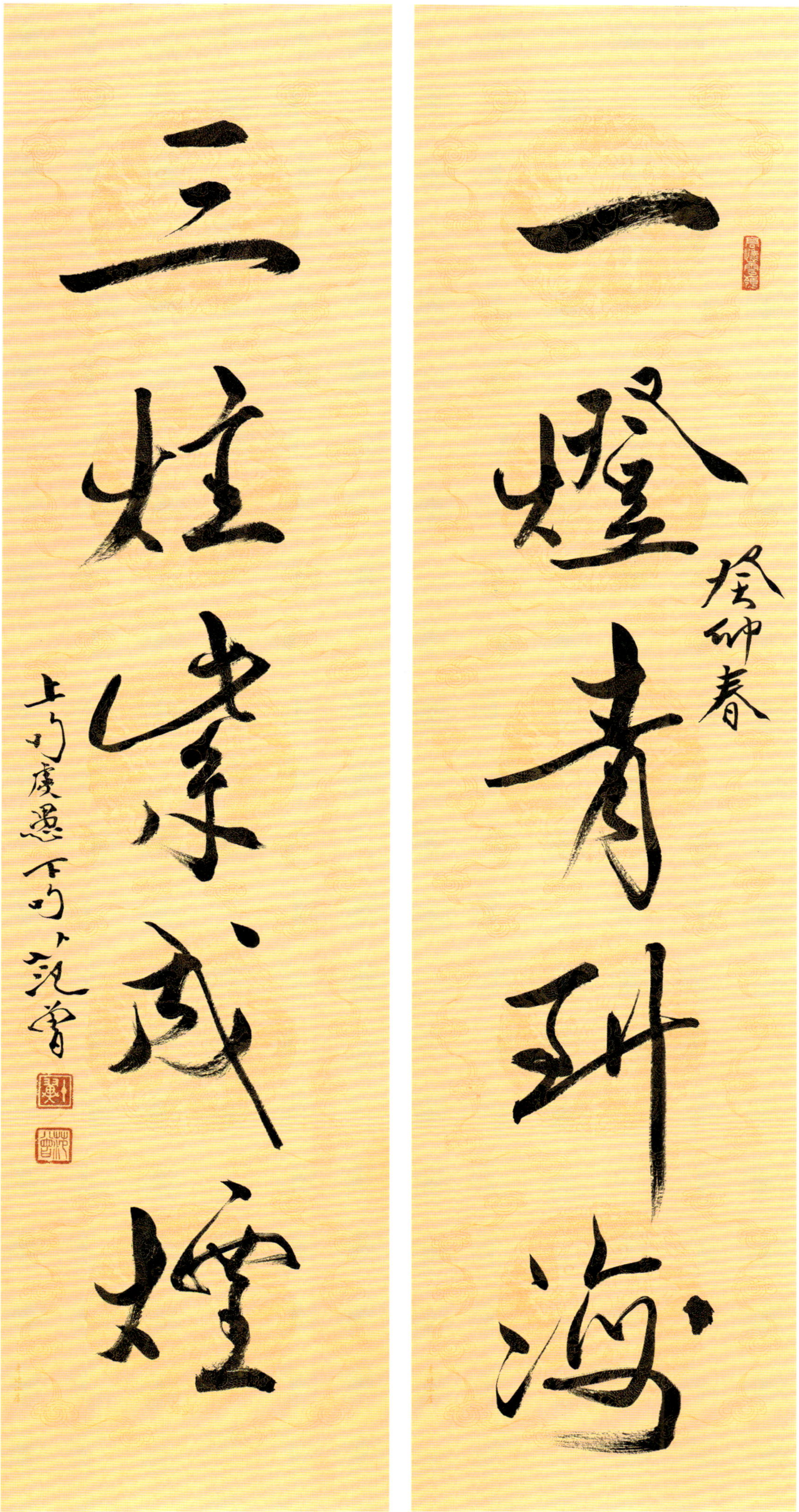

大德如梵，賢哲言天，正學皆來宏舍
高峯入雲，清流見底，何處更著點塵

解析　邵盈午

梵，此處意爲清静、寂静。

崇論宏議，妙理高文，鈍根人何從道著隻字？

大德如楚賢哲言天正學
皆来宏舎

文著點塵
高峯入雲濤流見底何寬

上聯桂園下馬范寧

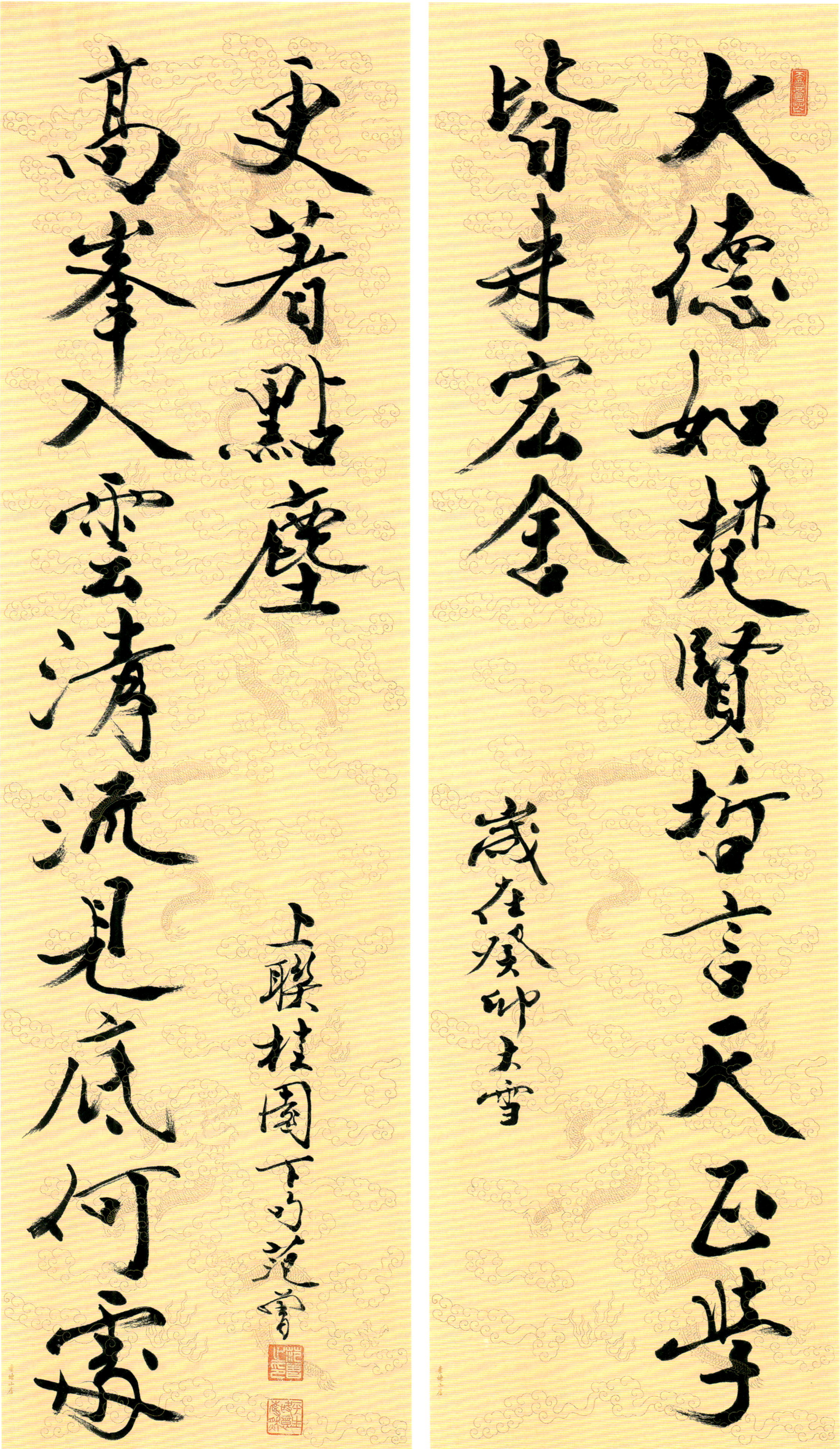

歲在癸卯大雪

佛本要自在，脱化由静悟空，使證菩提登彼岸

吾何輸無緣，悲懷去塵離俗，終歸般若入叢林

解析　邵盈午

菩提，大徹大悟，明心見性，證得了最後的光明自性，即達至涅槃之境。

登彼岸，佛家以有生有死的境界爲「此岸」，超脱生死，即涅槃的境界爲「彼岸」。同登彼岸之説源自大乘佛教，强調的是共同修行，脱離苦海，抵達快樂的彼岸。

般若，意爲「終極智慧」「辨識智慧」，亦專指如實認知一切事物和萬物本源的智慧。

作者精習内典，邃於禪理，故出其餘事爲聯，自然超曠絶俗，凡庸又安能窺其窈眇哉？

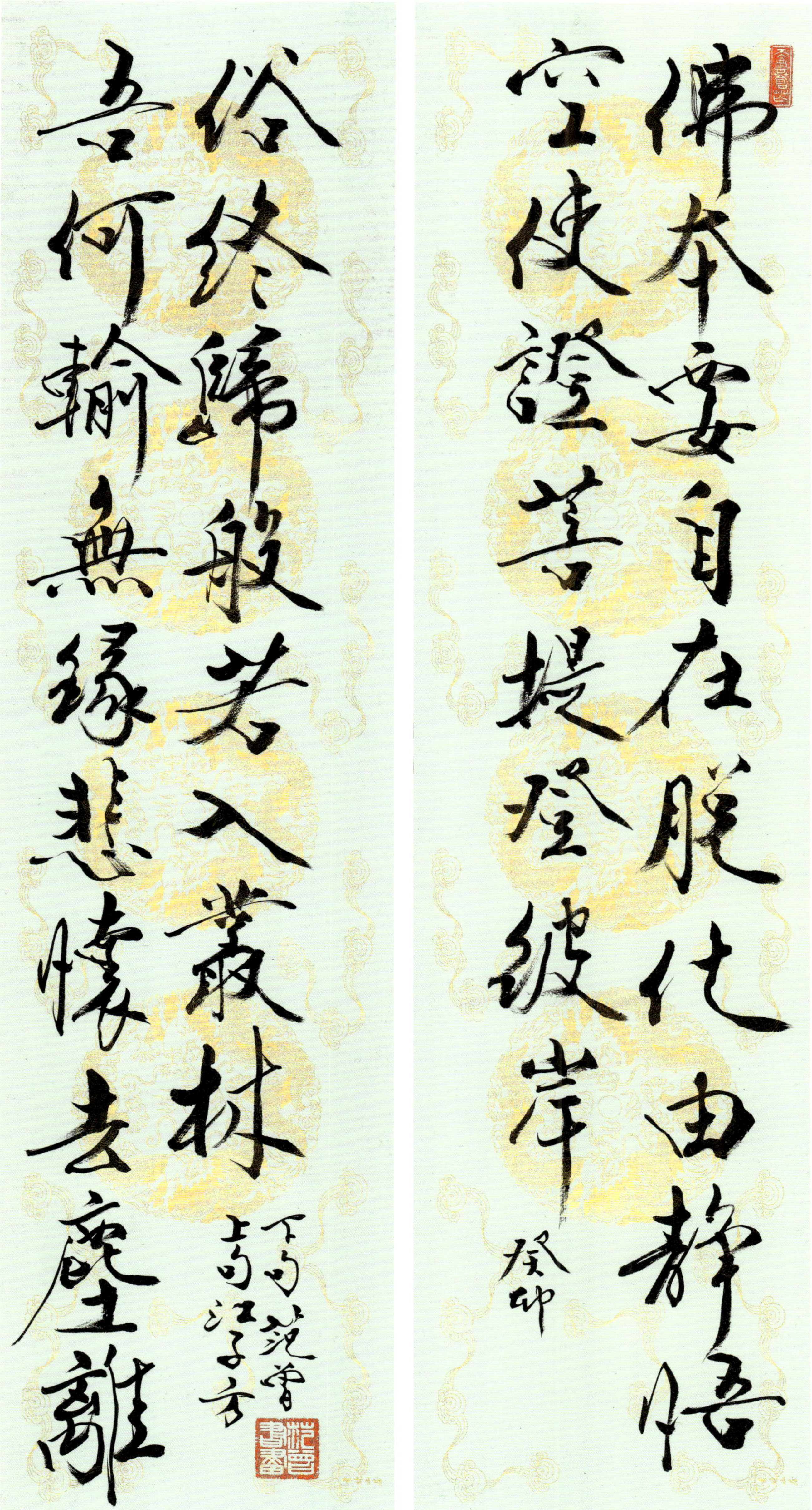
佛本安自在脱化由静悟
空使證菩提登彼岸
癸卯
俗终歸般若入叢林
吾何輸無缘悲懷去塵離
下句范曾
上句江子方
范曾書

博学於文

試向空門求偈語
幽尋盡處見桃花

解　析　邵盈午

偈語，附綴於佛經的一些讀後感或據修行實踐中得到的體悟而寫成的語句。因多爲四句組成，兼具文學的形式與內容，朗朗上口，故雖非佛經的主要内容，也成爲與佛經相提並論的典故。先生常稱蘇東坡爲「異代知己」，此聯足以驗之矣。

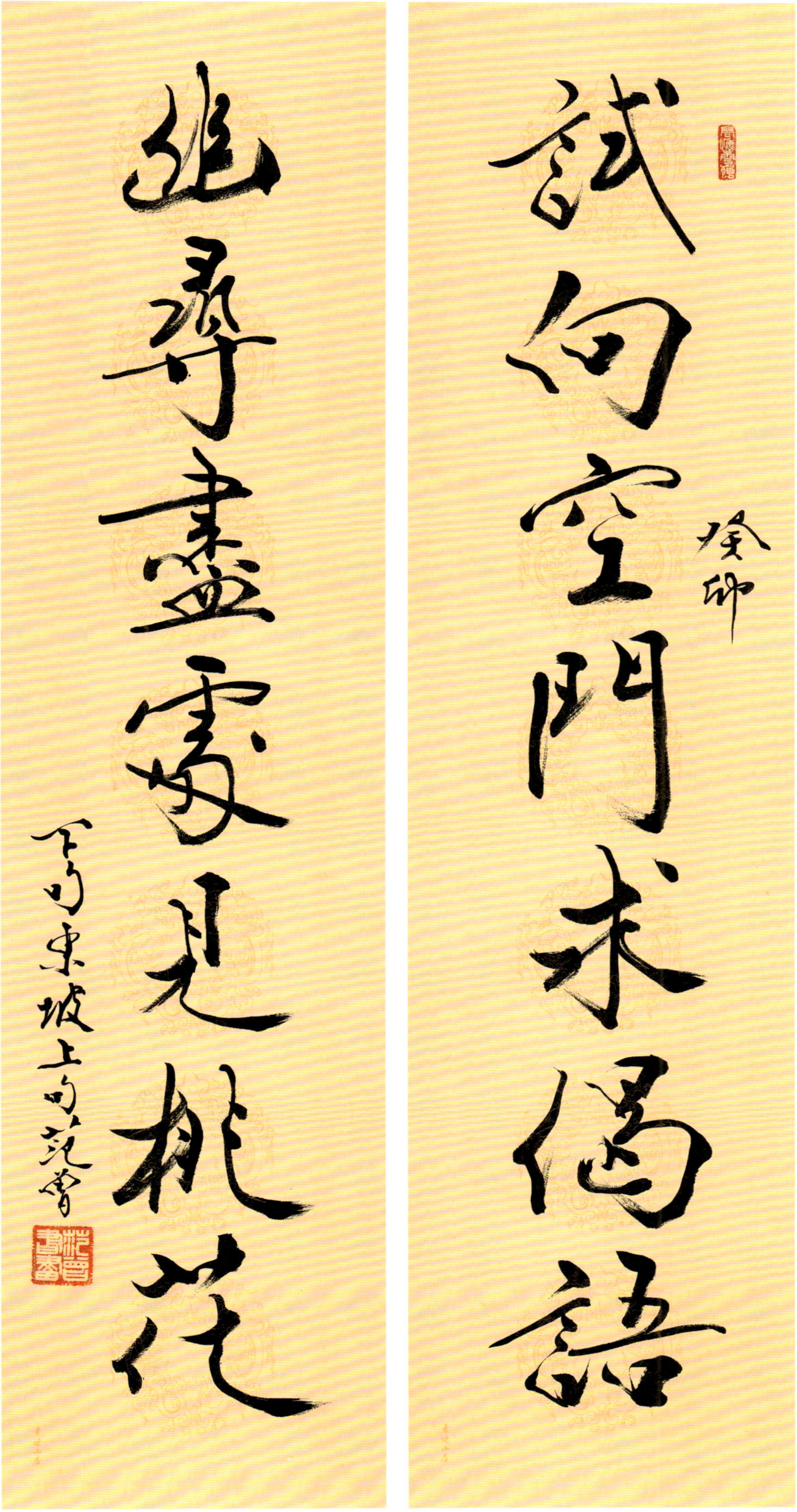
試向空門求偈語
從尋盡處見桃花
癸卯
下句東坡上句范曾

詩帶禪心半夜吟聲分佛火
法厚寂相千秋劫數入空明
下句范曾

詩帶禪心，半夜吟聲分佛火
法原寂相，千秋劫數入空明

解析　邵盈午

禪心，佛教用語。謂清静寂定的心境。宋黄庭堅《聽崇德君鼓琴》詩：「禪心默默三淵静，幽谷清風淡相應。」佛火，指供佛的油燈香燭之火。

劫數，原爲佛教語。指極漫長的時間，後亦指厄運、災難、大限。空明，指洞澈而靈明的心性。宋人蘇轍《讀舊詩》：「老人不用多言語，一點空明萬法師。」

先生觸緣遇境，輒發吟詠。引禪入詩，攝梵體道。吾國詩教之廣，於斯可徵。

少角藝，老論文，客裏追隨攬鏡，各驚雙鬢雪
晨敲鐘，昏拊鼓，寺中智得澄心，何若一枝香

解析　劉波

上句出薛時雨，自少及老，世人競進，曾不知老之將至。暮鼓晨鐘，山寺寂坐，炷香可澄懷開悟。

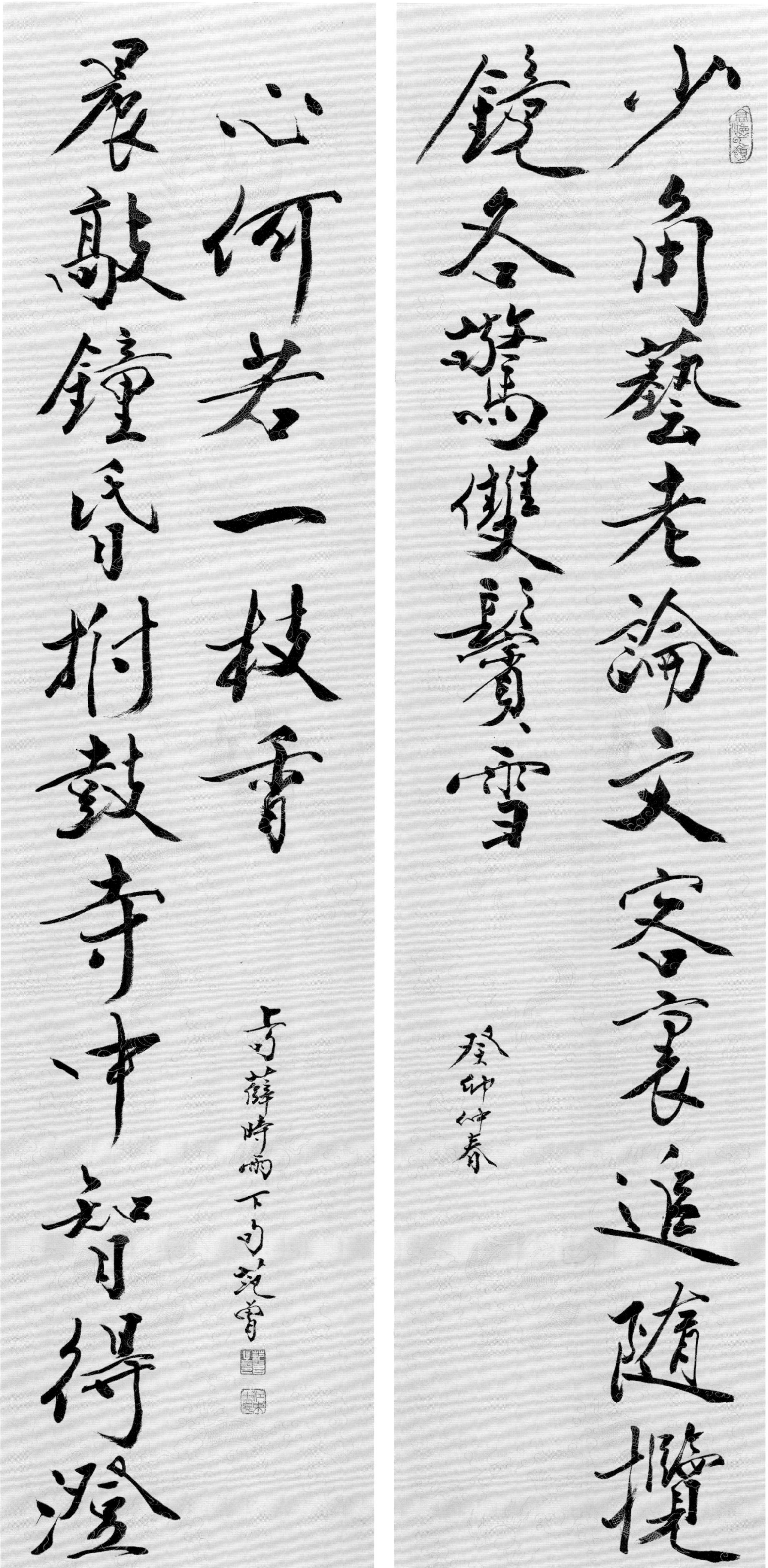
少角藝老論文容衰追隨攬
鏡各驚雙鬢雪
癸卯仲春
晨敲鐘昏樹鼓寺中智得澄
心何若一枝香
書薛時雨下句范曾

同天風月漢唐仰
巡地塵沙詩畫留

解析　劉波

風月同天，出自鑒真大師东渡典故。《唐大和上東征傳》記：「大和上答曰：『……又聞，日本國長屋王崇敬佛法，造千袈裟，來施此國大德、衆僧；其袈裟緣上繡着四句曰：山川異域，風月同天，寄諸佛子，共結來緣。』」

三千世界知新學
一辯愚頑有老臣

解析　郭長虹

此聯爲范曾先生詩《題伯隅王國維先生遺照》頷聯。
三千世界，佛教用語，指宇宙。

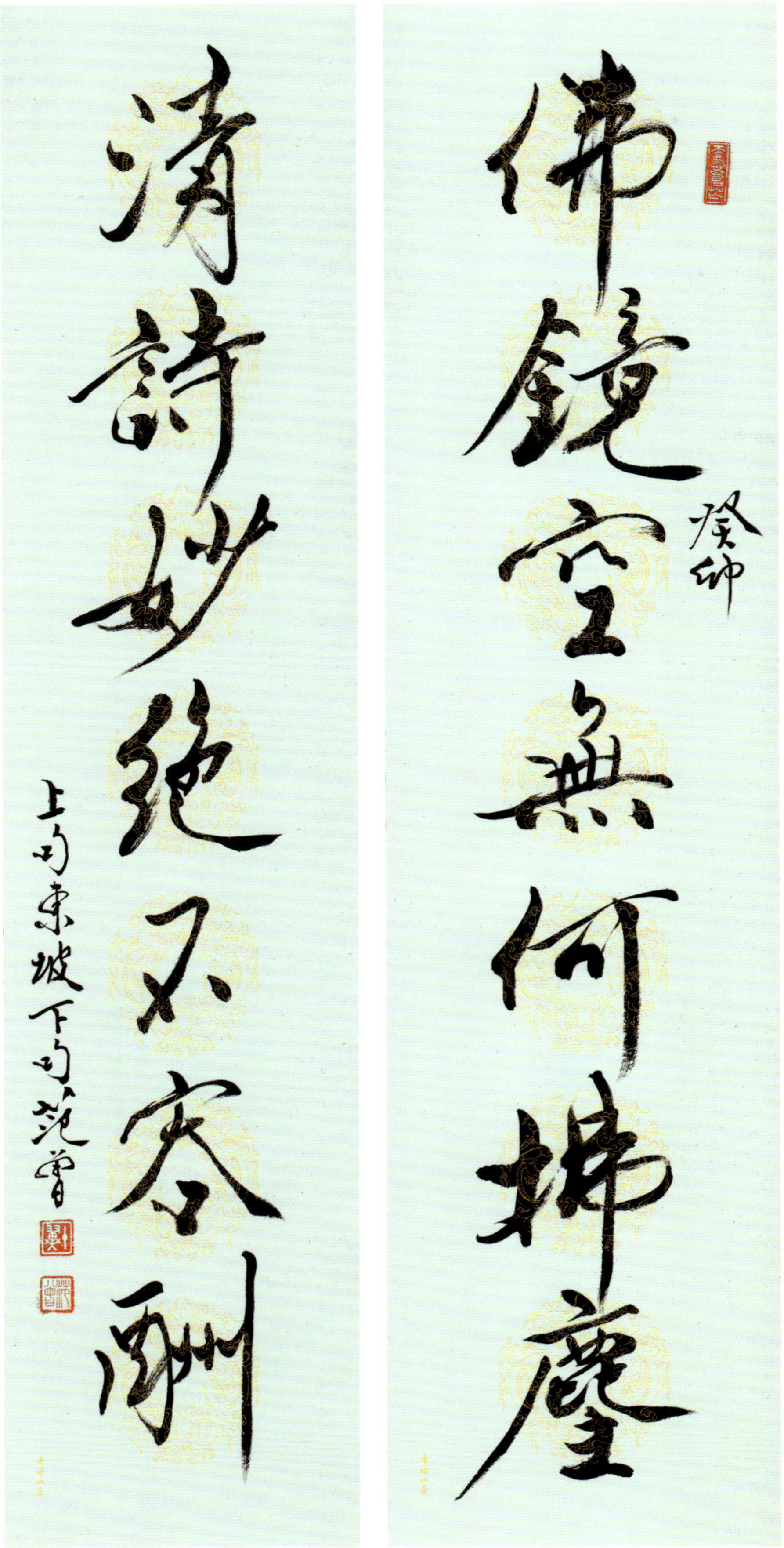

佛鏡空無何拂塵
清詩妙絕不容酬

解析　郭長虹

下聯語出蘇軾《會雙竹席上奉答開祖長官》。

定慧照寂非兩法
仁慈披麻是空門

解析　郭長虹

定慧照寂非兩法，語出蘇軾《虔州景德寺榮師湛然堂》。定慧，禪定和慧學。寂照，內心寂靜和外界鑒照。披麻，廣披麻佑，博愛普施。定與慧、照與寂，不是相反的修煉之法；實行仁政、講究仁慈的儒家觀念，也與佛教相通。

月映蓮燈穿岫去
風隨駿驥踏沙來

解析　邵盈午

蓮燈，即蓮花燈，是一種傳統民俗和民間宗教活動用品。因燈形似蓮花，故名。佛教燈種之一，觀音大士專用，象徵着佛光普照，徹照衆生之心。極意揮灑，有振采欲飛之妙。

世網當思菩提樹
袖中忽見貝葉書

解析　郭長虹

下聯出蘇軾《贈曇秀》。

身處世間網羅之中，當想想菩提樹下的證道解脫，於袖中突然見到一卷貝葉經。有流水聯意味。

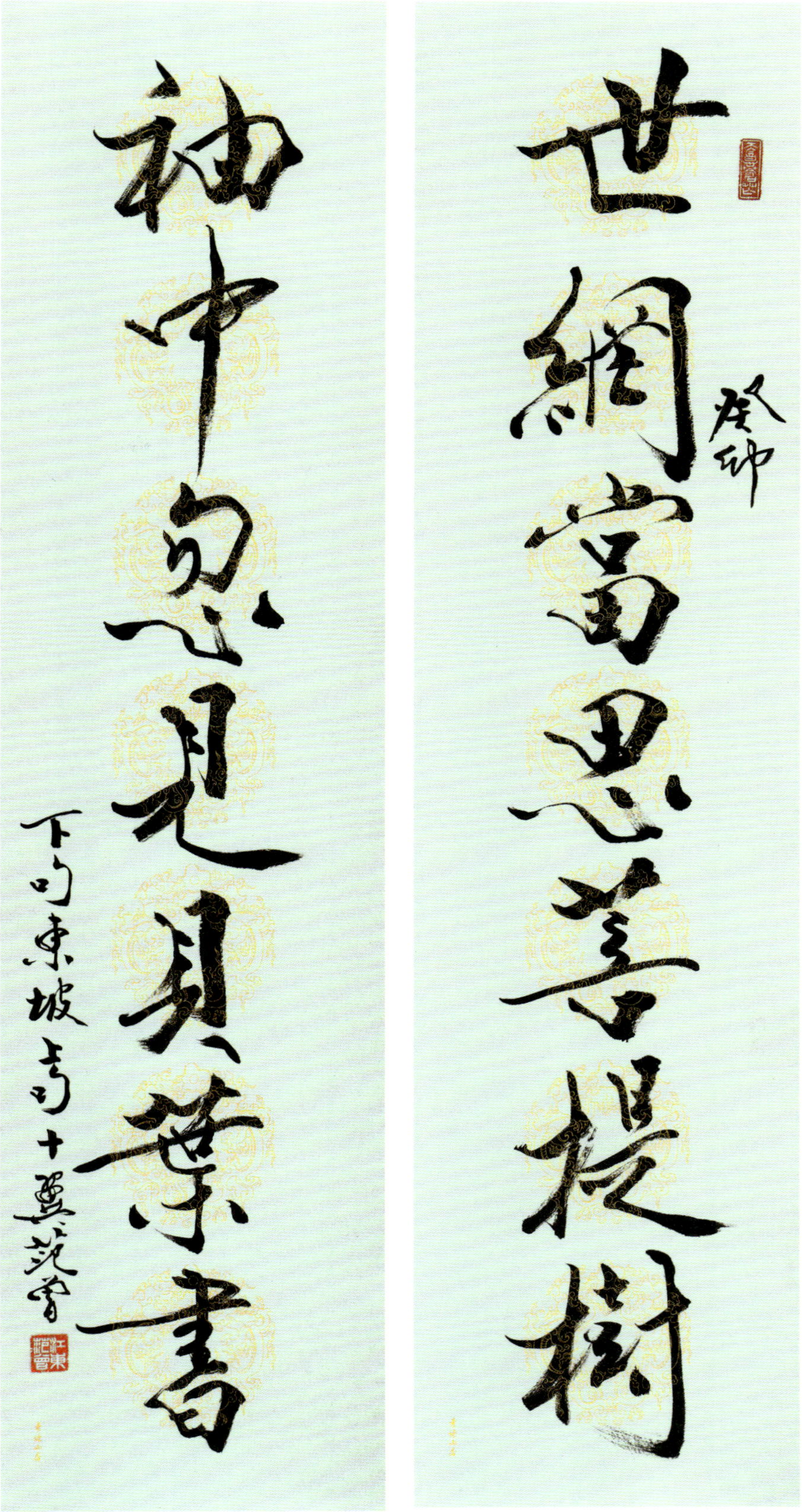

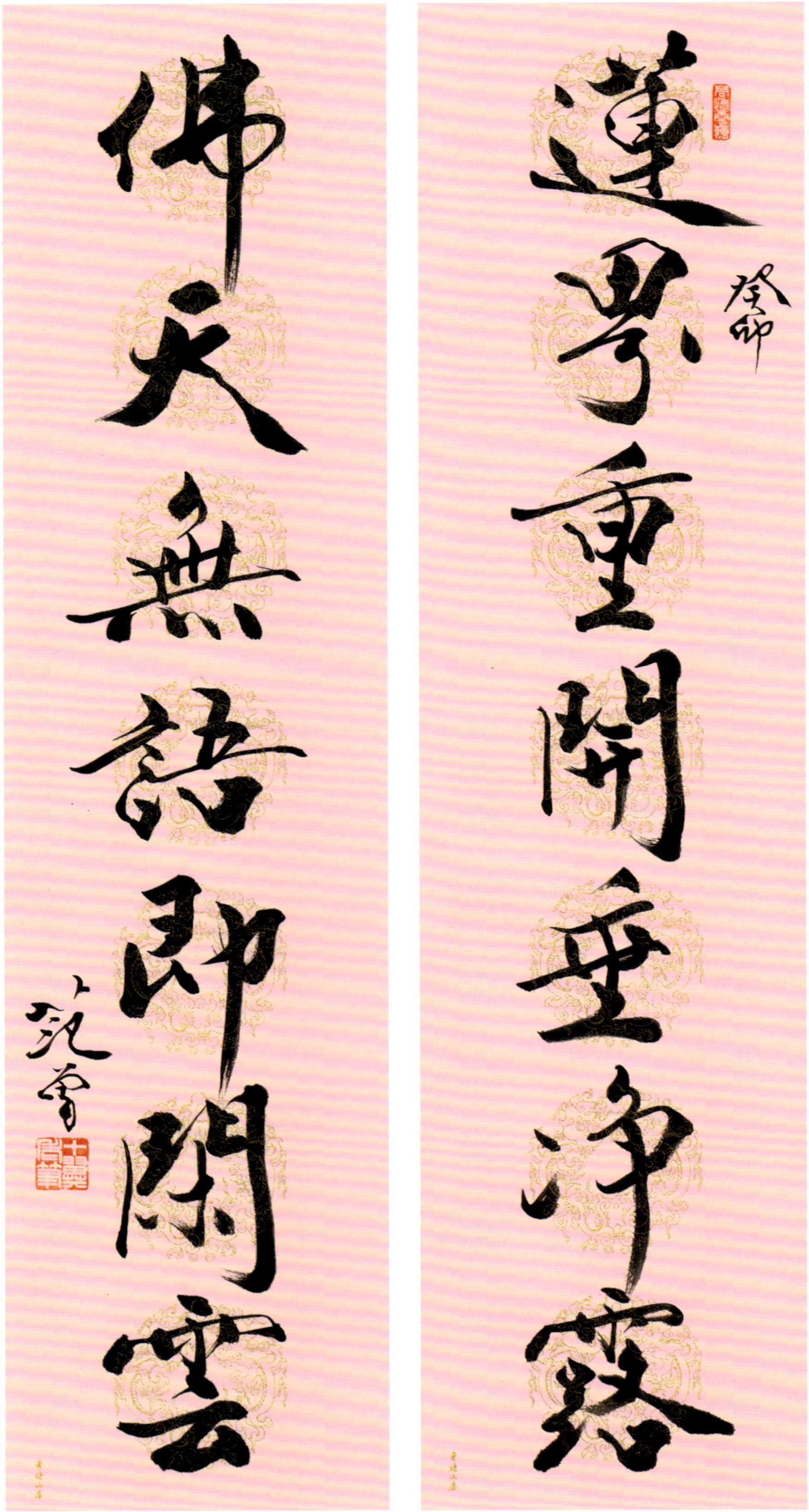

蓮界重開垂净露
佛天無語即閑雲

解析　郭長虹

此聯爲范曾先生題《仿八大山人》詩句。蓮界，蓮花世界，佛教用語，即西方極樂世界。佛天，意猶佛。

無相自然多覺路
此身分付一蒲團

解析　劉波

下句出東坡，參禪自有感悟。上句亦是禪思。苟能離相，方大開覺悟之路。

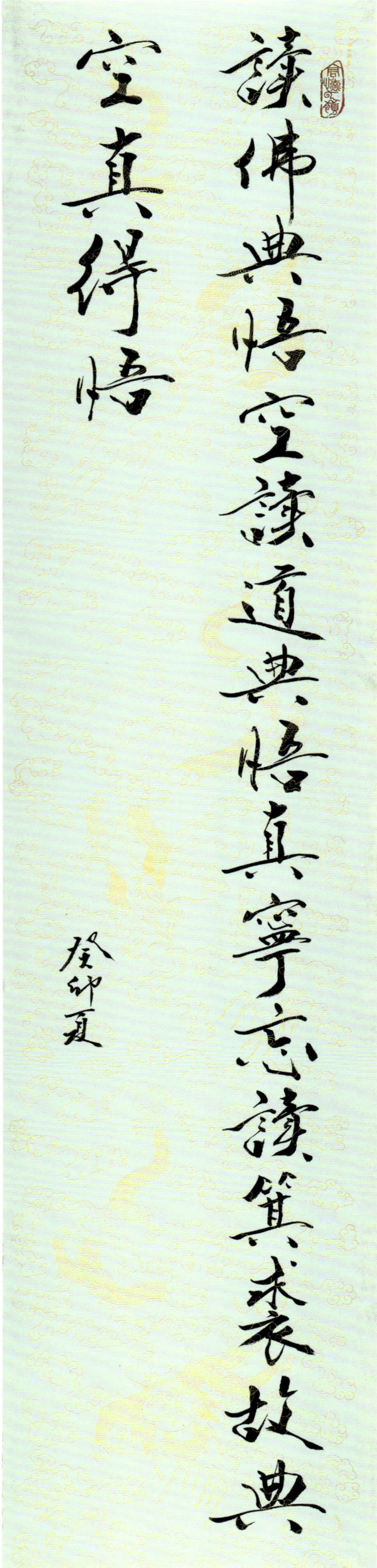
讀佛典悟空讀道典悟真寧忘讀箕裘故典
空真得悟
癸卯夏

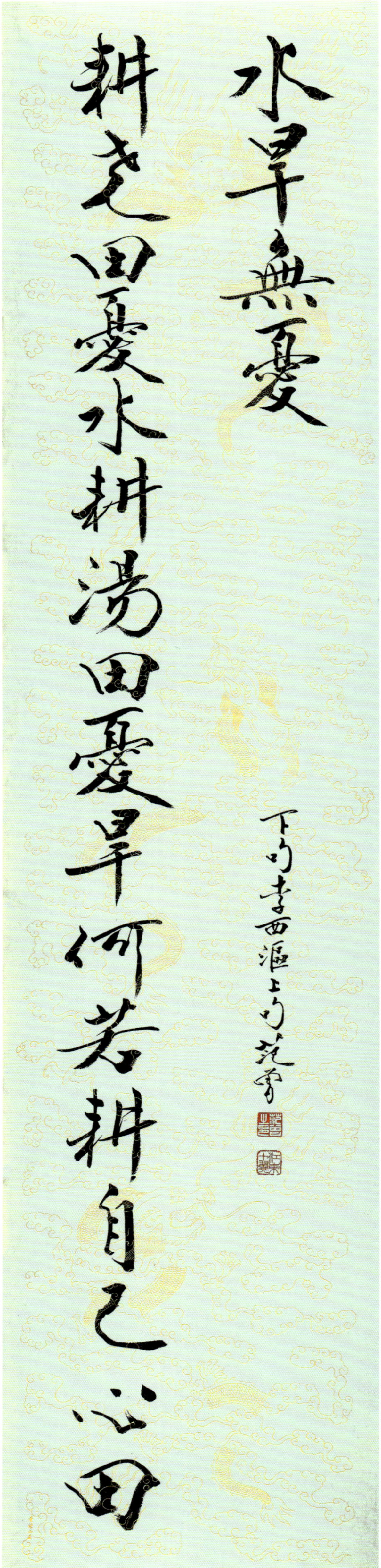
耕山田憂水耕湯田憂旱何若耕自己心田
水旱無憂
下句李西涯上句范曾

讀佛典悟空，讀道典悟真，寧忘讀箕裘故典，空真得悟
耕堯田憂水，耕湯田憂旱，何若耕自己心田，水旱無憂

解析　劉波

下句出李西漚。上古帝堯遺迹甚少，唯堯山與堯田而已，傳與其考察舜相關。商湯因旱禱雨，史多有載。《淮南子·主術訓》：「湯之時，七年旱，以身禱於桑林之際，而四海之雲湊，千里之雨至。」佛門悟空，道家求真，南通范氏有十二代詩文故典，詩世家正學宏門，先生因有此句。

如是見，如是聞，蓮座三年皈正覺
苟同風，苟同雪，梨花一夕滿枝柯

解析　劉波

上句出王文濡，佛法皈依，正知正見終得正覺；下句，風雪一夕恰如梨花滿樹。

如是見如是聞蓮座
三千皈正覺

上句 王文濡

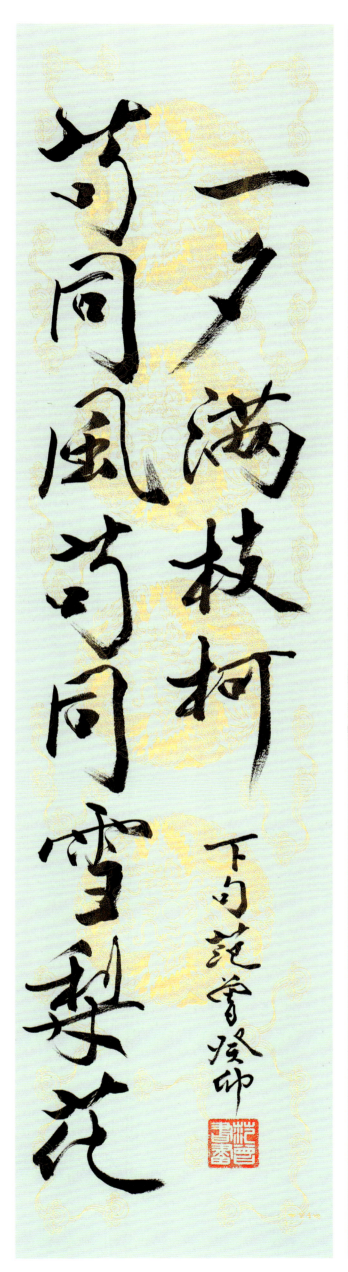

前同風前同雪梨花
一夕滿枝柯

下句 范曾 癸卯

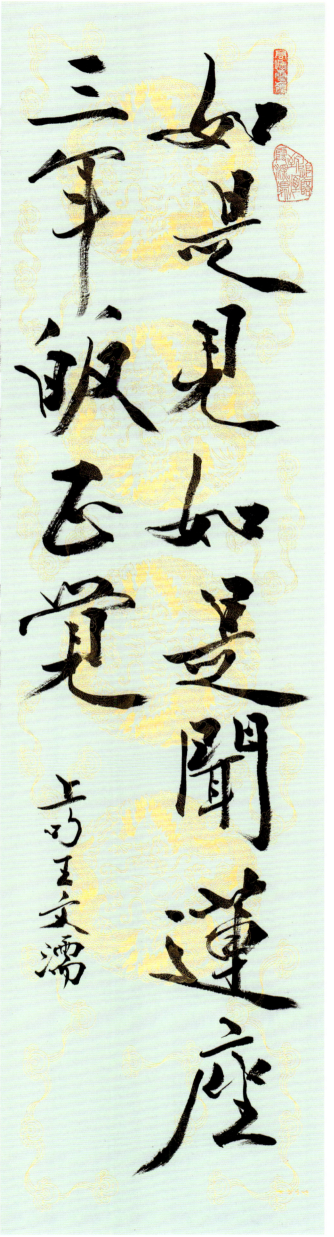

一羽重霄浮曠古
千圍大木透醍醐

解析　邵盈午

醍醐，從牛奶中精煉出來的乳酪。爲油脂狀的凝結物，性甘美溫潤，氣味清涼，古以此爲純一無雜的上味。佛家借此喻示最高妙的佛法或智慧。

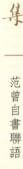

偉制絲綢上古道
慈心慧覺至今遒

解析　劉　波

上句絲綢之路，下句佛旨攝受。虛實共存，古今相應。

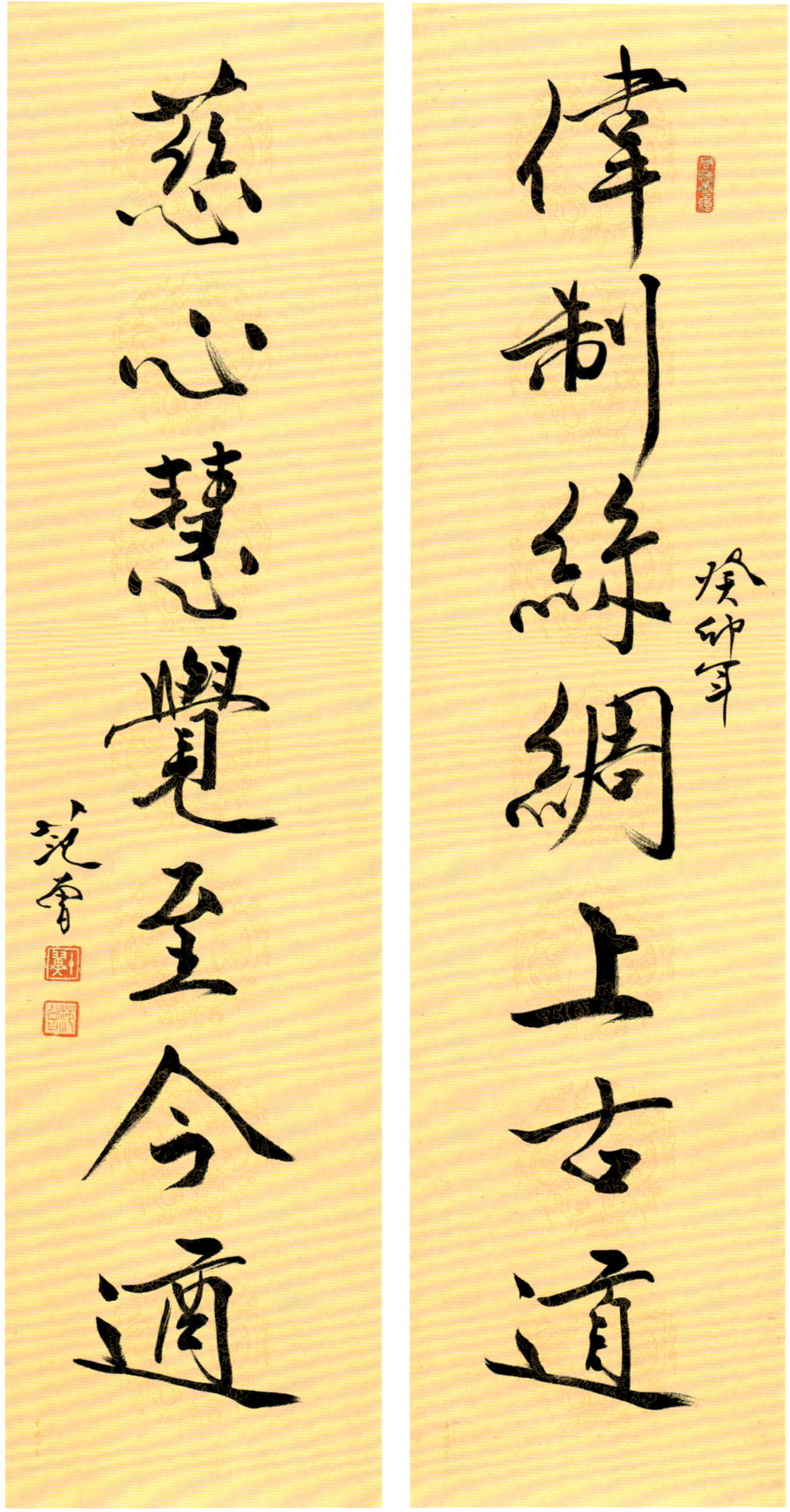

有這樣湖山，比隣官舍，五花判畢，作此間半日主人，試看他叢竹團煙殘荷戰雨
期常得清靜，如宿僧寮，四諦皆空，依禪房三生靈石，無聞者暮雲繞鼓晨靄迷鐘

解析　邵盈午

五花判畢，唐宋制度，唐朝中書省議論軍國大事，中書舍人各執所見，分別署名，謂之五花判事。四諦，佛教基本教義之一。指苦、集、滅、道四諦。「諦」爲佛經中所指的「真理」。佛教認爲，人世間一切皆苦，叫「苦諦」；欲望是造成人生多苦的原因，叫「集諦」；斷滅一切世俗痛苦的原因後進入理想的境界，即「涅槃」，叫「滅諦」；而要達到最高理想「涅槃」境界，必須長期修「道」，故叫「道諦」。

三生源於佛教的因果輪回學説。三生石的三生分別代表前生、今生、來生，很多人的愛情是從一種似曾相識的感覺開始的，而相愛之後人們又一定會期待緣定三生。三生石位於杭州天竺寺，參見唐袁郊《甘澤謡·圓觀》述李源與僧圓觀事。

神思綿邈，淵永可味，真得伯子先生神髓也。

有這樣湖山比隣官舍五花判畢作此間半日主人試看他叢竹團煙殘荷戰雨
癸卯春
期常得清靜如宵僧寮四歸皆空依禪房三生靈石無聞有暮雲繞鼓晨靄迷鐘
上句 吴良楨 下句 范曾

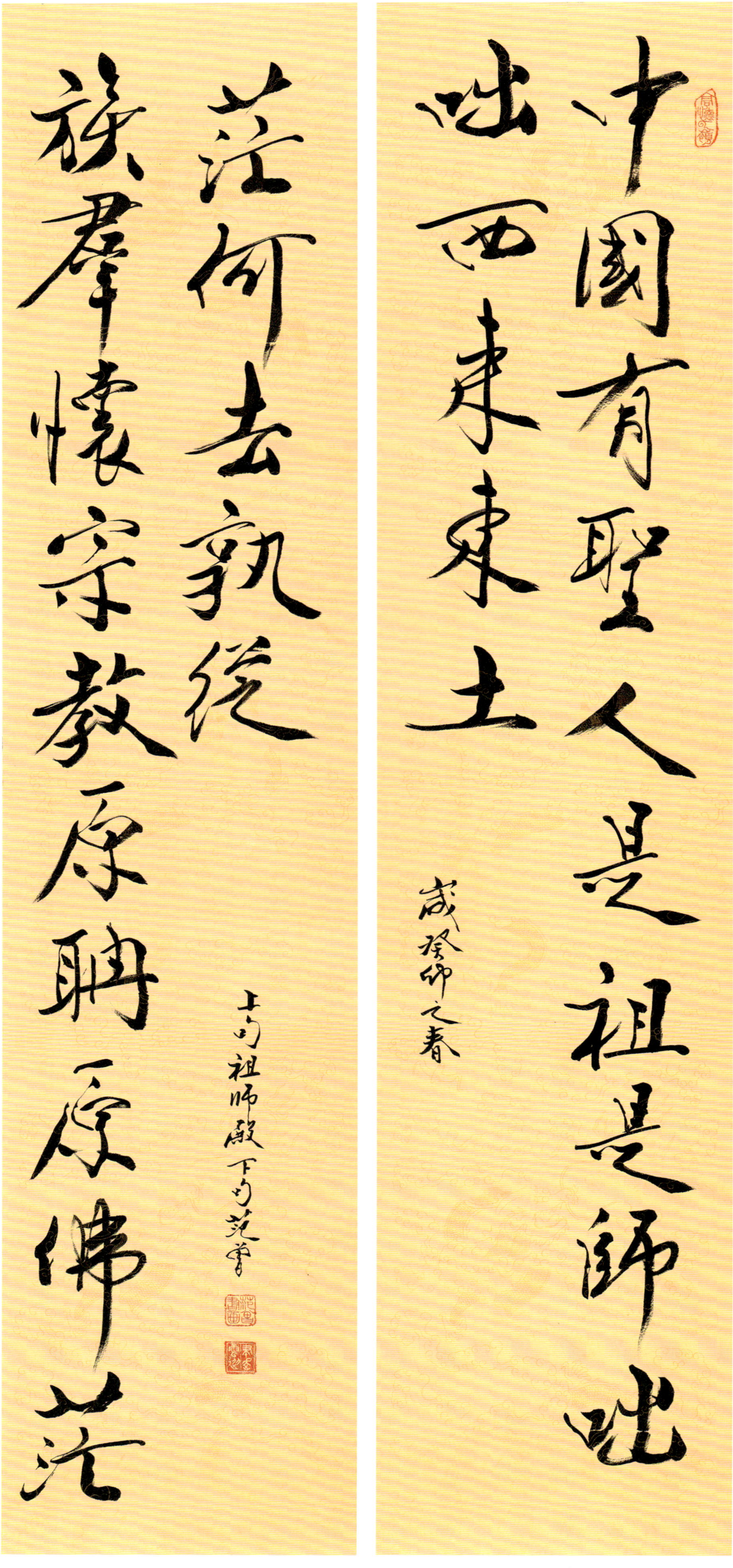
中國有聖人是祖是師此
此西來東土
歲癸卯之春
莊何去孰從
族羣懷宗教厚聃厚佛莊
上句祖師啟 下句范曾

中國有聖人，是祖是師，咄咄西來東土
族羣懷宗教，原聃原佛，茫茫何去孰從

解析　邵盈午

祖師，佛教、道教中創立宗派的人。咄咄，表示驚懼、驚訝。聃，指老子。佛，指佛祖釋迦牟尼。

先生喜摭佛語入聯，因善融化，故不入理障。方諸近世，唯海日樓主差可驂靳也。

三生復樸
己亥年
八秩歸嬰
范曾

三生復樸 八秩歸嬰

解析　郭長虹

三生，佛教語，前生、今生與來生。

復樸、歸嬰，語出《老子·第二十八章》：「知其雄，守其雌，爲天下谿。爲天下谿，常德不離，復歸於嬰兒。知其白，守其黑，爲天下式。爲天下式，常德不忒，復歸於無極。知其榮，守其辱，爲天下谷。爲天下谷，常德乃足，復歸於樸。」

禪悟肯隨弘忍後
夢思恍在南華中

解析　邵盈午

慧能—蝴蝶詩鐘。

弘忍，唐代高僧。東山法門開創者，被尊爲禪宗五祖。南華，即《南華經》，又名《莊子》，道家經典著作，由戰國中期莊子及其後學所著。漢代以後，被尊稱爲《南華經》，且封莊子爲「南華真人」。《莊子》與《老子》《周易》合稱爲「三玄」。出句就慧能之事而發，其意已精；對句以「夢思」「南華」隱涵題義，尤見靈心。

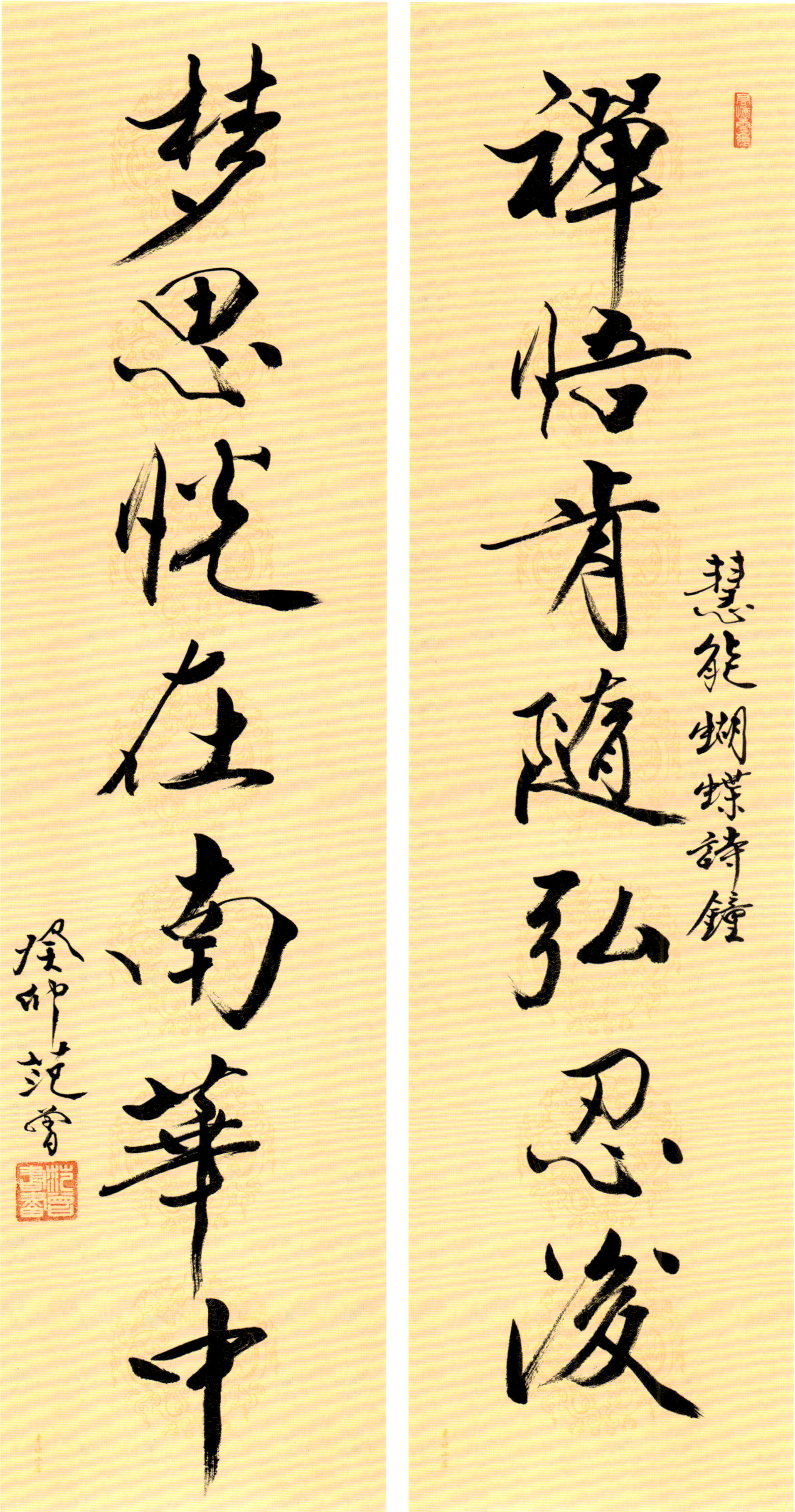
禪悟背隨弘忍後
梦思恍在南華中
慧能蝴蝶詩鐘
癸卯 范曾

物我能無分千載業緣由此寂
歲癸卯
帆風俱不動一天空色自西來

物我能無分，千載業緣由此寂
帆風俱不動，一天空色自西來

解析　邵盈午

業緣，佛教語，謂苦樂皆爲業力而起。

帆風俱不動，語出《壇經》：「時有風吹幡動。一僧曰風動，一僧曰幡動。議論不已。惠能進曰：『不是風動，不是幡動，仁者心動。』」

一片禪境，在靈明之中。

我佛所宗，真如貝葉
諸禪是境，頓悟蓮花

解　析　　郭長虹

真如，佛教用語，指宇宙萬有的實體。貝葉，指佛經。諸禪，各種修行方法。

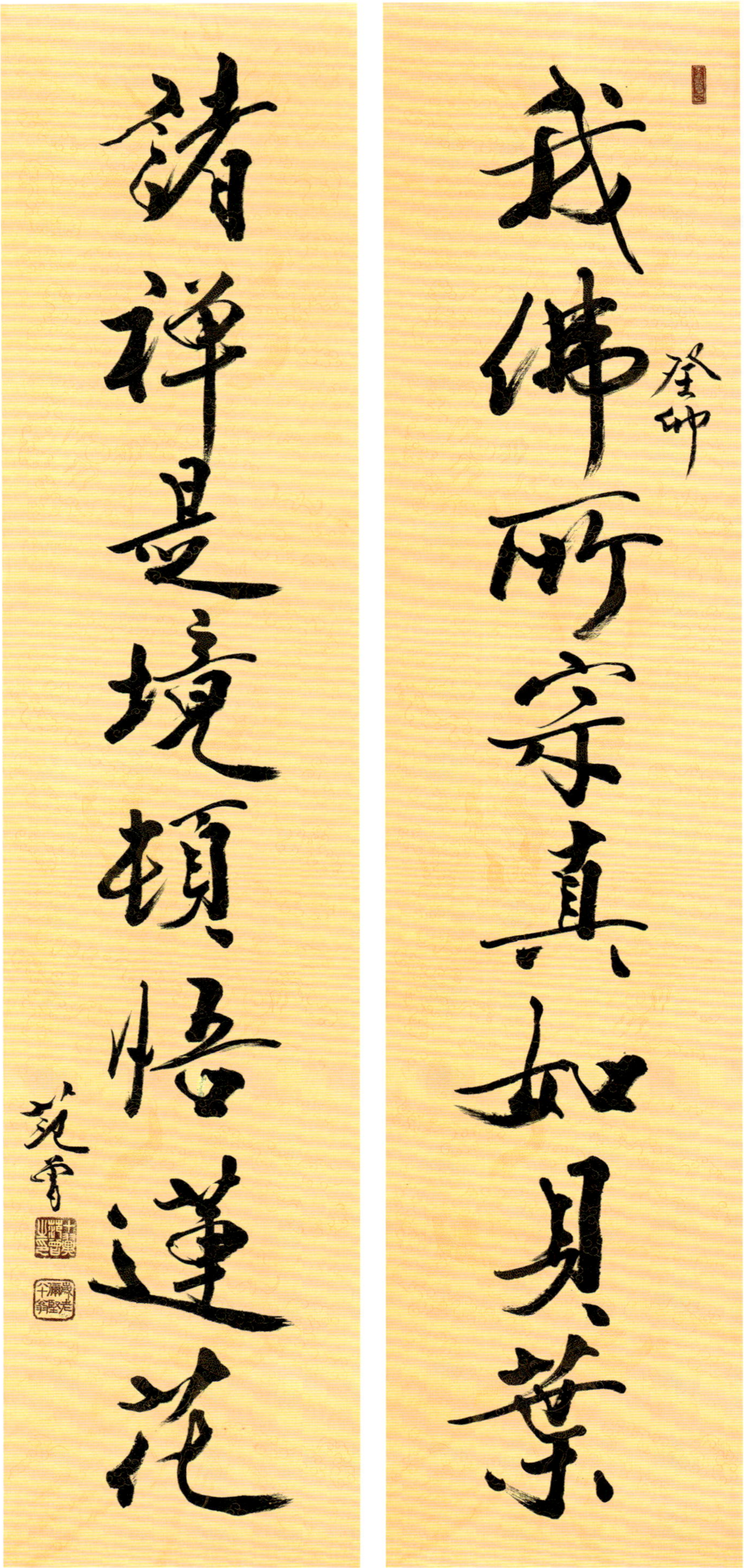
我佛所宗真如貝葉
癸卯
諸禪是境頓悟蓮花
范曾

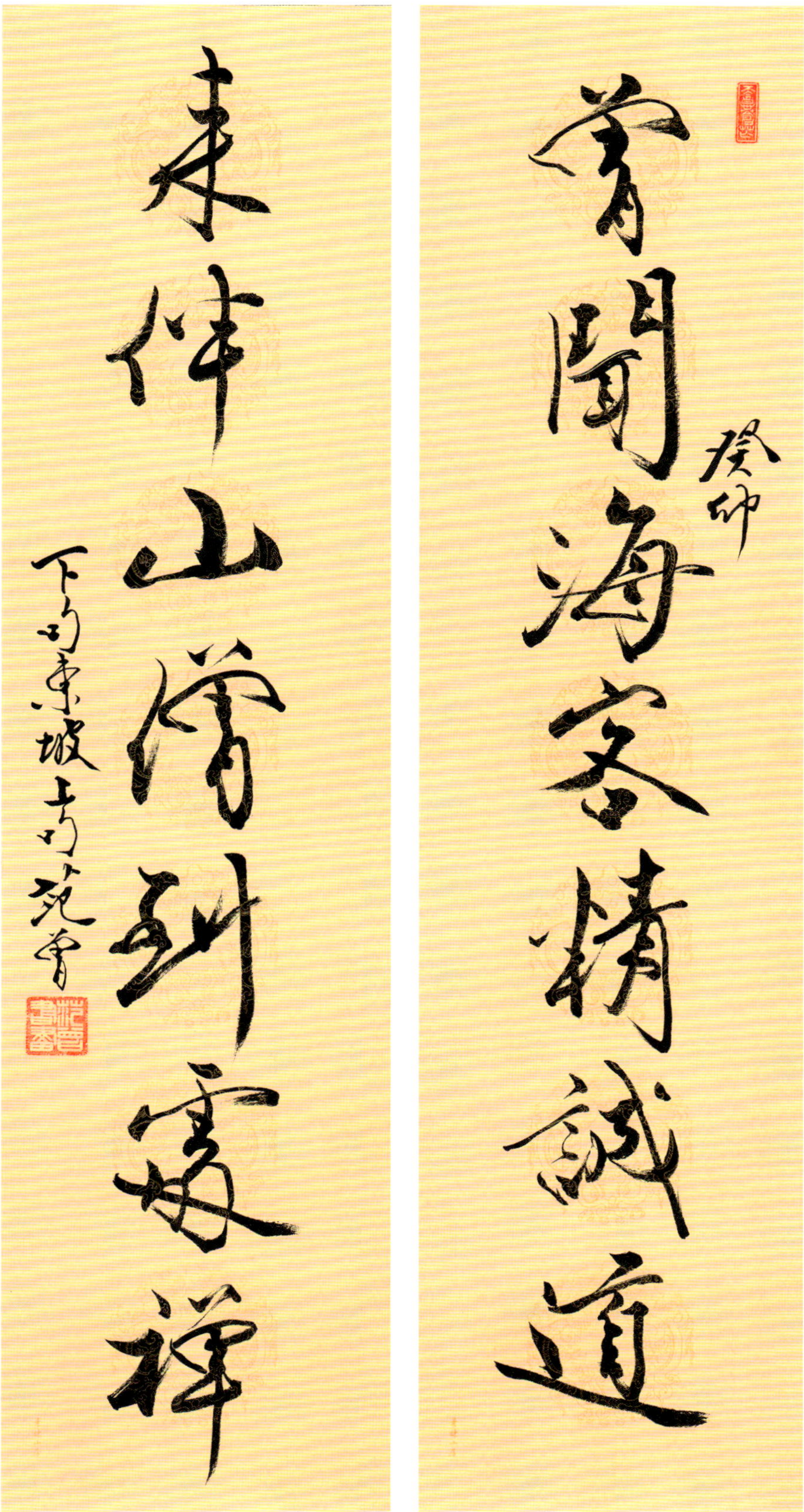

曾聞海客精誠道
來伴山僧到處禪

解析　劉波

下句出東坡《陸蓮庵》。上句化用太白《夢遊天姥吟留別》意。以禪對道，妙哉。

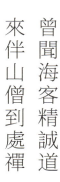

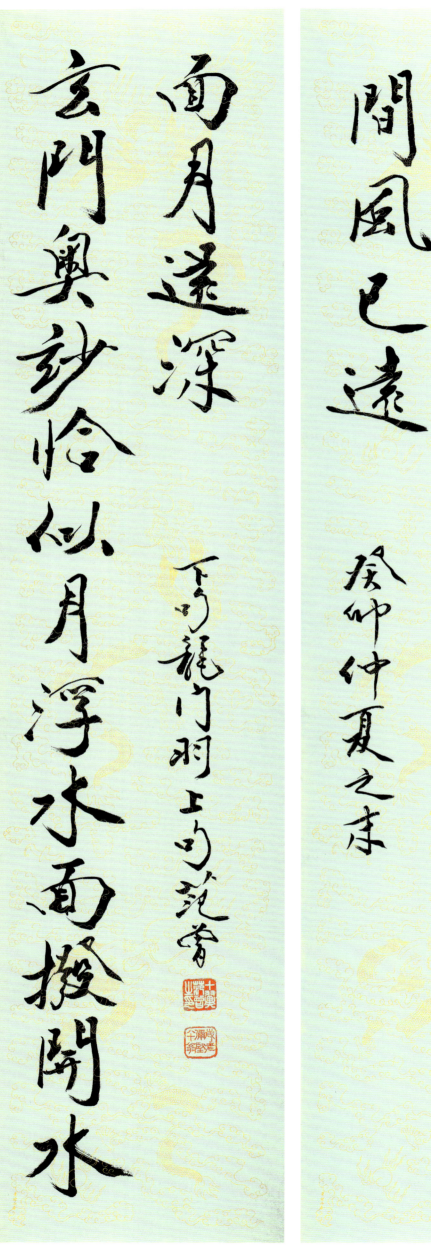

天籟無窮常聞風奏巖間回望巖間風已遠

癸卯仲夏之末

玄門奧妙恰似月浮水面撥開水面月遙深

下句龍門羽士上句范曾

天籟無窮，常聞風奏巖間，回望巖間風已遠
玄門奧妙，恰似月浮水面，撥開水面月還深

解析　劉波

下句言玄門之幽微，上句以天籟之縹緲對之，可謂玄虛相應也。

我本不識天機道子丹青莊子夢

癸卯春

世間無俗韻梨花院落素花簾

下句蘇時雨 上句范曾

我本識天機，道子丹青莊子夢
此間無俗韻，梨花院落棗花簾

解析　邵盈午

道子，指唐代畫家吴道子。

丹青，丹指丹砂，青指青雘，本是兩種可作顔料的礦物。因爲我國古代繪畫常用朱紅色和青色兩種顔色，故丹青成爲繪畫藝術的代稱。

俗韻，原指不高雅的樂聲，後多指鄙俗的情味。

方生方死
無是無非

解析　郭長虹

《莊子·齊物論》：「方生方死，方死方生。」喻萬物推陳出新。生死與是非，是事物的一體兩面，皆可齊一觀之。

方生方死
癸卯之春
無是無非
范曾

命屬青鳥
身縈紫煙

解析　邵盈午

青鳥，有三足的神鳥，是傳説中西王母的使者。人間既不能相見，唯望在蓬萊仙山可以再見，但是蓬萊無路，只有靠青鳥傳信。

傳説西王母駕臨前，總有青鳥先來報信。文學上，青鳥被當作傳遞資訊的使者。南唐李璟《攤破浣溪沙（手卷真珠上玉鈎）》有「青鳥不傳雲外信，丁香空結雨中愁」之句。

千尺浮高誰是鵷
十分真樂我知魚

解析　郭長虹

鵷，《莊子·秋水》：「南方有鳥，其名曰鵷鶵，子知之乎？」知魚，《莊子·秋水》：「子非魚，安知魚之樂？」

蒲劍霜鋒驅鬼魅
詩雄烈魄壯山河

解析　邵盈午

蒲劍，指菖蒲葉，形似寶劍而得名。
兀傲健舉，讀之如見天外七星，芒寒色正。

虎尾春冰真境界
馬蹄秋水大文章

解析　邵盈午

虎尾春冰，語出《尚書·君牙》：「心之憂危，若蹈虎尾，涉于春冰。」意謂心憂國家安危，就像踩着了老虎尾巴、行走在春天薄薄的冰上一樣。馬蹄秋水，即《莊子·馬蹄》和《莊子·秋水》。奇氣盤鬱，不蹈恒蹊。

跌宕文章傳海若
疏狂潑墨破山時

解析　劉波

海若，即北海若，古代傳説中北海海神。《莊子·秋水》：「於是焉河伯始旋其面目，望洋向若而歎。」

文欣刀利
鬼畏劍寒

解析　劉波

鐫刻—鍾馗詩鐘。

先生曾寫潑墨鍾馗，作寶劍一筆而成，觀者直覺寒光逼人，每感歎偶得妙手，不可復爲。

獨鍾相對
兼愛無倫
癸卯仲春
范曾 十翼

獨鍾相對
兼愛無倫

解　析　邵盈午

相對，此指相對論，是關於時空和引力的理論，主要由愛因斯坦創立，依其研究物件的不同可分爲狹義相對論和廣義相對論。相對論和量子力學的提出給物理學帶來了革命性的變化，它們共同奠定了現代物理學的基礎。相對論極大地改變了人類對宇宙和自然的「常識性」觀念，提出了「同時的相對性」「四維時空」「彎曲時空」等全新的概念。

兼愛，戰國時期墨子的主要思想。墨子以兼愛爲其社會倫理思想的核心。他提倡「兼以易別」，反對儒家所强調的「愛有差等」的觀點。他提出「兼相愛，交相利」，把兼愛與實現人們物質利益方面的平等互利相聯繫，表現出對功利的重視。墨子尚賢、尚同、節用、節葬、非攻等主張均以兼愛爲出發點，他希望通過提倡兼愛解决社會矛盾。

此詩有味憑君傳

——跋十翼師自書聯語

二十世紀六十年代，北京尋常巷陌、斜陽草樹間，有宿彦通儒在焉。包于軌、陳迹父，此一對博雅自守之詩侶，其高華清曠之交遊，於今日信息爆炸時代，竟然湮没無聞於網絡，吾輩何幸，於十翼師處聞其故實。

半世紀前尚在中央美院就讀之青年畫家范曾，常造訪包于軌先生，聽其與陳迹父、吴小如諸先生談古論今，抑或詩鐘聯語爲戲，三人曾以「小、如」二字聯句不絶，令青年范師感歎不已。陳迹父古貌古心，范師即席爲之繪像，既畢，陳乃以乾枯之禿筆置口唇處，咬而舔之，破硯宿墨，不假思索，徑於畫上題詩一首：「聞説江東小范才，相逢還甲在燕臺。伯子舊詩聞海内，狷翁下語破山來。愧無鬚髮爲君助，喜拓心胸萬古開。漫勞曹霸丹青手，貌我朱顔酒唤回。」大文人腹笥闊大，懷抱冲虚，偶發爲詩，不勞尋章摘句，必自心底流出而能氣象萬千。包于軌曾有論聯語之「三境界」説：駢文面貌，詩詞韻味，散文風骨。寥寥數語，道盡聯句法門，古賢妙悟不在多言，一切皆由心底感發。後輩奉爲圭臬，有由然也。

我生也晚，未及親歷如此清貧而詩意之悠悠歲月，如坐春風恭聆古賢謦欬，却也有幸追陪十翼恩師近三十載，誦讀古典詩文，爲詩鐘、聯語，限韻作詩，其所獲益者，又何止於一詩一聯哉！

先生秉承詩文世家子弟之修爲與懷抱，其爲詩聯也，必不肯因襲前人成説，主張

「陳言務去」，此其內心神聖自尊使然也。没有獨立人格，没有非凡懷抱，何來陳言務去之自覺？而此又與一般餖飣小儒之爲炫學不同，或墮入以艱深文淺陋之泥淖。蓋其先祖文正公憂樂天下之家風，必與今日吾國吾民休戚與共，發而爲詩爲詞爲聯，皆以「暢達」爲旨歸，斷無掉書袋式無病呻吟之酸腐。而二十餘年前我方從學之初，師即正告以「汝方年少，萬不可作苦寒語，以其於命運回饋不佳也」，比又千年詩教「温柔敦厚」「樂而不淫哀而不傷」之正學宏門也。明乎此，方可論先生聯句。

葉嘉瑩教授論藝，謂凡大詩人，必有一始終不變之「一」貫穿其創作生命，不以時變而少易，此言大藝術後之大人格與大持守。爲文爲藝，不過表達內心情志，非爲文而文，其心志不變，固有「吾道一以貫之」之精純。視范師於聯語之所爲作，即景若「高山固俯，聖者當然」，抒懷若「誰接千載，我瞻四方」，詠史若「傾國亡國，載舟覆舟」（「楊貴妃—水」詩鐘），無不懷抱修遠，意境高曠，宜乎南通范家詩教有「不爲刻紅剪翠、喁喁鬼唱之詞」。

先生向不喜作巧聯，好事者或以索對，亦偶一爲之。「妙人兒倪家少女」爲古人懸聯，巧則巧矣，惜不能雅，文懷沙先生囑對，先生於歸國飛機上出「悟言者諸法吾心」，則不惟對屬工巧，且離鄭即雅；「戊戌成紳嘩之代，甲申由寇變而名」，此又一例，起於文字形意之巧，而歸於史識褒貶之深。

世以先生爲畫家，爲書家，爲詩人，爲學人，其於思維、修辭之日常砥礪，皆托於詩思而出以對聯，樂此不疲，與友朋、生徒打詩鐘、對對聯爲戲，而其所寄，又非一般文字遊戲。爲學養之檢視，爲思維之養成，爲修辭之鍛煉，更爲心胸之豁然。先生詩教，在人格養成，在認知提升，更在内外交通。

展讀先生聯句，有自抒胸臆者，有爲時爲事者，有即興唱和者，也有深思熟慮者。雖形式、内容不一而足，而所以興儒者之懷，其致一也。

此册尤令人感慨者，亦在先生以八十五歲白首翁而放筆自書，清思盤空，跌宕雍容，蕭疏俊逸，想吾中華書法，自甲骨刻辭以來，三千餘年，高峰迤邐，萬法皆備，先生猶能獨開新面，高自標樹，馳騁書壇數十年，其書早已家喻户曉，而先生不自止步，近二十餘年於書法上下求索，鋭意進取，終歸於樸。唐人孫過庭謂：「通會之際，人書俱老。」先生正其人也。

甲辰新春，受業劉波沐手恭跋於北京歸園

思無邪集

甲辰
范曾自题

圖書在版編目（CIP）數據

思無邪集 ： 范曾自書聯語 / 范曾著. -- 北京 ：
中華書局，2024.3
ISBN 978-7-101-16573-9

Ⅰ. 思… Ⅱ. 范… Ⅲ. 對聯—作品集—中國
Ⅳ. I269

中國國家版本館 CIP 數據核字（2024）第 029039 號

總策劃　范曉蕙

書　　名　思無邪集——范曾自書聯語（全二册）
著　　者　范　曾
責任編輯　許旭虹　劉　楠
裝幀設計　趙　潔
責任印製　管　斌
出版發行　中華書局
（北京市豐臺區太平橋西里 38 號　100073）
http://www.zhbc.com.cn
E-mail:zhbc@zhbc.com.cn
印　　刷　天津藝嘉印刷科技有限公司
版　　次　2024 年 3 月第 1 版
2024 年 3 月第 1 次印刷
規　　格　開本 /787×1092 毫米　1/8
印張 60　字數 50 千字
國際書號　ISBN 978-7-101-16573-9
定　　價　838.00 元